河南省哲学社会科学规划项目『孔颖达《毛诗正义》诗学思想研究』（批准号：2017BWX019）及河南省教育厅人文社科项目『从《诗》学到诗学——孔颖达《毛诗正义》诗学思想研究』（批准号：2017-ZZJH-507）成果

从《诗》学到诗学

——孔颖达《毛诗正义》诗学思想研究

黄贞权 著

武汉大学出版社
WUHAN UNIVERSITY PRESS

图书在版编目(CIP)数据

从《诗》学到诗学:孔颖达《毛诗正义》诗学思想研究/黄贞权著.—武汉:武汉大学出版社,2022.3(2023.3 重印)
ISBN 978-7-307-22933-4

Ⅰ.从…　Ⅱ.黄…　Ⅲ.①《诗经》—诗歌研究　②孔颖达(574-648)—诗学观—研究　Ⅳ.I207.222

中国版本图书馆 CIP 数据核字(2022)第 035839 号

责任编辑:蒋培卓　　责任校对:李孟潇　　版式设计:马　佳

出版发行:**武汉大学出版社**　(430072　武昌　珞珈山)
(电子邮箱:cbs22@ whu.edu.cn　网址:www.wdp. com.cn)
印刷:武汉邮科印务有限公司
开本:720×1000　1/16　印张:14　字数:199 千字　插页:1
版次:2022 年 3 月第 1 版　　2023 年 3 月第 2 次印刷
ISBN 978-7-307-22933-4　　定价:65.00 元

引　言

现代意义上的中国文学批评理论、中国古代文论或者中国诗学、中国美学的研究应该发轫于20世纪初期,① 经过100余年的发展，这门学科现已经取得了卓然的成绩。② 正如朱自清所言，研究中国文学批评理论、中国古代诗学的困难颇多，其主要在于“我们的诗文评断片的多，成形的少，不容易下手”③，他说：

---

① 中国文学批评史或中国古代文学理论史作为一门学科始于哪一年，目前学术界没有统一定论。罗宗强、邓国光二位先生的《近百年的中国古代文论研究》一文中写道：“在中国，1914年至1919年，黄侃在北京大学开设《文心雕龙》课，对于古代文论的认真研究才算开始。”(罗宗经、邓国光：《近百年的中国古代文论研究》，《文学评论》1997年第2期)中国第一部文学批评史是日本人铃木虎雄所著，于1920年3月初版，原名为《支那诗论史》(东京弘文堂版)，直到1928年，孙俍工将它翻译成中文出版，始更名为《中国古代文艺论史》。陈钟凡《中国文学批评史》是第一部由国人撰写的著作，于1927年出版。详参铃木虎雄著，许总译：《中国诗论史·译序》(广西人民出版社1989版)；蔡钟翔等著：《中国文学理论史·绪言》第一册(北京出版社1991年版)。

② 1934年郭绍虞的《中国文学批评史》上册、方孝岳的《中国文学批评》、朱东润的《中国文学批评史大纲》、罗根泽的《中国文学批评史》出版，这几部著作以其各自的建树在学术界交相辉映，直接奠定了中国古代文论的学术基础和开启了该学科后来的蓬勃发展。改革开放后，中国古代文论的研究达到了高潮，几部材料翔实的文学批评理论通史，如注①所引蔡钟翔等人所著的文学理论史，全书共五册，约二百万字；又如王运熙、顾易生主编的《中国文学批评通史》系列丛书，全书共七册，预计超过三百万字，见《先秦两汉文学批评史·出版说明》(上海古籍出版社1990年版)；个人独力完成的著作则可以敏泽《中国文学理论批评史》(人民文学出版社1981年版)为代表，全书逾七十五万字。

③ 朱自清：《诗言志辨·序》，华东师范大学出版社1996年版，第3页。

> 现在我们固然愿意有些人去试写中国文学批评史，但更愿意有许多人分头来搜集材料，寻出各个批评的意念如何发生，如何演变——寻出它们的史迹。这个得认真的仔细考辨，一个字不放松，像汉学家考辨经史书。这是从小处着手。希望努力的结果可以阐明批评的价值，化除一般人的成见，并坚持它那新获得的地位。
>
> 诗文评的专书里包含着作品和作家的批评，文体的史的发展，以及一般的理论也包含着一些轶事异闻。这固然得费一番爬梳剔抉的工夫。专书以外，经史子集里还有许多(即使不更多)诗文评的材料，直接或间接的。前者如“诗言志”，“思无邪”，“辞，达而已矣”，“修辞立诚”；后者如《庄子》里“神”的意念和《孟子》里的“气”的意念。这些才是我们诗文评的源头，从此江、淮、河、汉流贯我们整个文学批评史。至于选集，别集的序跋和评语，别集里的序跋、书赠、传志，甚至评点书，还有《三国志》、《世说新语》、《文选》诸注里，以及小说、笔记里，也都五光十色，层出不穷。这种种是取不尽、用不竭的，人手越多越有意思。①

因此除了撰写通史以外，编辑历代文学批评理论的史料、资料汇编也是一项重要的工作。② 中国古代典籍卷帙浩繁，在这一方面尚待开垦的荒原还有许多。这是就材料的搜集而言，即从“量”方面说起。然而，作为理论研究的工作，我们还得考量“质”的问题。钱锺书在《读〈拉奥孔〉》一文中，曾有以下一番议论：

① 朱自清：《诗言志辨·序》，华东师范大学出版社 1996 年版，第 3~4 页。

② 由郭绍虞、王文生主编的四卷本《中国历代文论选》(上海古籍出版社 1979 年版)是较通行的选本，以规模宏大而言当推台湾国立编译馆主编的 11 卷本《中国文学批评资料汇编》(台北成文出版社 1979 年版)，舒芜、周祖譔、王运熙、张少康、蔡景康等编著的《中国历代文论选》(全套 7 种 9 册，人民文学出版社 1996 年版)，于民主编的《中国美学史资料选编》(上下册，中华书局 1982 年版)，李壮鹰主编的《中华古文论释林》(十卷本)等。以及后来各个高校自编的拟题为中国古代文论精编、精选、读本等层出不穷的资料汇编。

> 在考究中国古代美学的过程里，我们的注意力常给名牌的理论著作全盘垄断去了。不用说，《乐记》、《诗品》、《文心雕龙》、诗文话、画说、曲论以及无数挂出牌子来讨论文艺的书信、序跋等等是研究的对象。同时，一个老实人得坦白地承认，大量这类文献的探讨并无相应的大量收获，好多是陈言加空话，只能算作者礼节地表了个态。叶燮论诗文选本，曾慨叹说："名为'文选'，实则人选。"(《己畦集》卷三《选家说》)一般"名为"文艺评论史也，"实则"是《历代文艺界名人发言纪要，人物个个有名气，言论常常无实质。倒是诗、词、随笔里，小说、戏曲里乃至谣谚和训诂里，往往无意中三言两语，说出了精辟的见解，益人神智，把它们演绎出来对文艺理论很有贡献。①

钱氏认为文艺评论研究不应仅是材料的排比，更应讲求抽象的逻辑思维能力和理论的价值意义。在该文中他将谚语"先学无情后学戏"与狄德罗《关于戏剧演员的诡论》相提并论，指出前者"作为理论上的发现"并不下于后者。② 他强调文学理论研究者除了要注重材料的搜集之外，还应该正视怎么样去阐释它们，并发掘出它们的理论内涵与价值。这就前述所谓的中国古代文学理论、中国诗学中研究"质"方面的问题。

在"质"与"量"并重要求的前提之下，有学者又重新认识到过去文艺评论史的研究经常被忽视，但实际上又十分重要的侧面，如：

> 当权集团(在朝集团)为了维护本阶级的长远利益或为了维护该集团所代表的特定阶层、民族的特殊利益而提出的官方文学思想和制定的官方文艺政策。关于这些思想、政策的理论意义被以往的文学批评史研究者不同程度地忽视了。③

① 钱锺书：《七缀集》，生活·读书·新知三联书店 2002 年版，第 33 页。
② 钱锺书：《七缀集》，生活·读书·新知三联书店 2002 年版，第 34~35 页
③ 蔡钟翔等：《中国文学理论史》第一册，北京出版社 1991 年版，第 19 页。

我们知道，《诗经》作为我国古典诗歌的元典，对历代诗人的影响是不容置疑的。不过如何去理解这部经书，历来均有学者提出不同的见解。《毛诗正义》是唐代经学和儒家经典注疏的范本，与当时科举制度有极密切的关系。作为官方钦定的国学取士的统一教材，并在封建制度中担任着正统的角色，它毫无疑问地体现了当权政治集团所代表的意识形态，对有唐一代的知识分子或多或少地产生过潜移默化的影响。因此将当中有关诗学思想的零散片段排剔出来，加以疏理、整合，我们相信对理解唐代的诗学、文论及后世的文艺理论一定是大有裨益的。因此在讨论正题之前，我们似乎有必要先对这类课题的理论意义稍加阐述一下。

《诗经》是中国古代诗歌的源头和经典，历代文学家及理论家都对它推崇不已。如李白在《古风其一》中便慨叹"《大雅》久不作，吾衰竟谁陈"①，而杜甫在《陈拾遗故宅》则以"有才继《骚》《雅》，哲匠不比肩"②来称赞陈子昂。他们都视《诗经》最为高的诗学典范，以它为标准去评价其他作品及作家。然《诗经》本是一部诗歌作品的总集而已，对文学的特质、技巧等诸般问题，从没有系统的论述。它的作品纵然好，也必须要透过历代注解和阐释才能把其中的价值与意义的光芒释放出来。诗人及理论家推崇《诗经》，认为它有价值。但他们对《诗经》价值的理解，却与当时富有影响力的《诗经》注疏有着不可分割的关系。《毛诗正义》作为唐代解释《诗经》的权威著作，它的第一层重要性便自然而然地透露出来了。

随着《毛诗正义》成为官方钦定的经学统一范本，因其政治和文化价值的提高，其附带的主撰者个人的诗学思想的影响也开始日渐增强起来，不过这一点在过去经学研究中是经常被忽略的。作为政府文化策略的一环，《毛诗正义》所倡导的见解能够渐渐渗透进平民百姓的常识里去，使他们不自觉地受到影响。而在唐代的时候，经书乃以学校及与学校关系密切的科举作为主要传播的工具，这对知识分子的影响是巨大的。法国思想家皮埃

① 郭绍虞主编：《中国历史文论选》卷二，上海古籍出版社 1979 年版，第 58 页。
② 仇兆鳌：《杜甫详注》，中华书局 1989 年版，第 948 页。

尔·布尔迪厄说："'被设计'(programmed)的群众——在感觉、思想及行动上被赋予同一程序的群众——是教育制度的独特产物。"①

我们熟知学校是个体"三观"及心智成长的主要地方之一，在那里我们可以学习到与身处时代及社会中的人和事相互协调的方法。这些教化深入我们的思维模式，我们在无意识之中已然受到其影响。《毛诗正义》阐释有关对《诗经》的正统理解，而《诗经》又是诗人及诗论家奉为典范的著作，他们在理解文学作品或从事文艺创作活动时，或有意或无意地受到《毛诗正义》影响，是绝对可以想象的到的。

不过，现在谈论《毛诗正义》诗学思想的影响(尤其是隐含、潜在的影响)恐怕有点言之过早。我们只有系统地整理出其诗学思想，才能真正还原唐代诗学历史的面相。我们当下连《毛诗正义》本身的诗学主张还未弄清，我们又怎能知道它对哪些作家及作品产生影响？本书撰写的目的，正是要爬罗剔抉《毛诗正义》中有关诗学思想、文艺理论观念的材料并整理出较为完整的体系。因为我们相信有关影响的问题，只有在弄清《毛诗正义》原来的诗学主张、诗学观念以后，才可较实质地被讨论。最后要说明的是，虽然透过理论我们能认识到《毛诗正义》可能被人忽视的价值，但是我们绝对无意偏袒这种理论，亦不会以它来指导我们对《毛诗正义》的探究。理论能够令我们对已知的现象有崭新的体会，并且使我们注意到另外一些相关、但过去被漠视的现象。然而新发现的现象有时恰恰会是该种理论的反证，使得理论被修改甚或被放弃。不过正如波普所言："理论正由于它能被否证(falsified)，所以它才能对现象有解释力，才有价值和意义。"②对于上述的理论，我们的态度亦如此。我们现在的工作是先要尽量客观地从《毛诗正义》的文本中了解它有关诗学的主张，并无意也没有必要生搬硬套地将它强行套进某种理论的框框里去。

---

① P. Bourdieu, System of education and system of thought, International SocialScience Journal19(1967), p. 340.

② cf. K. Popper. Conjecture and Refutation, London: Routledge and Kegan Paul, 1969), pp. 33-65.

我们再回过头来看，《诗经》作为中国汉民族的第一部诗歌总集，包含的丰富的诗学精神、美学精神以及诗性文化、礼乐文化精神。《诗经》无论在内容还是在形式上，都包含着中华民族特有的智慧和审美特点。《诗经》经过历代的阐释，成为一门显学——诗经学或者诗经解释学。但是，正如著名历史学家周予同先生所说："中国传统经学的时代已经过去，但是研究'经学'的学术史才刚刚开始。"①也诚如王文生先生在《论情境》中所说：

> 孔颖达的文学思想，除了这里对抒情文学表现方法的总结之外，还有关于诗歌的起源，"诗言志"的实质，诗、乐、舞的关系，诗与政治、道德理性的关系等等方面的论述，散见于《五经正义》之中。他的理论自成体系，其深度、广度可谓前无古人。而且，随着《五经正义》的广泛传播，他的文学思想对后世的影响终绝不在《文心雕龙》、《诗品》这些著名理论名著之下。由于他在中国文学思想史上的重要地位，我曾经戏改元好问的《论诗绝句》："论功若准平吴例，合著黄金铸颖达。"可惜的是各种《文学批评史》或《文学批评通史》里，都只是对他的论述偶加摘引，而没有专章评论。这不能不是一个深深的遗憾。②

随着21世纪新时代钟声的敲响，诸多学者开始对《毛诗正义》的诗学、美学思想备加关注，相关研究如雨后春笋，有方兴未艾之势。"据我所知，有些博士学位论文已经有这样的选题，如《毛诗正义美学研究》等，都在开拓新的研究项目，同样表现出可贵的创新和探索精神。"③

正如前述，孔颖达主撰的《毛诗正义》有着极深的美学思想和文艺思想的矿藏，正等着我们去发掘和开采。因此，我们通过对《毛诗正义》——中国经典注疏的个案进行研究，可发现中华民族特色的文学理论体系，阐释理论和批评方法。探讨对经典的阐释过程中所产生的诗学、美学观念对后

① 转引自朱维铮《经学十讲·引言》，复旦大学出版社2000年版。

② 王文生：《论情境》，上海文艺出版社2001年版，第191页注释7。

③ 夏传才：《朱熹诗经诠释学美学研究·序》，商务印书馆2004年版。

世文艺思想的影响及其时代意义；发掘中国在《诗经》的阐释、接受、推崇过程中所产生的诗学、美学理论话语，可发现《诗》学到“诗学”在历史文化发展中的嬗变和《诗》学阐释范式。因此，本书通过中西比较、互证，把宏观的《诗经》在不同时代、不同文化背景下的审美接受、嬗变与微观的《诗经》阐释文本相结合，在不陷入西方理论圈套下，对中国文论、美学话语进行精析。既对不同时代《诗经》阐释的文献进行梳理、廓清，又富于理论地深层阐释和归纳，从而揭示出《诗》学到诗学转变的文学活动规律。因此我们可以说，诗学阐释是《毛诗正义》的本体性阐释，在魏晋至隋唐的文艺创作与诗学批评的文学活动当中，发现《诗》学到诗学演变过程以及文学活动的规律，孔颖达的《毛诗正义》无疑起着关键的作用。

目　录

第一章　孔颖达生平及《毛诗正义》文化思想观念

第一节　孔颖达生平述略

孔颖达(547—648)，字冲远①(又作仲达)，冀州衡水(今河北省衡水市西北)人，隋末唐初的思想家、经学家、教育家，其主撰的《五经正义》在中国经学史、思想史、美学史上有着划时代的意义。

据《旧唐书·列传第二十三》：

> 孔颖达字冲远，冀州衡水人也。祖硕，后魏南台丞。父安，齐青州法曹参军。颖达八岁就学，日诵千余言。及长，尤明左氏传、郑氏尚书、王氏易、毛诗、礼记，兼善算历，解属文。同郡刘焯名重海内，颖达造其门，焯初不之礼，颖达请质疑滞，多出其意表，焯改容

① 关于孔颖达的字，《新唐书·列传一百二十三·儒学上》作“仲达”，而《旧唐书·列传第二十三·孔颖达》作“冲远”。唐于志宁撰《孔颖达碑》作“冲远”，据清代王昶《金石萃编》：“右《孔颖达碑》，于志宁撰。其文磨灭，然尚可读。今以其可见者，质于《唐书·列传》。《传》所阙者，不载颖达卒时年寿。其与魏郑公奉勅修《隋书》亦不著。又其字不同，传云字仲达，碑云字冲远。碑字多残缺，惟其名字特完，可以正传之谬不疑。以冲远为仲达，以此知文字转易失其真者，何可胜数？幸而因余《集录》成得，以正其讹舛者，亦不为少也。”又“右《曲阜宪公孔颖达碑》《新旧唐书》本传并云字仲达，宰相世系表则云字冲远，碑虽曼患而冲远字特分明”。从上述按语可以看出，于志宁为孔颖达同时代人，可信从。详参清代王昶撰《金石萃编·卷四十七·唐七》，据《石刻史料新编》(二)，台湾新文丰出版公司 1977 年版，第 800、802 页。

敬之。颖达固辞归，焯固留不可，还家，以教授为务。隋大业初，举明经高第，授河内郡博士。宿儒耻为之屈，潜遣刺客图之，礼部尚书杨玄感舍之于家，由是获免。补太学助教。属隋乱，避地于武牢。太宗平王世充，引为秦府文学馆学士。武德九年，擢授国子博士。贞观初，封曲阜县男，转给事中。

时太宗初即位，留心庶政，颖达数进忠言，益见亲待。太宗尝问曰："论语云：'以能问于不能，以多问于寡，在若无，实若虚'何谓也?"颖达对曰："圣人设教，欲人谦光。己虽有能，不自矜大，仍就不能之人求访能事。己之才艺虽多，犹以为少，仍就寡少之人更求所益。己之虽有，其状若无。己之虽实，其容若虚。非唯匹庶，帝王之德，亦当如此。夫帝王内蕴神明，外须玄默，使深不可测，度不可知。《易》称'以《蒙》养正，以《明夷》莅众'若其位居尊极，炫耀聪明，以才凌人，饰非拒谏，则上下情隔，君臣道乖，自古灭亡，莫不由此也。"太宗深善其对。

六年，累除国子司业。岁余，迁太子右庶子，仍兼国子司业。与诸儒议历及明堂，皆从颖达之说。又与魏徵撰成隋史，加位散骑常侍。十一年，又与朝贤修定五礼，所有疑滞，咸谘决之。书成，进爵为子，赐物三进段。庶人承乾令撰孝经义疏，颖达因文见意，更广规讽之道，学者称之。太宗以颖达在东宫数有匡谏，与左庶子于志宁各赐黄金一斤、绢百匹。十二年，拜国子祭酒，仍兼讲东宫。十四年，太宗幸国学观释奠，命颖达讲孝经，即毕，颖达上释奠颂，手诏褒美。后承乾不循法度，颖达每犯颜进谏。承乾乳母遂安夫人谓曰："太子成长，何宜屡致面折?"颖达对曰："蒙国厚恩，死无所恨。"谏诤逾切，承乾不能纳。

先是，与颜师古、司马才章、王恭等诸儒诏撰五经义训，凡一百八十卷，名曰五经正义。太宗下诏曰："卿等博综古今，义理该洽，考前儒之异说，符圣人之幽旨，实为不朽。"付国子监施行，赐颖达物三百段。时又有太学博士马嘉运驳颖达撰正义，诏更令详定，功竟未就。十七年，以年老致仕。十八年，图形于凌烟阁，赞曰："道光列弟，风传阙里。精义霞开，掞辞飚起。"二十二年卒，陪葬昭陵，赠太常卿，谥曰宪。①

通过《列传》我们可以看出，孔颖达出身及家世不可谓不显赫，且是孔子直系后裔。孔颖达的家族世系，可以追溯孔鲋之弟孔腾。孔腾曾任汉惠帝博士，其子孔忠亦任博士，孔忠有两个儿子，长子孔武，次子就是汉代著名的古文经学大师孔安国，汉武帝末年，鲁恭王拆孔府旧宅，于壁中得《古文尚书》《礼记》《论语》及《孝经》，皆以蝌蚪文撰就，时人不识，安国以今文读之，又奉诏作传，定为五十八篇，谓之《古文尚书》，又著《古文孝经传》《论语训解》等。孔武之子孔延年官至大将军、太傅。孔延年之子孔霸曾任给事中，高密相，封褒成君。孔霸之子袭关内侯，孔颖达就是孔福的直系后裔。

汉降，孔系后裔的社会政治地位日益提高，多官居要职并放外任。其中孔福第七世孙孔郁任冀州刺史，袭关内侯。其子孔扬被封下博亭侯(封地处在今河北深州市东南与衡水市交界)，此后，孔扬子孙便在下博定居。其七世孙孔灵龟，北魏时任国子博士，灵龟生硕，北魏时官至侍御史。硕生孔安，任北齐青州法曹参军，孔安即颖达之父。自孔子至此三十三世，则孔颖达为孔子第三十三世孙。

孔颖达生于北齐后主武平五年(574)。② 公元581年，杨坚建立隋朝，改元开皇，大兴儒学，明经开科。时孔颖达刚好八岁，同年就学。颖达聪慧过人，勤奋好学，日诵经书达千余字。数年以后，即精晓《春秋左传》、

① 刘昫等：《旧唐书·列传第二十三·孔颖达》，中华书局1975年版，第2601~2603页。

② 关于孔颖达年寿，旧新《唐书》本传皆不载。清代王昶撰《金石萃编·卷四十七·唐七·孔颖达碑》记载："碑半没土中，年寿字半泐，隐隐可读，云：'贞观二十二年六月十八日，薨，春秋七十有五。'"据此推断，孔颖达应生于北齐后主武平五年，即公元574年。

郑注《尚书》、《毛诗》、王注《周易》、《礼记》等儒家经典，并兼通算术、天文、历法，擅写文章。故《孔颖达碑》赞曰："庭罗俎豆，幼习升降之礼，门列驂驵，少怀远大之操。"①可见少年时的孔颖达就表现出超凡的才智和远大的理想抱负，立志要干一番丰功伟业。

及至少壮，孔颖达依才华享誉乡里，然其并不自满，而是遍访名师，同郡经学大师刘焯、刘炫，学识渊博，极富才情而名重天下，孔颖达遂于其门下受业。② 刘焯(544—608)，字士元，信都昌亭人(今河北冀县)人。少时与河间刘炫(546—613)结为好友，同受业于刘轨思学习《诗》。刘焯还向广平的郭懋当学习《左传》，问《礼》于阜城熊安生，后又在武强大儒刘智海家中闭门苦学 10 年，以儒学著名，出任州博士。其与刘炫被时人称为"二刘"。隋文帝时，刘焯举秀才，射策甲科。开皇六年，文帝诏令刘焯、刘炫论辨《石经》，显示出非凡的才学。在学术上，冲破一家之学说，融合南北之学，兼收并蓄，不抱门户之见。刘焯著有《五经述议》，而刘炫著有《论语述议》《五经正名》《春秋述议》《尚书述议》《毛诗述议》等。

孔颖达曾亲受刘焯教诲，受益匪浅。《隋书》这样评价刘焯："刘炫聪明博学，名亚于焯，故时人称二刘焉。其后居家讲学为业，天下名儒后进，质疑受业，不远千里而至者，不可胜数。论者以为数百年，博学通儒，无能出其右者。"③由于刘焯为通代大儒，门人弟子众多，又加之刘焯性情孤傲，"负恃才气，轻鄙先达"④，并没有看重年轻的孔颖达，未以礼相待。而孔颖达则踏实就学，虚心求教于焯，"请质疑质，多出其意表"，刘焯才"改容敬之"。孔颖达辞归，刘焯挽留不成，颖达回归乡里，开门授学，时年二十余岁。孔颖达就教于"二刘"，受他们融合南北、兼收并蓄的

① 王昶：《金石萃编·卷四十七·唐七》，据《石刻史料新编》(二)，台湾新文丰出版公司 1977 年版，第 798 页。

② 据日本学者内藤虎次郎撰，钱稻孔译：《孔冲远祭酒年谱》，此年孔颖达方十九岁，刘焯五十三岁。见《国立北平图书馆馆刊》1930 年第 4 卷第 4 号。

③ 魏徵等：《隋书·儒林传》，中华书局 1977 年版，第 1779 页。

④ 孔颖达：《毛诗正义·序》，十三经注疏标点本，李学勤主编，北京大学出版社 1999 年版，第 3 页。

学术风格影响颇深，为后来编撰《五经正义》打下坚实的学术根基。

隋朝开国后，废除了汉魏以来的九品中正制，人才察举及选拔不再有门第的限制，用科举考试的办法选拔人才。炀帝即位后，始建进士科，取士以考试策问为主，大业元年(605)，诏令“诸在家及现入学者，若有笃志好古，耽悦典坟，学行优敏，堪膺时务，所在采访，具以名闻”①。隋朝科举考试科目主要分为秀才科、明经科、进士科等。明经科始为隋炀帝设置，与进士科并行，主要以经义、试策取士。顾名思义，明经就是明习经书。明经科注重考核儒家经义，要求考生熟稔经书，能正确地理解经义，并能恰当地阐释经义。孔颖达精通儒家经典，对儒术可谓了然于胸，大业初年，孔颖达“举明经高第，授河内郡博士”。从此，颖达步入仕途。不久，炀帝东巡，诏令各郡儒官会集洛阳与国子秘书博士“论难”。孔颖达在此场儒经辩论中表现尤为突出，其年少气盛，凭藉“通贯儒籍，旁通百家”的学识，完全压倒当时的先辈宿儒，“宿儒耻为之屈，潜遣刺客图之”。主持辩论工作的礼部尚书杨玄感闻知后，将孔颖达藏于家中，才使其幸免于难。历经此事后，孔颖达声名大显，被隋炀帝任命为太学助教。

隋末天下大乱，群雄竞起，又一次的天下更迭，孔颖达为避祸偏安于虎牢关(今位于河南省荥阳市汜水镇)。唐高祖武德初年，秦王李世民设文学馆，招贤纳士，颖达被聘为文学馆学士。一时俊彦之英如房玄龄、于志宁、虞世南、杜如晦、苏世长、薛收、褚亮、姚思廉、陆德明、孔颖达、李玄道、李守素、蔡允恭、颜相时、许敬宗、薛元敬、盖文达、苏勖齐聚文学馆，号称“十八学士”。文学馆学士享有极高的学术声誉、政治地位和物质待遇。入馆者为世人所钦羡，时人称之为“十八学士登瀛州”。李世民命著名画家阎立本为十八学士画像，又命褚亮为每位学士画像题赞辞，赞曰：“儒雅之风，旷古稀有；亲近之恩，百代罕及。”②并制成《十八学士写真图》藏于凌烟阁，供后世瞻仰。其中孔颖达的赞辞曰：“道光列第，风传

① 魏徵等：《隋书·炀帝纪》，中华书局1977年版，第28页。

② 刘昫等：《旧唐书·儒林》，中华书局1975年版，第1758页。

阙里。精义霞开，掞辞飙起。”①武德九年，孔颖达升为国子博士，李世民继位后，封爵为曲阜县开国男，食邑三百户。孔颖达进入秦府文学馆，是其一生事业的转折点。从此开始了为贞观新政服务的后半生，也是其一生中最为辉煌的时期。

唐太宗贞观二年，任给事中，参与朝政，颇得李世民的赏识和信任。据《新唐书·百官志》记载，给事中主要职责是：“凡百司奏抄，侍中既审，则驳正违失，诏敕不便者，涂窜而奏还，谓之涂归。”②给事中职责在于驳正诏书之失，甚至有权将不宜实行的诏书涂抹后退回，其权重可见一斑。唐太宗即位之初，非常关注治国方略，常与侍臣们探讨为君之道，颖达学识渊深，经义博论，数进忠言，深得太宗器重。某日，太宗问于孔颖达：“《论语》中云：‘以能问于不能，以多问于寡，有若无，实若虚。’何谓也?”孔颖达对曰：“圣人设教，欲人谦光。己虽有能，不自矜大，仍就不能之人求访能事。己之才艺虽多，犹以为少，仍就寡少之人更求所益。己之虽有，其状若无。己之虽实，其容若虚。非唯匹庶，帝王之德，亦当如此。夫帝王内蕴神明，外须玄默，使深不可测，度不可知。《易》称‘以《蒙》养正，以《明夷》莅众’，若其位居尊极，炫耀聪明，以才凌人，饰非拒谏，则上下情隔，君臣道乖，自古灭亡，莫不由此也。”③唐太宗对颖达的回答深以为然，大加赞赏，并说：“《易经》云：‘劳谦，君子有终，吉。’”当即下诏，赏赐孔颖达布帛二百匹。

贞观五年(631)，任太子中允，主要职责是协助左右庶子完成太子左春坊的一系列工作，如驳正启奏、监省封题、太子朝会、令书更写等。第二年，擢任国子司业。贞观七年，迁太子右庶子，仍兼国子司业。这期间，与诸儒议历及明堂，孔颖达力排众议，主张明堂应该朴实无华，祭祀

① 刘昫等：《旧唐书·列传第二十三·孔颖达》，中华书局1975年版，第2603页。

② 宋祁等：《新唐书·百官志》，中华书局1975年版，第1887页。

③ 吴兢：《贞观政要》卷六，上海古籍出版社1978年版，第190页。

上天倡议节俭，指出“明堂法天，圣王示俭”①。因此，他提议修建明堂应遵循《周礼》，节俭为重，不可过于奢华，明堂工程乃“国之大典”，须谨慎从事。孔颖达之议恰与唐初百废待兴的国家基本情况以及唐太宗“节俭自律”的思想观念不谋而合，无怪乎唐太宗“皆从其说”。

贞观十年(636)，修成《隋书》，加散骑常侍，行右庶子，还兼国子司业。次年，与朝贤修定《五礼》，本传云“所有疑滞，咸咨决之”。书成奏上，进为子爵，赐帛三百匹，太宗诏所司行用之。《五礼》即《大唐新礼》，《旧唐书·经籍志》有录述，分别是：《吉礼》61 篇，《宾礼》4 篇，《军礼》20 篇，《嘉礼》42 篇，《凶礼》6 篇，《国恤》5 篇，总计 138 篇，分为 100 卷。② 由于是贞观年间编撰的，又称《贞观礼》，为唐代礼仪制度奠定了基础。

贞观十二年(638)，孔颖达以 64 岁高龄官拜国子祭酒，侍讲东宫，人生事业达到巅峰。国子祭酒是国子监的长官，国子监是全国最高教育行政机构。除统领全国教育外，国子监还直接掌管中央六学，即国子学(学生三百人)、太学(学生五百人)、四门学(学生五百人，另俊士八百人)、律学(学生五十人)、书学(学生三十人)、算学(学生三十人)，前三者相当于大学教育，后三者属于专门专业教育，国子祭酒相当于现在的教育部长兼国家最高学府的校长。孔颖达不仅负责教学管理，还亲自为国子监的学生授课，以《五经》为主要授课内容，兼及《孝经》等儒家经典。另外，孔颖达还负责皇太子的教育，所谓“皇子受业，则执经讲说”，孔颖达学识渊博，经学宏通，同时代的宰相于志宁称其“学徒盈于家室，颂声彰于国朝”③，“儒学优重者为之”的孔颖达无疑是侍讲东宫最合适的人选之一。皇太子李承乾，长孙皇后所生，出生在承乾殿，即以此命名。儿时极具禀赋，太宗常叫他裁决庶政，深得太宗宠爱。长大后却好声色游乐，极侈奢

① 孔颖达：《明堂议》，见《唐会要》卷 11，中华书局 1990 年版，第 175 页。

② 刘昫等：《旧唐书·经籍志》，中华书局 1975 年版，第 2813 页。

③ 于志宁：《孔颖达碑》，参见清代王昶撰《金石萃编·卷四十七·唐七》，据《石刻史料新编》(二)，台湾新文丰出版公司 1977 年版，第 799 页。

华，每每临朝“谆谆必忠孝，退乃与群小逞狎慢”，文过饰非，言行不一。大臣进谏，装出一副引咎自责、痛改前非之状，事后旧病不改。孔颖达常犯颜进谏，一次承乾乳母遂安夫人对孔颖达说：“太子已长大成人，先生为何要当面责备他呢?”孔氏却答：“我深受皇恩，死无所恨。”反而更加严厉管教。太子曾命颖达撰写《孝经义疏》，孔颖达遂“因文见意”，借题发挥，以此规劝太子。太宗知情后，赐颖达布帛五百匹，黄金一斤，以示嘉奖。负责太子教育的儒臣除孔颖达外，亦有令狐德棻、颜师古、于志宁、张玄素等时贤。只可惜李承乾不纳忠言，劣性难改，与汉王李元昌、兵部尚书侯君集谋反而遭废黜，死于黔州。

贞观十二年(638)，孔颖达奉唐太宗之命主持编撰《五经正义》，这是唐初最重要的一项国家文化工程，也是中国思想文化史上极具深远意义的一个文化创举。《五经正义》何年开始撰修，史书未明确记载。《唐会要》卷七十七《论经义》云：“贞观十二年，国子祭酒孔颖达撰《五经义疏》一百七十卷，名曰《义赞》，有诏改为《五经正义》。”考《旧唐书》本传，也未明说何时撰修，而《资治通鉴》云十四年撰定。① 合理的推测应该是，《五经正义》于贞观十二年开始撰修，至贞观十四年完成，且《五经正义》各《序》又说贞观十六年复核，最终完成。唐太宗对这一浩大的国家文化工程给予极高评价：“卿等博综古今，义理该洽，考前儒之异说，符圣人之幽旨，实为不朽。”正基于此，直接奠定了孔颖达在中国思想史、学术史、经学史、教育史上的崇高地位。

贞观十七年(643)，孔颖达已至古稀，请求“致仕”，太宗弗允，后经多次奏请，方得应允。太宗还诏令特别优待，俸禄不减，与在位同例。贞观二十二年(648)农历六月，孔颖达卒于万年县平康里家中，享年七十五岁。太宗诏令陪葬昭陵，谥曰“宪”。依古代谥法：“赏善罚恶曰宪。博闻多能曰宪。行善可记曰宪。”②可见谥号是对孔颖达一生恰如其分的评价。

---

① 司马光：《资治通鉴》卷一九五《唐纪十一》，中华书局 1979 年版，第 1785 页。
② 王溥：《唐会要》卷七十九《谥法上》，中华书局 1980 年版，第 565 页。

第二节　孔颖达《毛诗正义》文化思想观念的多重性

从上节孔颖达的生平我们可以看出，孔颖达一生服膺儒学，深受儒学影响。但就《五经正义》各经注来说，由于经文内容的不同，所据经文文本的不同，在注疏上表现出的思想有所不同，其中包含的思想观念并不完全一致，这也就导致孔氏的思想观念的驳杂性。本节对孔颖达《毛诗正义》中谶纬之观念，对佛、道之态度等加以探讨、诠别，虽未完备，但可以略知正义注疏中所蕴含的文化思想观念。

一、孔颖达《毛诗正义》纖纬之观念

《隋书·经籍志·谶纬类序》云：

> 至宋大明中，始禁图谶；梁天监已后，又重其制度。及高祖受禅，禁之逾切。炀帝即位，乃发使四出，搜天下书籍谶纬相涉者，皆焚之。为吏所纠者至死。自是无复其学，秘府之内，亦多散亡。今录其见存，列于六经之下，以备异说。①

清皮锡瑞在其《经学历史》中曾说：

> 义孔疏之失者，曰彼此互异，曰曲徇注文，曰杂引谶纬。案：著书之例，注不驳经，疏不驳注，不取异义，专宗一家；曲徇注文，未足为病。谶纬多存古义，原本今文杂引释经，亦非巨谬。惟彼此互异，学者莫知所从，既失刊定之规，殊乖统一之义。即如谶纬之说，经疏并引，而诗、礼从郑，则以为是，书不从郑，又以为非。究竟谶

① 魏徵：《隋书》卷八五，商务印书馆1955年版，第32页。

纬为是为非，矛盾不已甚与？①

皮氏认为《毛诗正义》引谶纬释经，谓其或从或驳，彼此互异，认为这是其解经之一大弊。但我们仔细梳证《毛诗正义》就可以看出，孔颖达引用谶纬以就其说，既有从也有驳，态度不一，表现出其思想观念的复杂性，也彰显出时代的特点，下面我们就《毛诗正义》引用谶纬来考察其情况。《毛诗正义》以毛传、郑笺为底本，因为郑玄笺证《诗》义每每会依据纬说，所以孔氏释笺亦不得不引用纬文来注疏。但毛传与纬文或异，故《毛诗正义》谓"毛传不信谶纬"。比如《商颂·玄鸟》：

"天命玄鸟，降而生商，宅殷土芒芒。"玄鸟，鳦也。春分，玄鸟降。汤之先祖有娀氏女简狄配高辛帝，帝率与之祈于郊禖而生契，故本共为天所命，以玄鸟至而生焉。芒芒，大貌。笺云：降，下也。天使鳦下而生商者，谓鳦遗卵，娀氏之女简狄吞之而生契，为尧司徒，有功，封商。尧知其后将兴，又锡其姓焉。自契至汤，八迁始居亳之殷地而受命，国日以广大芒芒然。汤之受命，由契之功，故其本意。传"玄鸟"至"大貌"。正义曰：《释鸟》云："燕燕，鳦也。"色玄，故又名玄鸟。毛氏不信谶纬，以天无命鸟生人之理。而《月令》仲春云："是月也，玄鸟至之日，以大牢祀于高禖。天子亲往，后妃率发嫔御。"玄鸟降日，则有郊禖之礼也。《大戴礼·帝系篇》说"帝喾卜其四妃之子，皆有天下"，云"有娀女简狄"，则契为高辛之子；简狄，高辛之妃。而云玄鸟至生商，则是以玄鸟至日祈而得之也，故以为"春分，玄鸟降。汤之先祖简狄祈郊禖而生契"也。玄鸟以春分而至，气候之常，非天命之使生契。但天之生契，将合王有天下，故本其欲为天所命，以玄鸟至而生焉。记其祈福之时，美其得天之命，故言天命玄鸟，使下生商也……笺"天使"至"天意"。正义曰：郑以《中候契

① 皮锡瑞：《经学历史》，中华书局1958年版，第178页。

握》云“玄鸟降水遗卵，流，娀简吞之，生契，封商”，《殷本纪》云“简狄行浴，见玄鸟遗其卵，简狄取吞之，因孕生契”，此二文及诸纬候言吞鳦生契者多矣，故郑据之以易传也。①

从上述中可以看出，“天命玄鸟，降而生商”句因传、笺解释各异，内容上产生龃龉，孔颖达则申郑而抑毛，对郑玄以谶纬解经深表信服，或经引纬说加以说明。如在《毛诗正义·生民》中说道：“郑信谶纬，以《命历序》云‘少昊传八世，颛顼传九世，帝喾传十世’，则尧非喾子，稷年又小于尧，则姜嫄不得为帝喾之妃。”②又在《尚书正义·舜典》中云“郑玄笃信谶纬”③。可以看出正义宗毛、郑二家之注，但在疏笺过程中亦多引谶纬之文为释，而疏传则不便明指纬书之伪，有环顾左右而言他，东向西望不见西墙之嫌。再如《毛诗正义·东门之杨》云：“毛、郑别自凭据，以为定解，诗内诸言昏月，皆各从其家。”又《毛诗正义·十月之交》云：“郑以为本刺厉王，毛氏移之。事既久远，下审实然以否。纵其实然，毛既移其篇第，改厉为幽，即以为幽王说之，故下传曰‘艳妻褒姒’，是为幽王之事，则四篇如之。今各从其家而为之义，不复强为与夺。”面对毛、郑解经之异，孔氏在难以定夺的情况下，以“不复强为与夺”之语搪塞，可见《毛诗正义》解经之矛盾，夹在毛、郑之间难以做出正确选择，而只能强之为说，这正体现了孔氏《毛诗正义》解经之特征，也是后人垢病之所在。

孔颖达还在《毛诗正义·诗谱序》中云：

《虞书》者，《舜典》也。郑不见《古文尚书》，伏生以《舜典》合于

① 孔颖达：《毛诗正义》，十三经注疏标点本，李学勤主编，北京大学出版社1999年版，第1444~1447页。

② 孔颖达：《毛诗正义》，十三经注疏标点本，李学勤主编，北京大学出版社1999年版，第1057页。

③ 孔颖达：《尚书正义》，十三经注疏标点本，李学勤主编，北京大学出版社1999年版，第223页。

> 《尧典》，故郑注在《尧典》之末。彼注云："诗所以言人之志意也。永，长也，歌又所以长言诗之意。声之曲折，又长言为之。声中律乃和。"彼《舜典》命乐，已道歌诗，经典言诗，无先此者，故言《诗》之道也。"放于此乎"，犹言适于此也。"放于此乎"，隐二年《公羊传》文。言放此者，谓今诵美讥过之诗，其道始于此也，非初作讴歌始于此也。《益稷》称舜云："工以纳言，时而飏之，格则承之庸之，否则威之。"彼说舜诫群臣，使之用诗。是用诗规谏，舜时已然。大舜之圣，任贤使能，目谏面称，似无所忌。而云"情志不通，始作诗"者，《六艺论》云情志不通者，据今诗而论，故云"以诵其美而讥其过"。其唐虞之诗，非由情志不通，直对面歌诗以相诫勖，且为滥觞之渐，与今诗不一，故《皋陶谟》说皋陶与舜相答为歌，即是诗也。《虞书》所言，虽是舜之命夔，而舜承于尧，明尧已用诗矣，故《六艺论》云唐、虞始造其初，至周分为六诗，亦指《尧典》之文。谓之造初，谓造今诗之初，非讴歌之初。讴歌之初，则疑其起自大庭时矣。然讴歌自当久远，其名曰诗，未知何代。虽舜世始见诗名，其名必不初起舜时也。名为诗者，《内则》说负子之礼云"诗负之"，注云："诗之言承也。"《春秋说题辞》云："在事为诗，未发为谋，恬淡为心，思虑为志。诗之为言，志也。"《诗纬·含神务》云："诗者，持也。"然则诗有三训，承也、志也、持也。作者承君政之善恶，述已志而作诗，为诗所以持人之行，使不失队，故一名三训也。①

从上述中我们可以看出，孔颖达为了阐释诗之名义，引《礼记·内则》《春秋纬说·题辞》《诗纬·含神务》等为之说，然后得出诗之三名，谓"然则诗有三训，承也、志也、持也"。这正是通过纬说来进行阐释的。再如《毛诗正义·大雅·十月之交》中说："《诗》之言月，皆据夏时，而知此'周十

① 孔颖达：《毛诗正义》，十三注疏标点本，李学勤主编，北京大学出版社 1999 年版，第5页。

月，夏八月’者，《推度者》曰：‘十月之交，气之相交，周十月，夏之八月。’纬虽不可尽信，其言主以释此，故据之以为周十月焉。”《毛诗正义·周颂·思文》中云：“‘武王渡孟津’至‘以谷俱来’，皆《尚书》文……《书说》‘乌以谷具来’，云‘谷以记后稷之德者’，《尚书旋机钤》及《合符后》皆有此文。注云：‘稷好农稼，今乌衔谷，故云记之也。’”①郑笺注经，首引《尚书·泰誓》之文，下引《书说》，孔颖达在阐释笺注时也称引《书说》，又说“《尚书旋机钤》及《合符后》皆有此文”，可以非常明确地看出郑笺所引纬书之文的出处，孔氏也是认可郑之解释的。另外，《毛诗正义·小雅·大东》中云：“《河图括地象》云：‘河精上为天汉。’扬泉《物理论》云：‘星者，元气之英也。汉，水之精也，气发而著，精华浮上，宛转随流，名曰天河，一曰云汉。’《大雅》云：‘彼倬云汉。’是也。此天河虽则有光，不能照物，故有光而无所明也。”②然《毛传》云“汉，天河也”。孔颖达则引《河图·括地象》及扬泉《物理论》来解释《毛传》之说。但我们前面讲，孔氏曾说“毛氏不信谶纬”，然而孔氏则是通过谶纬之说来阐释《传》说。

以上是我们对孔颖达《毛诗正义》引论谶纬之举隅，其实在《尚书正义》《礼记正义》《周易正义》《春秋左传正义》中不乏有引论谶纬之例，由于篇幅所限，此不赘述。孔颖达此谶纬之说或有助于阐述经义，然而《五经正义》皆有不从纬说的，可知孔氏不以谶纬之说为全信的，所以其又在《周易正义》中说“《纬》文鄙伪，不可全信”③。《春秋左传正义》云：“《礼纬》之文未可全依。”④可以看出，孔颖达取纬书之说可用者则用之，不可用者则弃之，并不全信谶纬之说。综上所述，可以看出孔颖达复杂的思想观念及

① 孔颖达：《毛诗正义》，十三经注疏标点本，李学勤主编，北京大学出版社1999年版，第1311~1312页。

② 孔颖达：《毛诗正义》，十三经注疏标点本，李学勤主编，北京大学出版社1999年版，第787页。

③ 孔颖达：《周易正义》，十三经注疏标点本，李学勤主编，北京大学出版社1999年版，第11页。

④ 孔颖达：《春秋左传正义》，十三经注疏标点本，李学勤主编，北京大学出版社1999年版，第795页。

对谶纬之说的态度。

二、孔颖达《毛诗正义》对待佛、道之思想观念

我们知道，魏晋之后，玄风盛行，对政治社会及世俗影响甚重，学者每以老庄解说儒家经典，致儒、道合流。另有玄辩之风盛行，释士与名士、儒家者流多有交往，儒家讲经受佛老之影响，义疏之学因此得以兴世焉。至南北朝时期，南北经学风格有异，南学重玄，而北学则较能固守儒学之藩篱。隋以降，南北合流，而孔颖达《五经正义》据南北朝、隋代旧疏删订而成，可谓六朝经学义疏之总结。由于长期受儒、释、道三家交织结果之影响，儒家在解经之时难免杂有佛、老之义说。唐朝三教俱盛，朝廷更有儒、释、道三教讲论之制，《五经正义》对待佛、老之态度如何，我们下面分别辨析之。

（一）《毛诗正义》对佛家之态度

《毛诗正义》对佛家之态度，形诸文字可见《周易正义·序》，其云：

> 其江南义疏十有余家，皆辞尚虚玄，义多浮诞。原夫易理难穷，虽复“玄之又玄”，至于垂范作则，便是有而教有。若论住内住外之空、就能就所之说，斯乃义涉于释氏，非为教于孔门也。既背其本，又违于《注》……今既奉勅删订，考察其事，必以仲尼为宗；义理可诠，先以辅嗣为本；去其华取其实，欲使信而有征。其文简，其理约，寡而制众，变而能通，仍恐鄙才短见，意未周尽。①

谓易理难且玄，然若欲垂范作则，便应“有而教有”，此为其解经之基本态度。所以孔氏说：“若论住内住外之空、就能就所之说，斯乃义涉于释氏，

① 孔颖达：《周易正义》，十三经注疏标点本，李学勤主编，北京大学出版社1999年版，第2~3页。

非为教于孔门也。"通过考析江南旧疏，其中多有以佛理义说阐释《周易》，所以才有孔颖达上述之言。通过《周易正义·序》我们可以推测，孔氏对于佛家是持排斥态度的，终其原因就是佛家之义是"非就教于孔门也"，是与孔颖达重振儒家之理想南辕北辙的，虽于他经未明说，但就它们的内容来看，态度上显然是一致的。然而我们疑惑的是，孔氏身处初唐三教合流时代，又深受佛玄同构的思想余脉之影响，其对佛经大义能不了解吗？有学者曾论述道：

> 试观其序所谓"原夫易理难究，虽复玄之又玄，至于垂范作则，便是有而教有，若论住内住外之空，就能就所之说，斯乃义涉于释氏，非为教于孔门也"。就孔氏此种见解，可以大略分疏以孔门为教之儒家同释氏之义，二者各自思想领域，成就殊异之思想造境及学说特点，此中之主要点，厥以孔门之为教"便是有而教有"，立于以"有"之本体观点，释氏则涉"空"之观点，孔颖达看出儒家与佛家之基本不同精神，而不以佛家之理趣杂入儒家之哲学义理中，护持儒家之本色，以仲尼为宗，不落于他宗之思想范畴，孔颖达就其序中，所发出之心意，并无大谬。但彼以为释氏之义"住内住外之空，就能就所之说"。显然把佛学一套动性的思想历程哲学，钉死于静态形而上系统中，并将佛学以"就能就所"二分其一乘圆融无碍之机体哲学。孔氏对于释氏之义，采取不正之论，实缘于未了解佛学根本义谛，一者不悟佛家般若学之"空"义，二者未究竟能所之关系，三者偏执于"住"义，以致孔氏于释氏之义全无相涉。①

郭文夫之文就"若论住内住外之空、就能就所之说"一语论其不切释氏之根本义谛，所言颇有道理。然而就《周易正义·序》上下文来看，孔氏开始便

① 郭文夫：《从佛学精神评论孔颖达〈周易正义序〉之谬误》，《哲学与文化月刊》1974年第10期。

说“其江南义疏十有余家，皆辞尚虚玄，义多浮诞”。接着又说《易》垂范作则，字正宜“有而教有”，下乃接云：“若论住内住外之空、就能就所之说，斯乃义涉于释氏，非为教于孔门也。”其言及“若论”，乃是针对江南义疏而言的，旧疏中当有“论住内住外之空、就能就所之说”，所以孔颖达才有此批判性的评说，表明江南旧疏杂有佛家之义说。而上述郭氏之文恰恰是逆而言之，与孔氏之注疏实情恐怕有所出入。所以说，若孔氏对佛经态度不明确，抑或对佛家义理参悟不深，怎么能在《周易正义序》出此批评佛家的断言呢！

然而，《五经正义》虽然不以佛家义理来阐释儒经，但《五经正义》是据旧疏删订而成的，又值唐初佛教盛行之时，其注疏中偶杂有释氏之言在所难免。钱锺书《管锥编·周易正义·乾》云：

> “乾、元亨利贞”。《正义》：“天者，定体之名；乾者，体用之称。故《说卦》云‘乾、键’者，言天之体以健为用。”按王应麟《困学纪闻》卷一引晁说之谓“体用事理”之辨本诸费典，“今学者迷于释氏而不自知”；翁元圻注引周柄中《书李中孚〈答顾宁人“体”、“用”二字书〉后》，略谓李氏以为二字始见禅宗六祖《坛经》而朱子借用，失之未考，据《系辞》韩康伯注及《正义》此节，以证晋、唐经说早已习用。元史绳组长《学斋佔毕》卷八论“‘体’、‘用’二字不出于近世”，据《正义》此节及“天行健”句《正义》，周、翁均未知也。文廷式《纯常子枝语》卷一〇论二字来历，引《成唯识论》卷一，又卷二九引《肇论》等处，仅引“天行健”句《正义》。《系辞》上“夫子还是说易之体用之状”，“易之体用，如引而已”，诸家胥忽而不征。夫体用相待之谛，思辨所需；释典先拈，无庸讳说，既济吾乏，何必土产？当从李斯之谏逐客，不须采庆郑之谏小驷也。……他如范缜《神灭论》之“质”、“用”；智者《法华玄义》卷一上之“力”、“用”，《文心雕龙·论说》举“般若”以折裴頠、王衍曰：“滞有者全系于形用”；《北齐书·杜弼传》诏答所上《老子注》：“理事兼申，能用俱表”。与“用”对称者曰“质”、曰“形”、曰

"能"、曰"力"，亦即谓"体"，异名同义，所贵得意忘言。①

从上述中我们可以看出，钱锺书谈到"体""用"相待之说出自释氏禅宗，而《正义》用之，所论详实。然而孔颖达是否有意而为之，或是仅同流俗，抑或时势而染，则不得而明。笔者才学浅疏，难以为证，实为遗憾。

（二）《毛诗正义》对道家之态度

《五经正义》对待道家之观念多采取兼蓄并包的态度，《五经正义》中称引老庄以解经之条目颇多，我们据此可以推测孔氏《五经正义》底本与旧疏不无关系，亦与唐初学术风尚以及封建威权政治有关。② 杨向奎曾撰文论及唐初学术风气时说：

这一种推崇老壮的风气，一直到初唐仍然存在，虽然那时推崇老子有其政治原因，打算拉老子作为李唐的不祧祖先，南朝的学术传统，也是有力因素。这是中唐前的普遍看法，认为老子和儒家经典可以合流，唐人正义引用老者不下几十条，引用庄子者也有几处，出于唐人的隋书经籍志也充分表达了这种思想，看它述说儒家道："儒者所以助人君明教化教者也。……周官太宰以九两系邦国之人，其四曰儒是也。"又叙述道家："道者盖为万物之奥，圣人之至机赜也。……夫阴阳者天地之谓也，天地变化，万物蠢生，则有经营之迹，至于道者，精微淳粹而莫知其体，处阴与阴为一，在阳与阳不二。……圣人体道成性，清静自守，为而不恃，长而不宰。……其玄德深远，言象

① 钱锺书：《管锥编》第一册，中华书局1979年版，第8~9页。

② 范文澜在《中国通史简编》中说唐初李渊想抬高李姓地位，曲附与道教李耳的关系，其终南山拜谒老君庙，宣扬李氏王朝与老子是亲属。并利用道、佛二教及儒学，他命国子监里立周公、孔子庙各一所，四时致祭。武德八年（公元625年），他亲到国子监，正式宣布三教地位，道第一，儒第二，佛最后。（参见范文澜著《中国通史简编》修订本第三编第二册，人民出版社1965年版，第650~651页。）

> 不测，先王惧人之惑，置于外方，六经之义，是所罕言。周官六两，其三曰师，盖近之矣。”他们极力把老庄之“道”和儒家之“道”混同起来，所谓“六经之义，是所罕言”当然和“夫子之言性与天道，不可得而闻也”有相同意义。并且说它们出自周官，一自师传，一为儒后，这和刘歆的诸子出于王官的说法，也有不同。在此，儒和道的关系越发紧密了，他们原来是最接近的“师”和“儒”，所以这两派学说可以互证注脚，而有区别。①

从杨文可知，唐初盛行儒道合流之学术风气，此时风很可能影响《五经正义》对旧疏中的道家学说去取就留之态度。《五经正义》综合南北经学，但总体来看，仍以南学为主。②《周易正义》宗王、韩注，而依照江南旧疏。王弼援引老庄解《易》，故江南旧疏“辞尚虚玄”乃大势所然。《周易正义·序》虽言其删订“考察其事，必以仲尼为宗；义理可诠，先以辅嗣为本”，但是其中仍多道家之言。《礼记正义》：“仍据皇氏以为本，其有不备，以熊氏补焉。”皇侃《论语》义疏中多老庄之言以解经，《礼记正义》亦多见道家之学说。另外，《尚书正义》《毛诗正义》《春秋左传正义》皆据刘焯旧疏删订，其中亦有称引道家之说以为用，下列举数例以见省纳，以证孔颖达《五经正义》对待道家之观念和态度。

《毛诗正义·关雎·序》云：

> 定本“所以风天下”，俗本“风”下有“化”字，误也。《仪礼》乡饮酒礼者，乡大夫三年宾贤能之礼，其经云“乃合乐《周南·关雎》”，是用之邦国也。施化之法，自上而下，当天子教诸侯，教大夫，大夫教其民。今此先言风天下而正夫妇焉，既言化及于民，遂从民而广之，故先乡人而邦国也。《老子》云：“修之家，其德乃余。修之邦，其德

① 杨向奎：《唐宋时代的经学思想——经典释文、十三经正义等书所表现的思想体系》，《文史哲》1958年第5期。

② 皮锡瑞：《经学历史》，中华书局1959年版，第156页。

乃丰。修之天下，其德乃普。”亦自狭至广，与此同意也。①

从上述中可以看出，孔氏认为《关雎》之义贵在化民，化民必由诸侯、大夫始，由个体到普遍，又从化民到邦国，从广而至深，再一次重申儒家“修身、齐家、治国、平天下”的宏大理想。而这正好与《老子》所“修德”之要义是从修家、修邦、修天下“自狭至广”的途径有着异曲同工之妙。

又《毛诗正义·小雅·采芑》云：

> 此上三章，皆云其车三千，言周室之强。路车朱芾，言车服之美也。必言其强美者，斯劣弱矣。《老子》曰：“国家昏乱有忠臣，六亲不和有孝慈，明名生于不足。”诗人所以盛矜于强美者，斯为宣王乱劣弱矣而言也。②

《毛诗》以《六月》至《无羊》等14篇为变小雅，《六月·序》云：“六月，宣王北伐也。《鹿鸣》废则和乐缺矣，《四牡》废则君臣缺矣，皇皇者华废则忠信缺矣。……小雅尽废则四夷交侵，中国微矣。”郑笺云：“《六月》言周室微而复兴，美宣王之北伐也。”《采芑》位于《六月》之后，其序云：“《采芑》，宣王南征也。”因宣王承历王之微，而《采芑》篇中言车服之美，故《传》云：“言其强美，斯劣矣。”《正义》引《老子》十八章之文，着重申明“明名生于不足”之义，以解释《传》之义说。

我们再来看《周易正义·咸卦》：

> “憧憧往来，朋从尔思”者，“始在于感，未尽感极”，惟欲思运动以求相应，未能忘怀息照，任夫自然，故有“憧憧往来”，然后朋从尔

① 孔颖达：《毛诗正义》，十三经注疏标点本，李学勤主编，北京大学出版社1999年版，第5~6页。

② 孔颖达：《毛诗正义》，十三经注疏标点本，李学勤主编，北京大学出版社1999年版，第644页。

之所思也。①

又如《周易正义·系辞上》：

若能行说易简静，任物自生，则物得其性矣。故《列子》云："不生而物自生，不化而物自化。"若不行易简，法令兹章，则物失其性也。《老子》云："水至清则无鱼，人至察则无徒。"又庄云："马剪剔羁绊，所伤多矣。"是天下之理未得也。②

再如《礼记正义·曲礼上》：

但道由德生，道为其本，故道优于德；散而言之，德亦是道，故揔云贵德。既三皇行道，五帝行德，以次推之，则三王行仁，五霸行义。五帝虽行德，亦能有仁，故《大学》云："尧舜率天下以仁"是也。案：老子云："道常无名。"河上公云："能生天地人，则当大易之气也。"《道德经》云："上德不德。"其德稍劣于常道，则三皇之世，法大易之道行之也。③

还如《春秋左传正义·昭公二十五年》：

老子云："五味令人口爽，王色令人目盲，五音令人耳聋。"言其

① 孔颖达：《周易正义》，十三经注疏标点本，李学勤主编，北京大学出版社1999年版，第141页。

② 孔颖达：《周易正义》，十三经注疏标点本，李学勤主编，北京大学出版社1999年版，第260页。

③ 孔颖达：《礼记正义》，十三经注疏标点本，李学勤主编，北京大学出版社1999年版，第965页。

过耽耆之，则此病，是其过则伤本性也。①

从上述材料中我们可以看出，《咸卦》正义中孔颖达取引王注“忘怀息照，任夫自然”亦是道家之言说，可见《周易正义》援引王注以成其说，皆取道家之言以释儒经。而在《周易正义》《礼记正义》《春秋左传正义》中更是直接引用老、庄、列语以释经，这种案例材料在《周易正义》中俯拾皆是，无怪乎孔氏在序中云“其江南义疏，十有余家，皆辞尚虚玄，义多浮诞”。孔氏正是在“辅嗣注于前，诸儒背之于后，考其义理，其可通乎”②的学术风气基础上来解决南北经学之不同的，我们似乎从孔颖达身上还能窥见魏晋以来的“儒道互补”之学术遗风的影子。

以上所论为《正义》对佛、道文化观念之态度。综合来看，尽管《正义》疏文或难免有佛家思想之余响，但总体来说孔颖达对佛家持排斥的态度，正因为《周易正义·序》中所言及“非就教于孔门也”。而《正义》对道家学说则持肯定包容的态度，时而述之，时而称引以援经、释经。孔颖达对佛道之文化观念态度差异缘何如此之大，皆因时流之染。有唐一代看似儒道佛三教合流，其实内部斗争静水深流般一直存在，而在这股三教合流的文化洪流中，孔颖达正是借着儒家经典的注疏完成一次革命性的角逐，从而获得官方权威的认可，借此去巩固儒家的在政治王朝中的地位使得儒家走出历史困境，借着官方的意识形态去传播儒家经学思想。而清代陈澧在《东塾读书记》中则评价说：

孔冲远作《正义》，用王辅嗣注，近人诋王注，并诋《正义》，此未知《正义》大有功也。冲远《正义·序》云：“江南义疏十有余家，皆辞尚虚玄，义多浮诞，若论住内住外之空，就能就所之说，斯乃义涉于

① 孔颖达：《春秋左传正义》，十三经注疏标点本，李学勤主编，北京大学出版社1999年版，第1456页。

② 孔颖达：《周易正义·序》，十三经注疏标点本，李学勤主编，北京大学出版社1999年版，第3页。

> 释氏，非为教于孔门也。”据此则江左说易者，不但杂以老氏之说，且杂以释氏之说，冲远皆扫弃之，大有廓清之功也。①

陈澧站儒家思想立场之上立论，所以盛赞《五经正义》对佛家之义说“大有廓清之功”，并把其看作儒家经典的范本。但在唐初的学术风气和政治文化环境下，若说孔颖达《五经正义》体现的是绝对的儒家本体思想，这个问题是要打个问号的。在初唐三教合流的文化、政治大环境中，兼容并蓄，并不全然拘泥于一家思想亦是唐代权威注疏的特点和长处。孔颖达在阐释五经时把个人的文化视野、历史的视野和时代的文化视野融合起来，才产生了五经注疏的“历史效果”，才使得儒家经典在有唐一代重新获得了强大的生命力。

① 陈澧：《东塾读书记》卷八，商务印书馆1955年版，第8页。

第二章 《五经正义》与唐代教育制度

《五经正义》乃是唐代明经科的范本，它的影响力与李唐政府的顶层教育设计息息相关，下面我们将会透过当时教育制度与科举制度来考察一下儒家经典在有唐一代的地位及影响。

第一节 《五经正义》与唐代教育

一个朝代的教育制度是统治者不敢忽视的经国大计，这关乎王驭天下和国家命脉。唐初的李世民对此就有极高的关注度，他在《崇文篇》中说：

> 至若长气亘地，成败定于锋端；巨浪滔天，兴亡决于一阵。当此之时，则贵干戈而贱庠序。及乎海岳既晏，波尘已清，值七德之余威，敷九功之大化。当乎此际，则轻甲胄而重诗书。是知文武二途，舍一不可；与时优劣，各有其宜。①

因此当国家太平之时，兴办学校是不可忽略的事情。唐代杜佑在《通典·礼十三·大学》中有明确记载：

> 大唐武德元年，诏皇族及功臣子弟，于秘书外省，别立小学。七

① 李世民：《崇文篇》，吴云、冀宇主编：《唐太宗集》，陕西人民出版社1986年版，第232页。

年，诏诸州县及乡，并令置学，有明一经以上者，有司试策，加阶叙。贞观五年，太宗数幸国学太学，遂增筑学舍千二百间；国学、太学、四门亦增生员。其书算各置博士。凡三千二百六十员。其屯营飞骑，亦给博士，授以经业。①

这段文字论及唐初中央及地方教育的设立。武德七年诏告州县乡学，有明一经以上的可参与考试；又在屯营飞骑中，亦授以经业，可见经学在唐代教育中是相当重要的一环。当然，其时的教育并非仅传授经学。以中央的国学为例，《通典·选举三·历代制下》曰：

国子监领六学：一曰国子学，生徒三百人；二曰太学，生徒五百人；三曰四门学，生徒千三百人；四曰律学，生徒五十人；五曰书学，生徒三十人；六曰算学，生徒三十人。凡二千二百一十人。②

据《唐六典》所载，当中律学主要习律令，书学习文字，而算学则习数学。③ 不过要注意的是，这三科学生人数合计不过 110 人，仅占学生总数的百分之五左右，而且这些学科的生徒多是“文武官八品已下，及庶人子”④。在人数及地位两方面，它们与另外三学根本不可同日而语。反观其他三学，国学“分习五经，一经六十人”，太学“每一经百人”，四门学“分经之制与太学同”，⑤ 合计 2100 人。它们的教育内容以儒家经书为主，由是可见政府是相当重视儒学教育的。

在国子监的六学之外，门下省尚设有弘文馆和崇文馆，生徒共 50

① 杜佑：《通典·选举三·历代制下》，台北新兴书局 1965 年版，第 302~303 页。

② 杜佑：《通典·选举三·历代制下》，台北新兴书局 1965 年版，第 83 页。

③ 张九龄等：《唐六典》，台北“商务印书馆”1983 年版，第 9~10 页。

④ 张九龄等：《唐六典》，台北“商务印书馆”1983 年版，第 10 页。

⑤ 杜佑：《通典·选举三·历代制下》，台北新兴书局 1965 年版，第 303 页。

人。① 根据《唐会要·宏文崇文生举》记载，两馆学生多是贵胄子孙，当中经学及帖经亦是他们主要的课业。② 吴兢在《贞观政要·崇儒》篇中云："太宗以儒学多门，章句繁杂，诏孔颖达等诸儒撰《五经正义》，付国学施行。"③可知唐初时习经的士子们是以《五经正义》为最高标准和范本的。这里稍作补充的是，国子监虽以经学为主要的授课内容，但并不表示它仅仅训练学员参与明经考试。《新唐书·百官志三》谓国子学除掌六学外，尚设广文馆，专门"掌领国子学生业进士者"④。又《唐六典》记载国子丞的职务云：

> 丞掌判监事。凡六学生每岁有业成，上于监者，以其业与司业、祭酒试之。明经帖经、口试、策经义；进士帖一中经、试杂文、策时务征事。⑤

可见进士亦于国子监受业，也是中央学府培养的人才，而帖经仍是他们学业训练中的一环。这一点可佐证上文谈到的进士与明经并非在学术上完全泾渭分明，他们之间的对立主要还是基于门第、仕途等非学术的因素的观点。

唐王朝政府重视教育除了兴办中央学校外，还相当注意地方的教育。前引《通典》记大唐武德"七年，诏诸州县及乡，并令置学"，这些州县学及乡学的设立，正是唐代教育普及的表现。州县学由经学博士主持，经学仍是主要的教学主要内容。杜佑《通典·职官·总论郡佐》云："大唐府郡置

---

① 宋祁、欧阳修等：《新唐书·选举志》，中华书局 1986 年版，第 1160 页。

② 《唐会要》记载天宝十四载敕："宏文馆学生自今已后，宜依国子监学生例帖试，明经进士帖经并减半，杂文及策，皆须粗通，仍永为恒式"；广德元年敕："宏文崇文两馆生，皆以资荫补，所习经业，务须精熟"；又太和七年敕："宏文崇文两馆生，今后并依式试经"，可见经学及帖经是两馆主要的教材。（见《唐会要》卷七十六，中华书局 1955 年版，第 1402~1403 页。

③ 吴兢：《贞观政要》卷七，上海古籍出版社 1978 年版，第 220 页。

④ 宋祁、欧阳修等：《新唐书·选举志》，中华书局 1986 年版，第 1267 页。

⑤ 张九龄等：《唐六典》，台北"商务印书馆"1983 年版，第 5 页。

经学博士各一人，掌以《五经》教授学生，多寒门鄙儒为之。”①《新唐书·百官四下》亦记载文学一职云：

> 文学一人，从八品上。掌以《五经》授诸生。县则州补，州则授于吏部。然无职事，衣冠和之。武德初，置经学博士、助教、学生。德宗即位，改博士曰文学。②

从上述中可以看出，州县经学博士的地位不高，没有职事，只是教学生研习儒家五经。在教学内容上，这些基层教育单位的取向与中央国学并无太大分别，基本上都是以儒学为主。官办学校与科举有相当密切的关系。由于国子监生徒在完成学业后，还须通过科举考试，这样才有机会被授官，所以学校后来渐渐变成科举的准备机关。当时甚至有诏令要求举试的士子都必须出自国学，《文献通考·学校二》云：

> 天宝十二载敕天下罢乡贡，举人不由国子及郡县学者，勿举选。③

然而，罢乡贡的时间并不长，天宝十四年即“复乡贡”。到文、武宗时，类似的诏令再次出现。据《唐会要·学校》记载：

> 太和七年八月赦节文，应公卿士族子弟，取来年正月以后，不先入国学习业者，不在应明经、进士之限。会昌五年正月制，公卿百官子弟，及京几内士人寄客，修明经、进士业者，并宜录于太学，外州县寄学及士人，并宜隶各所在官学。④

---

① 杜佑：《通典·职官·总论郡佐》，台北新兴书局1965年版，第189~190页。
② 宋祁、欧阳修等：《新唐书·百官四下》，中华书局1986年版，第1314页。
③ 马端临：《文献通考》，台北“商务印书馆”1952年版，第392页。
④ 王溥：《唐会要·学校》，中华书局1955年版，第635页。

这样的规制明确要求士子学员们必须出自国学门，否则不能参加代表国考的明经科举第考试，可见科举与学校以及儒家经学的密切关系。

学校原是以教学明理为务，但发展到后来渐渐成为科举考试的准备机构，就学校本身创立的旨趣而言，这自然不是好事，所以论者多认为唐代"科举浸盛，学校日微"①。学徒读书不再纯是为了充实自己，而是将它视为获取功名利禄的途径。然而，这种现象正可让我们了解到《五经正义》的重要。它作为钦定的国学教材，又是科举的官修范本，士子们自然奉它为圭臬了，而它在有唐一代及后世诸儒中所产生潜移默化的影响自然是不难理解的。下面我们就来谈谈《五经正义》与唐代科举之关系及《五经正义》在士子儒家经学业习中的传播和影响。

第二节 《五经正义》与唐代科举

唐代科举分岁举与制举两种。岁举是常例，每年举行一次；制举则是天子临时诏开的考试，对应考者的要求和人数都不固定，岁举科目众多。据《新唐书·选举志》载：

> 其科之目有秀才、有明经、有俊士、有进士，有明法、有明字、有明算，有一史、有三史，有开元礼、有道举、有童子。而明经之别，有五经、有三经、有二经、有学究一经，有三礼、有三传、有史料。此岁举之常选也。②

然而杜佑《通典·选举三·历代制下》中则说："贞观中，有举而不第者坐其州长，由是废绝。自是士族所趣征，唯明经、进士二科而已。"③清代的王鸣盛在分析了上引《选举志》中各科的具体情况后，亦得出这样的结论：

---

① 吕思勉：《隋唐史》下，香港太平书局1980年版，第1270页。
② 宋祁、欧阳修等：《新唐书·选举志上》，中华书局1986年版，第1159页。
③ 杜佑：《通典·选举三·历代制下》，台北新兴书局1965年版，第83页。

"大约终唐世为常选之最盛者，不过明经、进士两科而已。"①诸科之中，明经和进士两科最受重视。明经考试的主要方式是帖经，《通典》云：

> 帖经者，以所习经掩其两端，中间开唯一行，裁纸为帖，凡帖三字，随时增损，可否不一，或得四得五得六为通。②

这种考试形式和考试制度要求士子必须熟读儒家经书及其经典注疏。孔颖达主撰的《五经正义》作为官方钦定的考试标准范本，③ 对当时士子的影响自是异乎寻常的，也可说明孔颖达及其《五经正义》中的注疏思想在政治权力之手的推动之下，传播力度是可想而知的。不过明经与进士虽同是科举中最重要的科目，但当中进士及第尤为时人所重。赵翼在《陔余丛考·进士科》中云：

> 隋炀帝始设此科，唐因之。其初虽有诸科，然大要以明经、进士二科为重。其后又专重进士。④

所谓"缙绅虽位人臣，不由进士者，终不为美"⑤，《唐语林·企羡》尝记薛元超的话：

> 薛元超谓所亲曰："吾不才，富贵过人，平生有三恨：始不以进

① 王鸣盛：《十七史商榷》卷八十一，中国书店 1987 年版，第 1 页。

② 杜佑：《通典·选举三·历代制下》，台北新兴书局 1965 年版，第 83 页。

③ 除帖经以外，明经尚有经问大义等题目（见《新唐书·选举志上》，中华书局 1986 年版，第 61 页），当中注疏仍是相当重要。如柳冕《与权侍郎书》云："自顷有司试明经，奏请每经问义十道，五道全写疏，五道全写注。"（见《全唐文》卷五百二十七，上海古籍出版社 1990 年版，第 2370 页。）

④ 赵翼：《陔余丛考》，商务印书馆 1957 年版，第 583 页。

⑤ 王定保：《唐摭言·散序进士》，上海古籍出版社 1978 年版，第 4 页。

士擢第，不娶五姓女，不得修国史。”①

可见进士比明经更受重视，这是当时的风尚。大抵进士科以文辞诗赋为要，与明经科重视帖经的情况不同。唐人沈既济在《词科论》中说：

> 太后颇涉文史，好雕虫之艺。永隆中，始以文章选士。及永淳之后，太后君天下二十余年。当时公卿百辟，无不以文章。因循遐久，浸以成风。……五尺童子，和不言文墨焉。是以进士为士林华选，四方观听，希其风采。②

进士科既为时人所宗尚，文章之学自亦获得相当的重视。不过假如我们由是低估经书对当时士子的影响，并因此质疑“天下士民奉为圭臬”的《五经正义》实际上的重要性，似乎又不大妥当。原因如下。

第一，进士科虽然确比明经科更受唐代士子们重视，但这仅是相对的说法而已。总的来说，两科同是当时重要的科目，均是“士族所趋响”，进士科虽比明经更受重视，但不表示明经科完全被冷落、无人问津。说唐朝士子“竟相投考进士”亦可，若说当时“明经鲜有问及”，③ 则恐怕有些言过其实而夸大史实了。据杜佑说：

> 其进士大抵千人，得第者百一二；明经倍之，得第者十一二。……开元以后，四海晏清，士无贤不肖，和不以文章达，其应诏而举者，多则二千人，少犹不减千人，所收百绕有一。④

① 王谠：《唐语林》，据周勋初《唐语林校证》本，中华书局 1987 年版，第 382 页。

② 沈既济：《词科论》，据《全唐文》卷四七六，上海古籍出版社 1990 年版，第 2156 页。

③ 程方平：《隋唐五代的儒学》，云南教育出版社 1991 年版，第 89 页。

④ 杜佑：《通典·选举三·历代制下》，台北新兴书局 1965 年版，第 84 页。

据这条材料计算，一千人应进士，仅有一二十人得第，应明经的人“倍之”，即有二千人投考，那么得第的则应有两至四百人了。由此可推测开元以前一段时间，应明经的比应进士的要多得多。虽然后来进士及第的人更受大众尊崇和欢迎，投考的人也日益增多，但我们不能因此轻易相信明经科无人问津。韩愈《赠张童子序》说：

> 天下之以明二经，举于礼部者，岁至三千人，始自县考试，定其可举者，然后升于州若府。其不能中科者，不与是数焉。州若府总其属之所升，又考试之如县，加察详焉，定其可举者，然后贡于天子而升之有司。其不能中科者，不与是数焉，谓之乡贡。有司者总州府之所升而考试之，加察详焉，第其可进者，以名上于天子，而藏之属之吏部，岁不及二百人，谓之出身，能在是选者，厥惟艰哉！①

上述材料说明以明二经举于礼部者，每年有三千人，可见开元以后投考明经的士子仍相当多，并非今人程方平所谓的“鲜有问及”。另外，他指出最后能通过吏部试的不及二百人。就录取人数而言，这是相当重要的一点。现存有关的史料中，较少有直接论及投考明经科具体人数的材料，但可以肯定的是每年应明经及第的士子比进士及第的要多出许多。除上引杜佑、韩愈的说法外，权德舆在《答柳福州书》中也说：“明经者，仕进之多数也。”②《旧唐书·王丘传》亦云：

> 王丘……开元初，累迁考功员外郎。先是，考功举人，请托大行，取士头滥，每年至数百人，丘一切敦其实材，登科者仅满百人。③

---

① 韩愈：《赠张童子序》，据《全唐文》卷555，上海古籍出版社1990年版，第2487~2488页。

② 权德舆：《答柳福州书》，据《全唐文》卷四十一，上海古籍出版社1990年版，第3132页。

③ 刘昫：《旧唐书·儒学上》，中华书局1986年版，第3132页。

从上述中可以看出唐代开元以前及第的多至数百人，当中明经占了一大部分。其后及第名额限为百余数，但明经及第的仍接近百人。贞元十八年五月敕曰：

明经、进士自今以后，每年考试所收人，明经不得过一百人，进士不得过二十人。如无其人，不必要满此数。①

又在太和九年中书门下奏曰：

令条流进士人数，及诸色人等，进士元格不得过二十五人，今请加至四十人；明经元格不得过一百一十人，今请减十人。②

上述材料可以明证明经科及第人数每年有一百人左右，比二三十位进士及第要多出几倍。从另一方面也可以表明明经科要比科举取仕略微容易些，所谓“三十老明经，五十少进士”。唐时明经科的名声逊于进士，但及第的人数却比进士多。对此傅璇琮尝试从授官的情况来加以解释，他说：

明经出身，经吏部试合格，大多被选授为县丞、县尉、县令，或州县的参军、主簿之类，就是说，普遍地方州县的基层地方官员。③

还说：

对于封建国家的整体来说，大量需要的则是州县一级的官吏，他

① 《册府元龟・贡举部・条制第二》，中华书局 1989 年版，第 2105 页。

② 王钦若等：《册府元龟・贡举部・条制第二》，中华书局 1989 年版，第 2105 页。

③ 傅璇琮：《唐代科举与文学》，陕西人民出版社 1986 年版，第 125 页。

> 们需要懂得一定的儒家经书，但不强求具备较高的文学才能，而同时又要求有一定的数量(不像进士为培养起草制诰人材，人数不需要很多)，明经就正好适合这些要求。就是说，对封建统治来说，明经是培养吏治人材的。……而唐朝的文人，却往往用文采来衡量人物，进士科中出文人又较多，唐代所谓重进士而轻明经的风气，就是这样造成的。就是说，贬抑明经科，是出于受进士科文人的影响。①

他指出进士科比明经科显贵，在于当时文人好以文采衡量人物。就政府制度而言，明经与进士同是国家选拔人才的工具。国家需要大量地方基层官员，并要求他们对儒家经书有一定的认识，于是明经科便成为选拔这些人员的办法。他们虽然不如进士科般受人尊敬，但试想：每年有大批明经科及第的人，通过吏部选拔考试后被分配到全国各地任职，而这些吏治人才又全熟读以《五经正义》为标准的儒家经书及注疏，我们若过分贬抑经书在当时的地位，恐怕有失公允。

第二，进士科与明经科虽然一个尚文采，一个重经学。这两个取士的形式只表示两科的各自的侧重点不同罢了，并不代表进士科与经学完全无关。据《通典》载：

> 自是士族所趣谱，唯明经、进士二科而已。其初止试策，贞观八年，诏加进士试读经史一部。至调露二年，考功员外郎刘思立始奏二科并加帖经。其后又加《老子》《孝经》，使兼通之。永隆二年诏：明经帖十得六，进士试文两篇，通文律者然后试策。②

而《唐会要·贡举中·进士》又说：

---

① 傅璇琮：《唐代科举与文学》，陕西人民出版社 1986 年版，第 127~128 页。
② 杜佑：《通典·选举三·历代制下》，台北新兴书局 1965 年版，第 98 页。

> 纲露二年四月，刘思立除考功员外郎。先时，进士但试策而已，思立以其庸浅，奏请帖经，及试杂文。自后因以为例程。①

明经与进士本来均只试策，后来并加帖经，进士还加杂文。可见帖经并非明经科所独有。

此外，进士科中以诗赋为主的杂文最受士子重视，这是人所共知的，不过我们不要因而忽略帖经也是考试的项目之一。而且在制度上，它比杂文更为固定。

《唐会要·贡举中·进士》还云：

> 建中二年十月，中书舍人权知礼部贡举赵赞奏：进士先时试诗、赋各一篇，时务策五道，明经策三道。今请以岁、论、表、赞代诗、赋，仍试策二道。②

又载：

> (太和)八年正月，礼部侍郎李汉奏，准太和七年八月敕：贡举人不要试诗、赋、策，且先贴大经、小经共二十帖，次对正义十道，次试议论各一首讫。③

可见诗赋并非常项。但反观帖经，它在进士科中是相当固定的一环。阎文儒对此有相当肯綮的论述：

> 帖经虽被视为进士科场屋的大厄，但有唐一代均受到重视，岁岁举场都必设，无有例外。只是有先帖经后试文赋，与先试文赋后帖

① 王溥：《唐会要·贡举中·进士》，中华书局1955年版，第1379页。
② 王溥：《唐会要·贡举中·进士》，中华书局1955年版，第1380页。
③ 王溥：《唐会要·贡举中·缘举杂录》，中华书局1955年版，第1385页。

经，及帖多帖少之别。①

总而言之，进士与明经虽然前者尚文采，后者重经学，但这只是两科偏重点的不同而已，并不表示文词与经学完全径渭分明，互不相涉。陈寅恪说："进士科主文词，高宗、武后以后之新学也；明经科专经术，两晋、北朝以来之旧学也。究其所学之殊，实由门族之异。"②他将进士与明经的对立，解释成"武后以来君主所提拔之新兴统治阶级"与"北朝以来山东士族之旧家"③在门第上出身的不同。这说法在细节上虽或有可争议之处，④但他指出进士与明经的对立，并非单纯是学术兴趣或见解上的分歧，相当发人深省。进士不如明经科般长于经术，这只是相对来说而已。事实上，他们也必须试帖经，对儒家经典有着一定的认识。我们倘若因为进士与明经在政治上或出身上的分野，而忽略其与经书的关系，这是不合乎史实的。

我们在上文中不厌其烦地讨论《五经正义》与唐代教育制度及科举之关系，并不是要过分渲染经书在当时的重要，而是由于过去学者在讨论这段时期的学术思潮时，大多忽视了经学与当时官方政策的关系，所以这里才拈出一些史料，让人注意一下有关的记载。我们无意，也没有必要隐瞒在科举上，进士科确然比明经科更受到士子重视这个事实，亦不必讳言唐代

① 阎文儒：《唐代贡举制度》，陕西人民出版社1989年版，第110页。另据《封氏闻见记校证》卷三(台北中文出版社1966年版，第2页。)谓唐有"赎帖"之例，若士子于帖经考场落第，仍可作诗抵赎。但由于当下史料中有关这方面的记载并不多见，所以阎氏的说法仍是相当可信的。

② 陈寅恪：《唐代政治史述论稿》，上海古籍出版社1982年版，第83页。

③ 陈寅恪：《唐代政治史述论稿》，上海古籍出版社1982年版，第73页。

④ 如著名历史学家岑仲勉曾对陈说提出过批评。在其《隋唐史》中，他说明经与进士考试中"最殊异者在二试：明经只问经之大义，进士乃写诗、赋各一篇。吾人对此首应讨论者，两科所习，是否可以'旧学'、'新学'为分野。考诗体溯源于三百篇，赋体两汉极盛，初唐诗格仍上继齐梁，乌得谓之'新学'？……应明经试者之空疏敷佑……安得称曰经术？更安得谓由门族之异而所习各殊？"(岑仲勉：《隋唐史》，商务印书馆1957年版，第184页。)

的官学在安史之乱后，在经济上出现问题，日渐式微。只是希望除了这些史实外，我们尚晓得明经科虽不如进士科受欢迎，但也是相当重要的贡举科目，而且进士科也不是与经学完全无关的。同样，中唐以后国学的影响力虽日渐下降，但我们亦想他人注意一下在这些国学兴盛之时，到底什么是主要的教材。

众所周知，唐代是中国诗歌发展的黄金时期——被称诗国高潮，素朴的唯物史论者总爱将这类现象简单地归因于当时的社会或经济等诸种因素。诗歌的作者绝不会是文盲，他们是受过良好教育的知识分子，于是在讨论到科举及教育这些对知识分子有深远影响的制度时，他们的注意力便更多地集中在其中与诗歌韵律有关的史实里去。然而强调了某一方面的史实，很多时会使人过分低估它的对立面实际上的地位。上文讨论经学与当时科举及教育的关系，便是为了纠正一些对唐代经学不必要的错误评估。就像对待当时“乡校俚儒教田夫牧子”的蒙学教材《兔园册》一样，我们除了要注意它乃“徐庾文体”，有相当的文学价值外，亦不应忽视它有“引经史为训注”的事实。①

我们重视这些材料，并不是要单纯地“为了史实而史实”，而是因为它们背后潜伏着相当深远的理论意义。传统中国知识分子对儒家的经书抱有相当大的敬意。所谓“经者，道之常”，经书所以受到重视，是因为他们相信“经”体现了永恒的大道理，是“恒久之至道，不刊之鸿教”。然而受过西学思想洗礼的现代中国知识分子，已不再单纯地接受这种见解了。就经书内容的性质而言，《易》不过是卜筮之书，《诗》是诗歌的总集，《书》是上古历史文献集，而《春秋》则是鲁国的编年史书。假如没有历代学者对它们

① 以上有关《兔园册》的引文，均见薛居正等撰《旧五代史·冯道传》(中华书局1976年版，第1656~1657页)。案《隋唐五代文学批评史》云：“太宗子蒋王李恽曾命僚属杜嗣先作《兔园策》，为士子应试参考，其文‘乃徐庾文体’。总之唐初一般人(包括贞观君臣)十分重视综缉词采、错比文华的文辞声色之美，与南朝人并无二致。这段评论是文评史家论述到《兔园策》时，注意力多集中在该书的文体的一个典型例子。”(见王运熙、杨明：《隋唐五代文学批评史》，上海古籍出版社1994年版，第44页。)

的注释，经书的内容根本不会如是博大深邃。

儒家经典的价值呈现需由每一代儒家后学去重新建构，基本方法之一就是透过注解、诠释并结合时代赋予其新的生命。其他经典的情况亦如此，它们的内涵乃是由过去学者一代又一代地丰富和建构起来的。而在诠释的过程中，学者们除了吸纳前人的成果外，很多时会(有意或无意地)将他们身处的时代所关心的问题及思维模式，注入对经典的解释里去，使得经典能有新的内涵和意义，可以适应新的环境。我们一般说经书经得起时间的淘洗，其实不过就是通过这些人为的因素，将它一代又一代地延续下来而已。经书能够通过注解恢复生命力，不致被“时间”淘汰。但令人疑惑的是，除了它们之外，每个时代都会另外有一些富有活力的学说，为什么独是它们能够成为经典，而老、庄、荀、韩等其他重要思想家的著作却不能呢？最简单但又最能成立的答案是：由于政治理想上儒家强调君臣尊卑等观念，有助于官方巩固政权，所以它时常受到当权者推崇，成为传统中国君主制度下的显学。由此我们可知经典所以成为经典，除了因为它(透过诠释后)有内在的价值外，还因为它与外在的政治权力有密切的关系。

近代学者指出统治团体为了牢固自己的政权，除了必要的武备外，还会在文化上制定不少的政策，将他们的政权合法化，并且会潜移默化地将这种思想灌输给被统治的群众，借此稳固他们的权力。这种以文化为手段去巩固政权的策略名为“文化霸权”(hegemony)，其中学校教育是极为重要的环节。历史上经典的形成，并获得普罗大众的重视，与学校教育有相当大的关系。诚如美国耶鲁大学教授约翰·杰罗瑞(John Guillory) 所言：

> “经典”的形式属于社会关系再现(Reproduction)的程序，但它不能实时进入其中。它不是一座由无形的手堆砌出来的金字塔，也不是如化学试剂般直接和不可抵抗地对社会诸种关系起着作用。“经典”在历史上是在特定的再现机关——学校中，透过教学课程这类具体的形

式，成为散漫的传播工具的。①

初唐君主李世民非常重视“干戈”与“庠序”的文武张驰的治国之道，但就治国而言，二者实际上必须是“舍一不可”的。“庠序”事关国家政治文化命脉，就具体的运作来说，它是以儒家经典为主要教材的，学校的性质后来逐渐为科举所取代并表现出来。《五经正义》作为唐初皇命钦定的解释儒家经书的唯一范本，其中内涵的政治主张和教化观念以及孔颖达人个的文艺观念极具权威性，这些又通过科举、教育等机关的传播成为封建士子读书进阶的“金科玉律”。它的重要性是毋庸赘言的。

① John. Guillory. Cultural Capital：the problem of literary canon formation，University of Chicago Press. 1993，p. 56.

第三章 《毛诗正义》成书的历史背景、成书体例与阐释方式

第一节 《毛诗正义》成书的历史背景

有汉以来，自从把《诗》奉为“经典”后，在学术分类上，分为今文经学和古文经学。南北朝以后，对《诗》的考据、义疏甚是勃兴，最后形成《诗经》学的南学、北学。入隋，由于受到南朝、北朝解经方式的影响，在学术上出现驳杂现象。唐朝建立后，统治者对于“以史为鉴，可知兴替”深信不疑。李世民对刚刚建立的政权能否长治久安心存忧虑，反思历史之后，他认为汉代的强大，是重视儒家思想的结果，隋初的兴盛，也是采取通过儒学来明经科、选拔人才的制度的结果。唐帝国政权想要强大，必须发展儒学，统一思想。李世民对儒学有着非常鲜明的立场，据《贞观政要》记载：“朕今所好者，惟在尧舜之道，周孔之教，以为如鸟有翼，如鱼依水，失之必死，不可暂无耳。”①李世民非常注重培养和选拔儒学人才，贞观之世聚集于中央政府和国子监六学二馆的，不是硕学鸿儒，就是对儒学造诣颇深之士。“凡在朝士，皆功效显著，或忠孝可称，或学艺通博，所以擢用。”②体现了唐太宗儒学治国的顶层设计思想，与隋朝儒学地位的低卑形成鲜明的对比。

---

① 吴兢：《贞观政要》卷六，据裴汝诚等《贞观政要译注》本，上海古籍出版社2006年版，第195页。

② 刘昫等：《旧唐书》，中华书局1975年版，第4941页。

除了重视儒学人才以外，最为重要的就是培养和选拔儒学人才。巩固唐代初定的政权较好的途径莫过于于弘扬儒学，以期达到统一思想的目的。于是通过明经科来选拔人才是唐初统治者所要考虑的方面，由于当时经学异学颇多，没有一个统一文本，在这种特殊的教育环境下，必须选人来编一套明经科的全国统一“教材”，以便于“考生”使用。《旧唐书·儒学上》记载：

> 太宗又以经籍去圣久远，文字多讹谬，诏前中书侍郎颜师古考定五经，颁于天下，命学者习焉。又以儒学多门，章句繁杂，诏国子祭酒孔颖达与诸撰定五经义疏，凡一百七十卷，名曰《五经正义》，令天下传习。①

据此我们可以知道，唐太宗因为“儒学多门，章句繁杂”，故令国子祭酒孔颖达编撰《五经正义》这个统一经义的全国通用的教材。“皇帝以朝廷拥有的政治话语权力，要求经典的理解和解释有一个富于包容性的框架，这一意图在贞观年间孔颖达奉命主持编定的《五经正义》中，就得到了全面的体现。”②《新唐书·孔颖达传》记载：

> 孔颖达字仲达，冀州衡水人。八岁就学，诵记日千余言，暗记三记义宗。及长，明服氏、春秋传、郑氏尚书时礼记、王氏易、善属文、通步历。尝造同郡刘焯，焯为重海内，初不之礼。及请质所疑，遂大畏服。③

孔颖达博通经学，并能兼通南、北经学，在经学方面有精深造诣。《毛诗正义·序》云：“谨与朝散大夫行太学博士臣王德韶、征事郎守四门博士臣

① 刘昫等：《旧唐书》，中华书局1975年版，第4941页。
② 葛兆光：《中国思想史》第一卷，复旦大学出版社2001年版，第461页。
③ 宋祁等：《新唐书》，中华书局1975年版，第5643页。

齐威等共同讨论，辨详得失。”①序中说此书虽成于众人之手，但从中心思想，确定体例，选取定本，至最后的定稿、序文，都是孔颖达一手来完成的，书中浸透着孔颖达的思想和心血。经他之手，统一了南、北经学长期驳杂的局面，又使南、北经学有机地融合。所以“在一统的帝国中需要一个统一的经典与解释系统，这不仅对于知识分子与思想的清理有益，对于确定教育和选拔官员也有意义，因为教育尤其是早期教育，毕竟是确立每个知识人的思想取向的基础，而选拔特别是伴随着实际利益的官员选拔，更是激励知识和取向的最有力的导向”②。

如果说唐代的政治思想文化语境是《毛诗正义》的成书背景的外因，那么诗歌自身的发展规律和诗学理论的内部转型恰恰构成了《毛诗正义》成书背景的内因以及孔氏文艺美学思想端以形成的根据。虽然《毛诗正义》的解经模式深受“毛诗”体系理论模式的影响，但是正如朱自清所说：“孔氏诗学，上承六朝，六朝诗论免不了影响经学，也免不了间接给他影响。”③魏晋六朝是中国文学理论最为发达的时代，儒道兼综、佛玄同构的多元思想文化格局下，一方面儒家诗学理论独尊地位已经动摇，另一方面人们又正在寻找新的思想依归——玄学。在玄学思想支配下，士人们思想个性、士风、审美意识在悄悄地发生改变。这使得《诗经》经学文本不再是唯一的阅读文本，代而替之的是咏吟自然、独抒性灵、思想超脱的诗歌创作。这样，发展出与经学诗学完全不同的另一套理论话语，即诗歌创作便得到了空前的发展，且大大超越了《诗经》四言诗的局限，发展成以五言诗为代表兼及各种诗体的诗歌形式，呈现出多样化的美学风格。所有这些势必会对后代《诗经》学研究者产生或多或少的影响，在孔颖达的诗歌理论中我们也可以看到这些的痕迹。诸如孔颖达在诗歌发生论中引入“感物说”“情志一也”“诗缘政”等诗学范畴时，虽然有其经学的渊源，但更多的还是受到六

① 孔颖达：《毛诗正义》，十三经注疏标点本，李学勤主编，北京大学出版社1999年版，第3页。

② 葛兆光：《中国思想史》第一卷，复旦大学出版社2001年版，第460页。

③ 朱自清：《诗言志辨》，华东师范大学出版社1996年版，第39页。

朝“感物”“诗缘情”等美学思想的直接影响。特别是他对《诗经》形式艺术的重视和对艺术创作方法的理论总结，充分显示了在魏晋六朝文艺思想的熏染下，孔氏解经话语体系由《诗》学向诗学转化的趋势，我们后面还会专章去谈这个问题。所以说“《毛诗正义》虽是经学一统时代的产物，毕竟受到魏晋以来的《诗经》解读倾向的影响，在对序、传、笺的疏解中都表现了对文理的重视，而具有一定的文本意识”①。

总之，《毛诗正义》成书正是由政治思想文化背景与唐初诗歌创作转型内外合力而形成的，孔颖达在对《诗经》的阐释过程中把政治与审美进行了平衡，把诗歌的审美价值与政治教化统一起来，这样就为《毛诗正义》作为唐代权威读本找到了一种合法的内在依据。

第二节 《毛诗正义》的成书体例

在官方意识形态主导下，孔颖达在主编《毛诗正义》时，采用颜师古的《诗经定本》为稿本，而训释上则以刘焯的《毛诗述议》以及刘炫的《毛诗述义》为底本。在成书过程中，主要考虑两个方面。诚如《毛诗正义·序》中说：

> 汉氏之初，《诗》分为四：申公腾芳于鄢郢，毛氏光价于河间，贯长卿传之于前，郑康成之于后。晋、宋、二萧之世，其道大行；齐魏两河之间，兹风不坠。其近代为义疏者，有全缓、何胤、舒瑗、刘轨思、刘醜、刘焯、刘炫等。然焯、炫聪颖特达，文而又儒，擢秀干于一时，骋绝辔于千里，固诸儒之所揖让，日下之无所双，其于作疏内特为殊绝。今奉敕删订，故据以为本。②

① 蒋方、张忠智：《先秦至唐初〈诗经〉文本阅读的历史演化》，《湖北大学学报》(哲社版)2002 年第 3 期。

② 孔颖达：《毛诗正义》，十三经注疏标点本，李学勤主编，北京大学出版社 1999 年版，第 3 页。

但是孔颖达具体的操作中，也不是全以二刘为能事，并进行大规模的的修改和增删，《毛诗正义·序》中说：

> 然焯、炫等负恃才气，轻鄙先达，同其所异，异其所同，或应略而反详，或宜详而更略，准其绳墨，差忒未免，勘其会同，时有颠踬。今则削其所烦，增其所简，唯意存于曲直，非有心于爱憎。①

《四库全书总目提要》中也说：

> 自《郑笺》既行，齐、鲁、韩三家遂废。（案此陆德明《经典释文》之说。）然《笺》与《传》亦时有异同。魏王肃作《毛诗注》、《毛诗义驳》、《毛诗奏事》、《毛诗问难》诸书，以申毛难郑。欧阳修引其释《卫风·击鼓》五章，谓："郑不如王。"（见《诗本义》）王基又作《毛诗驳》，以申郑难王。王应麟引其《苤苢》一条，谓："王不及郑。"（见《困学纪闻》，亦载《经典释文》）晋孙毓作《毛诗异同评》，复申王；陈统作《难孙氏毛诗评》，又明郑义。袒分左右，垂数百年。至唐贞观十六年，命孔颖达等，因《郑笺》为《正义》，乃论归一定，无复歧涂（途）。②

孔氏在编《毛诗正义》另一个关键工作就是，"辨别毛、郑之间的异同，并参照王肃等人长达数百年的经义争论，对《诗经》的经义作出选择、裁决或调定，故取名曰'正义'，使明经科的考生有一个标准的《诗经》经义的文本"③。

从序文中我们知道，《毛诗正义》在成书的体例上，是采众家之长于一

① 孔颖达：《毛诗正义》，十三经注疏标点本，李学勤主编，北京大学出版社1999年版，第3~4页。

② 《钦定四库全书总目提要》，转引自《毛诗正义》，十三经注疏标点本，李学勤主编，北京大学出版社1999年版，第1页。

③ 张启成：《论〈毛诗正义〉与诗经学》，《贵州文史丛刊》1998年第5期。

体的，按照葛兆光先生的说法就是："除了表达消解今文与古文、泯灭南方与北方的综合趋向以外，更重要是传达了一个官方的消息，这就是对六朝时期经典解释中出现个人性的，力图超越历史文本和传统解释的取向的批评。"①孔颖达的阐释《诗》的工作不但要符合官方政治的需要，还要剥去历代对《诗》阐释的陈垢，在对《毛传》《郑笺》的接受上作出取舍，或重新阐释，或创新，或突破，而后达到一种折中、融合，形成自己的阐释《诗》的方法和特点。正如伽达默尔所说：

> 理解活动总是这些被设定为在自身中存在的视域的融合过程……在对传统的研究中，这种融合不断地出现。因此，新的视域和旧的视域不断地在活生生的价值中汇合在一起，这两者中的任何一个都不可能被明确地去除掉。②

所以说，孔颖达在阐释《诗》的过程中，要对毛传、郑笺进行梳理，疏通疑义。在"疏"时必须就自己的理解与《毛传》或《郑笺》的理解达到有机的融合，也就是要"以意逆志"地理解和创新。我们来看看孔颖达《毛诗正义》的具体的成书体例：

《毛诗正义》的整个书的体例是首先列出《毛诗正义·序》，然后列出郑玄《诗谱·序》进行疏解，从整体上使读者知道这本书的概况，然后是对《诗大序》、各个风谱、大、小雅谱、颂谱进行经义解释。其次，就是对《诗小序》《毛传》《郑笺》依次进行疏解，从整体到局部，然后对《诗》的句子进行解释。我们前面讲过，在阐释过程中，孔氏不是原本的对《毛传》《郑笺》的翻译或解释、接受，而是在疑义方面有自己的见解，并疏通异说，在整本书的体例上既接受了前人的研究成果，又有所创新和发展。下面略举例子说明：

---

① 葛兆光：《中国思想史》第一卷，复旦大学出版社 2001 年版，第 463 页。

② ［德］伽达默尔：《真理与方法》，洪汉鼎译，上海译文出版社 1994 年版，第 289 页。

《毛诗·鄘风·柏舟·序》：共姜自誓也。卫世子共伯蚤死，其妻守义，父母欲夺而嫁之，誓而弗许，故作是诗以绝之。《郑笺》：共伯，僖侯之世子。共音恭，下同。姜，居羊反。共妻，共伯之妻也，妇人从夫谥。正义曰：作《柏舟》诗者，言其共姜自誓也。所以自誓者，卫世之共伯蚤死，其妻共姜守义不嫁，其父母欲夺之其意而嫁之，故与父母誓而不许更嫁，故作是《柏舟》之诗……言卫世子者，依《世家》，共伯之死，时釐侯已葬，“入釐侯羡自杀”，则未成君，故系之父在之辞。言世子，以别于众子，《曾子问》曰：“君薨而世子生”之类也……《左氏》之义，既葬称君，与此不同。此诗便文说事，非史策属辞之例也。疏《郑笺》曰：《史记》僖字皆作……则古今字异而音同也。①

从上述中，我可以看出《毛诗正义》的成书体例。《毛传》或《郑笺》，有疑义时，用史书或者他经来引证，最后达到统一经义。再看下面《毛诗正义·唐风·蟋蟀》：

蟋蟀在堂，役车其休。笺云：庶人乘役车。役车休，农功毕，无事也。[疏]笺“庶人”至“无事”。正义曰：“庶人乘役车”，《春官·巾车》文也。彼注云：“役车方箱，可载任器以供役。”然则收纳禾稼亦用此车，故役车休息，是农功毕，无事也。《酒诰》云：“肇牵车牛，远服贾用，孝养厥父母。”则庶人之车，冬月亦行。而云“休者”，据其农功既终，载运事毕，故言休耳，不言冬月不行也。②

① 孔颖达：《毛诗正义》，十三经注疏标点本，李学勤主编，北京大学出版社1999年版，第179页。

② 孔颖达：《毛诗正义》，十三经注疏标点本，李学勤主编，北京大学出版社1999年版，第380页。

《毛诗正义》引用经典，首先肯定了《郑笺》的解释。《郑笺》所谓的“役车毕休，农功毕，无事也”，然后引用《周礼·春官》来证明郑氏的说法，役车停歇，意味着农事做完了。最后又引用《酒诰》，看起来与《郑笺》《春官》的说法互相矛盾，在孔颖达看来，它们是互相补充，都是对事实的描述。这样《毛诗正义》在体例上，孔颖达通过处理异说、疏通疑义，对毛传、郑笺合理的接受，把古人的视野与自己的视野、时代背景“融合”，使《毛诗正义》成为一个有机的整体。

第三节 《毛诗正义》的阐释方式

孔颖达对《毛诗正义》的阐释是超越前人和有所突破的，通过自己的阐释方式来完成，“阐释”既是他对具体经义和语境的理解，也是把前人视野与自己视野融合的一种方法。他的文学思想也是通过阐释方式来表现的，所以说研究他的文学阐释思想，研究他的阐释方式是非常重要的。具体说来，孔颖达解《诗》的阐释方式：追本溯源、以经解经与解喻结合三种。

所谓的“追本溯源”主要是指通过对历史源流、发展过程的考察来获取某一事物的本质，以求从上至下、从抽象到具体、从整体到局部，更好地把握事物的发展过程。这种阐释方式在孔颖达阐释《诗》的过程中是很常见的，如《毛诗正义·大雅·文王有声》：

> 正义曰：上既言文王之事，故武王继之。今丰水之得东流，注渭入河者，是禹之功业，言禹决治之，其傍得成平地也。今文王得作邑于傍，武王既成镐京，故为天下四方所共同心归之，文王、武王维于是为之君而施化焉。此王诚得人君之道哉……《尧典》曰：“汤汤洪水。”是尧时洪水。此言丰水东注，由禹之功，故知丰水亦泛滥为害，禹治之也。泛滥，谓长滥决，平地有水也。《禹贡》曰：“导渭自鸟鼠同穴，东会于丰，入于河。”是丰水入渭，东注于河。此章武王之事，而并言文王作邑于其傍者，以二邑皆在丰傍，举丰而言，可以兼及

文王，故连言之。《帝王世纪》云："丰、镐皆在长安之西南。"言丰邑在丰水之西，镐京在丰水之东，以时验而知之。("丰水"至"烝哉"句正义)①

文中说"丰水东注"，是大禹之功。上古时期洪水灾难，是大禹治理，使洪水注于渭河。先赞美禹王之功，后又引《尧典》《禹贡》《帝王世纪》从本至末，追本溯源地说明上古时代的洪水泛滥，引出禹治水之功。这样就给人提供了一种清晰的阐释脉络，可以清晰地对《毛传》《郑笺》到《毛诗正义》有一个整体性的把握。正如郭绍虞先生所说：

中国人的思想是很能从错综复杂的现象中理出头绪，寻出规律，使之简易化，然后再从简易入手，驾驭各种变化和复杂的事情。在政治和军事各方面都是这样。所谓"乾以易知，坤以简能。易则易知，简则易和，简则易从。易简而天下之理得矣"，就是这个思想的总结。②

孔颖达的"追本溯源"的阐释方式正如郭先生所讲的，从《毛传》《郑笺》的复杂现象中理出头绪来，寻找一种最合理的阐释方法。

孔颖达《毛诗正义》的另一阐释方式就是"以经解经"。把五经贯通来相互证明，更好地使各种经达到融合，这种阐释方式在《毛诗正义》中俯拾皆是。我们来看《毛诗正义·邶风·谷风》：

毋逝我梁，毋发我笱。逝，之也。梁，鱼梁。笱，所以捕鱼也。笺云：毋者，谕禁昏也。女毋之我家，取多为室家之道。孔疏"梁鱼"至"捕鱼"，此与《小弁》及"敝笱在梁"皆云笱。笱者，捕鱼之器，即

① 孔颖达：《毛诗正义》，十三经注疏标点本，李学勤主编，北京大学出版社1999年版，第1052页。

② 郭绍虞：《汉语语法修辞新探》上册，商务印书馆1979年版，第232页。

梁为鱼梁明矣。《何人斯》云："胡逝我梁。"我者，己所自专之辞，即亦为鱼梁也。《有狐》云："在彼淇梁。"传曰："石绝水曰梁。"《候人》云："维鹈在梁。"传曰："梁，水中之梁。"《鸳鸯》云："鸳鸯在梁。"笺云："石绝水之梁。"《白华》亦云："有秋在梁。"又云："鸳鸯在梁。"皆鸟兽所在，非人所住还之处，即皆非桥梁矣，故以"石绝水"解之。①

《毛诗正义》要解释"梁"乃是"石绝水"称为梁，旁引了《小弁》《何人斯》《有狐》《候人》《鸳鸯》《白华》等篇的经文，来证明"梁"是鱼梁之义。"孔颖达作疏的长处在于以五经融会贯通，特别是善于以本书证本书。"②我们知道中国传统的思维物点是整体观照、融会贯通。孔氏的以经解经的阐释方式正是将五经融会在一起互相对比、参照、互证，其把历史、哲学、宗教融合在一起作较为全面地诠释，以更好地表现自己的文学思想和美学思想。孔氏这种阐释方式与钱锺书先生所说的"阐释之循环"有点相似，钱锺书先生说："复须解全篇之义乃至全书之指('志')，庶得以定句之意('词')，解全句之意，庶得以定某字之诂('文')。或并须晓会作者立言之宗尚、当时流行之文风，以及修词异宜之著述体裁，方概知全篇或全书之指归。积小以明大，而又举大以贯小；推末以至本，而又探本以穷末；交互往复，庶几乎解圆足而免于偏枯，所谓'阐释之循环'者是矣。"③

《毛诗正义》的另一个阐释方式是"解喻结合"。《毛诗正义·诗大序》中云：

《尚书》之三风十愆，疾病也。诗人之四始六义，救药也。若夫疾病尚轻，有可生之道，则医之治也用心锐。扁鹊之疗太子，知其必可生也。疾病已重，有将死之势，则医之治也用心缓。秦和之视平公，

① 孔颖达：《毛诗正义》，十三经注疏标点本，李学勤主编，北京大学出版社1999年版，第149页。

② 王力：《中国语言学史》，山西人民出版社1981年版，第100页。

③ 钱锺书：《管锥篇》第一册，中华书局1979年版，第171页。

知其不可为也。诗人救世，亦犹是矣。典刑未亡，觊可追改，则箴规之意切，《鹤鸣》《沔水》，殷勤而责王也。淫风大行，莫之能救，则匡谏之志微，《溱洧》《桑中》，所以咨嗟叹息而闵世。陈、郑之俗，亡形已成，诗人度已箴规必不改变，且复赋己之志，哀叹而已，不敢望其存，是谓匡谏之志微。故季札见歌《陈》，曰："国无主，其能久乎！"见歌《郑》，曰："美哉！其细已甚，民弗堪也，是其先亡乎！"美者，美诗人之情，言不有先王之训，孰能若此。先亡者，见其匡谏意微，知其国将亡灭也。("达于"至"之泽"句正义)①

孔颖达在阐释中，或"解"，或"喻"。孔颖达把"诗"比作救世的良方，又用"诗人救世"来比喻诗人的匡时济世的责任和诗对社会的功用。将诗人匡谏之心比作医生之心，大夫的责任在救人，病人若有生还的机会，则需要用心救治。若不可救治，只能哀叹，表达哀叹之情。在孔颖达看来诗人的责任也像医生一样，必须看清时事，要了解时代的弊病，要有敏锐的时代责任感，要有匡时济世的怀抱和情志。正是通过这种恰当的"比喻"来阐释诗的功能和诗人的责任，使我们看来，明白畅晓。其实解喻结合的阐释方式在中国古代的解释方法中很常见，"都是在'解'与'喻'两极之间徘徊，或'解喻结合,'或'解喻融合'"②。目的是达到一种解释的有效性，使阐释者与阐释对象能达到有机的融合。

上面提到的几种阐释方式只是《毛诗正义》阐释《诗》的一个侧面，由于篇幅所限，略举例子。无论是追本溯源、以经解经或是解喻解合，其实都是孔颖达在总结前人解经的基础上，对《毛传》《郑笺》的扬弃，于整体观照中阐述他的思想精神，其根本目的就是解《诗》，使后人理解《诗》之本义。由于受时代和阐释者视野的影响，不同的时代产生不同的语境，《诗》的本义也在发生变化，所以说阐释都还是具有相对性的，只有站在历史的语境

① 孔颖达：《毛诗正义》，十三经注疏标点本，李学勤主编，北京大学出版社1999年版，第16页。

② 李清良：《中国阐释学》，湖南师范大学出版社2001年版，第6页。

当中，才能更好地把握阐释对象的本义。正如儒家所说，“以意逆志”①，“《诗》无达诂，《易》无达占，《春秋》无达辞”②。阐释没有必然的确定性，只有在阐释者与阐释对象两者之间获得价值，阐释才是有效的、有意义的。

① 《孟子·万章上》，据杨伯峻《孟子译注》本，中华书局1980年版，第272页。
② 董仲舒：《春秋繁露·精华篇》，凌曙注，中华书局1975年版，第106页。

第四章　《毛诗正义》阐释诗学论

阐释学，也叫“解释学”或“诠释学”，其学术渊源可以追溯到古希腊时期，肇始于对《圣经》的解释。经过几代人的探索和酝酿，由施莱尔马赫、狄尔泰、海德格尔、伽达默尔、赫什、利科、艾柯等学者的努力，把阐释学作为一门哲学方法论、历史哲学而使其上升到艺术哲学本体论的地位，完成了从古典阐释学向现代阐释学的蜕变，形成了一套具有缜密的知识结构、自成体系的学说。其研究的核心是读者(批评家)与作品的关系，其根本目的和意义就是对文本的分析、理解、认知和创新。阐释学自 20 世纪 80 年代译介到中国以后，被广泛地运用到哲学、文学、美学、宗教、法律、艺术等领域，而今还有前声续响之势，成为人文社会科学关注的热点。国内大批学者都在提议“创建中国阐释学”的话题，且国内多家学术刊物也在开辟专栏讨论这一重要学术问题。① 其实，中国古代有着很悠久的解经、注经、训诂传统，从春秋时期一直延续到清代季末，包蕴着深厚的阐释学思想。既然如此，我们就应该“以远西学说，持较诸夏”②的视野，在“创建中国解释学”话语理论框架之下，借鉴、吸收、比较西方的阐释学理论，把中国阐释经典的传统加以梳理、发掘、整合并付诸实践和系统

---

① 如汤一介先生提出五论创建中国解释学问题，分别发表于《中国社会科学》《学术界》《中国文化研究》等刊物。另外还有成中英、洪汉鼎、潘德荣、周光庆、周裕锴、李清良、贾红莲、邓新华等学者撰文、著述探析这一富有生命力的学术问题。此外，《江海学刊》《河北学刊》《文艺理论研究》《文艺研究》等刊物都曾以专栏和专篇论文形式讨论过此话题。

② 陈钟凡：《中国文学批评史》，中华书局 1927 年版，第 5 页。

化，建立中华民族独特的阐释学理论，从而来丰富世界的文学理论体系。那么，站在世界文论的舞台上，我们就能“平理若衡，照辞如镜”①。下面我们就唐初孔颖达编撰的《毛诗正义》为例，来检视中国的阐释学诗学问题。《毛诗正义》在政治、文化等多种因素的合力下，占据国家话语的中心地位，重振了经学传统合法性和士大夫的审美理想。孔颖达从《诗》文本出发，剥去前代对诗阐释的陈垢，对《诗》的阐释和接受加以创新和超逸，形成了自己的阐释学方法，表现了极为丰富的诗学、阐释学思想。

第一节 从“疏不驳注”说起

“疏不驳注”是唐代经学阐释的一种标准和惯例，为了迎合政教的需要和科举教材的规范所采取的一种策略，也是孔颖达编撰《毛诗正义》坚持的宗旨。“疏不驳注”的提出有着特定的历史文化背景。唐代一统天下，太宗李世民为了巩固政权，统一思想，决定弘扬儒学，通过明经科来选拔人才，由于当时经学异学颇甚，没有一个统一的定本，必须选人来编一套全国统一考试的指定“教材”，以便于考生使用。据《旧唐书·儒学》记载：“太宗以经籍去圣久远，文字多讹谬，诏前中书侍郎颜师古考定五经，颁于天下，命学者习焉。又以儒学多门，章句繁杂，诏国子祭酒孔颖达与诸儒撰定五经义疏，凡一百七十卷，名曰《五经正义》，令天下传习。”②并于唐高宗永徽四年(公元653年)颁令天下。就这样，在“疏不驳注”的政教宗旨下，孔颖达把汉魏以来的阐释观念进行梳理、整合、理解、厘定，兼收并蓄，熔旧铸新，形成一套内容完整、结构严谨的对《诗》的阐释思想体系，结束了古今、南北经学之争，使《诗》文本的传、注、笺、疏都有一个钦定的范本，经学呈现出大一统的局面。正如皮锡瑞指出：“夫汉帝称制临决，尚未定为全书；博士分门授徒，亦非止一定数；以经学论，未有统

---

① 周振甫：《文心雕龙注释》，人民文学出版社1981年版，第506页。

② 刘昫等：《旧唐书》卷一八九，中华书局1975年版，第4941页。

一若此之大且久矣。”①

《毛诗正义》作为国家文化工程，对前人的注本，特别是魏晋以来的义疏竭泽而渔，对旧说披沙拣金，去粗取精，鉴别舍取，促进《诗经》南北经学的融合。但出于“疏不驳注”的政教宗旨，后人对孔颖达《毛诗正义》诟病颇多，自清代以来，对其口诛笔伐，喧议竞起。清代经学家皮锡瑞指说：“案著书之例，注不驳经，疏不驳注；不取异义，专宗一家。”②梁启超在《中国近三百年学术史》中说：“孔冲远并疏毛郑，疏家例不破注，故遇有毛郑冲突之处，便成了‘两姑之间难为妇’。免强牵合打完场，那疏便不成片段了。”③现当代的许多学者，已然沿袭这种观点，“唐孔颖达作《毛诗正义》，守疏不破注的原则，引申毛、郑两家的经学，成为当时标准经典”④。亦有学者指出，“《五经正义》只坚守一注，在指定的注本上阐发经义，或者引用别家注释来作补充，但是从来不驳难本注，提倡‘疏不破注’”⑤。还有学者直接批评“唐人编写《五经正义》(即‘疏’)，以南学为主，兼采北学，带有总结性质。它守着一条‘疏不破注’的规矩，因而无多新义”⑥。

孔颖达编撰《毛诗正义》确实恪守“疏不驳注”的宗旨，然而并不意味着他专守一家之言，“其实唐人义疏之学，虽得失互见，而瑕不掩瑜，名宗一家，实采众说。固不无附会之弊，亦足破门户之习”⑦。《毛诗正义》虽以隋代刘焯、刘炫的义疏、述义为底本，孔氏认为他们“作疏内特为殊绝”，奉为“翘楚”，但评判的标准又极为严格，对其给以严厉的批评：

> 然焯、炫等负恃才气，轻鄙先达，同其所异，异其所同，或应略

① 皮锡瑞：《经学历史》，中华书局1959年版，第198页。
② 皮锡瑞：《经学历史》，中华书局1959年版，第201页。
③ 梁启超：《中国近三百年学术史》，中华书局1936年版，第184页。
④ 周予同：《群经概论》，商务印书馆1947年版，第64页。
⑤ 赵振铎：《训诂学史略》，中州古籍出版社1988年版，第147~148页。
⑥ 吴孟复：《训诂通论》，安徽教育出版社1983年版，第28页。
⑦ 马宗霍：《中国经学史》，商务印书馆1937年版，第98页。

而反详，或宜详而更略，准其绳墨，差忒未免，勘其会同，时有颠踬。今则削其所烦，增其所简，唯意存于曲直，非有心于爱憎。①

孔颖达不满于前代浮诞玄虚的学风，确定严谨踏实的学风，“唯意存于曲直，非有心于爱憎”。主张消除偏见，保持客观的态度来看待《诗》。其实孔颖达在对《诗》的审美阐释过程中，无论是毛传、郑笺，还是刘焯的义疏、刘炫的述义，恰恰构成了他对《诗》阐释的“前理解”，阐释主体一旦与文本(《诗》)相遇，碍于政治、社会、文化背景等历史语境，必然会产生误读(Misreading)、误解或过度阐释。那么，孔颖达在对《诗》的阐释时，实际上是按自己的理解来进行表述的，他的注疏是一种创新性写作，因为孔氏对《诗》的注释或阐释并不是对《诗》原典的直接描述，而是把传、笺、疏等纳入他的阐释思想的场域之中，这些“前理解”已经远离了文本原始意义。作为阐释主体的孔颖达只要通过文字、语言来对《诗》文本进行阐释，就不可能停留在原初意义上，必然会对前人的注解有所发挥和突破。正如伽达默尔指出：“本文的意义超越它的作者，这不是暂时的，而且永远如此的。因此理解就不只是一种复制的行为，而始终是一种创造的行为。”②从这个意义上来说，“疏必驳注”是一种历史的必然，孔颖达对《诗》的阐释中不可能做到对原义的追寻，他对《诗》的阐释过程中会不断地掺进新义。此外，《诗》文本是历史性的，经过传、笺、疏的转述，形成一个阐释史，而孔颖达作为一个历史意识中的人，必然在历史性的“视域”中达到对前代历史视域的融合，《诗》的阐释才有意义，其阐释思想才能凸显出来。所以说，孔颖达的《毛诗正义》直接推动了《诗》的阐释史向前发展，一部《诗》的阐释史正是在理解、误解、过度阐释中向前延伸的，也就形成历代《诗》的阐释和接受的不同效果，形成了不同的效果史，形成了《诗》的阐释学和

---

① 孔颖达：《毛诗正义》，十三经注疏标点本，李学勤主编，北京大学出版社1999年版，第3~4页。

② [德]伽达默尔：《真理与方法》，洪汉鼎译，上海译文出版社2004年版，第383页。

接受美学。

孔颖达对《诗》的阐释工作不但要符合官方政治的需要，还要剥去历代对《诗》阐释的陈垢，对《毛传》《郑笺》的接受做作取舍，或重新阐释，或突破，从而达到一种折中、融合，形成自己的阐释思想体系。

第二节 阐释方法：文本视域下对传统《诗》学的超越

孔颖达对《诗》的阐释从文本出发，在《诗》文本的语境中来构建自己的阐释思想体系。在孔颖达看来，“阐释”既是他对具体经义和语境的理解，也是在前人视野基础之上，对《诗》的阐释作出的新突破。他的诗学阐释思想恰恰是通过阐释方法来实现的，具体说来，孔颖达以文势释《诗》、以经释经、以意象释《诗》构成了释《诗》的主要方法。

一、以文势释《诗》

“势”作为一个哲学范畴，指某个事物内在的逻辑机理，潜在的能动状态，暗示着某种自然张力。当我们处理事情时，通过观察势的思维特点，可以寻找到解决事情的良机和运作方式。“势”作为中国独特的文化基因，渗透到哲学、政治、历史、文艺等各个方面，在中国文化领域一直延续和传承着。“文势”理论术语的出现是在魏晋以后，书法、绘画、文学等领域广泛运用。刘勰是把“文势”自觉运用到文学理论批评领域的第一人①，其在《诠赋》中说：“序以建言，首引情本；乱以理篇，写送文势。”又在《定势》中云：“然渊乎文者，并总群势”，“若雅郑而共篇，则总一之势离”②。刘勰在谈到文学创作时，要掌握文章的内在逻辑，辞赋的创作要以“情”为本，“序”“乱”一体，头尾要有逻辑，统贯有序，达到有机统一；另外还要掌握各种文体的技巧(势)，才能选择不同的文体和风格。这样，才能做到

① 涂光社：《势与中国艺术》，中国人民大学出版社1990年版，第155页。
② 周振甫：《文心雕龙注释》，人民文学出版社1981年版，第80~81、339页。

“因体成势”，写文谋篇才能如“涧曲湍回”，使文章显出自然的张力之趣。

刘勰氏从文学创作、风格的角度来谈文势，对后世文学研究启发甚远，但他没有从鉴赏、解释的角度来深发、构拟文势的理论体系。孔颖达在阐释《诗》时，为了消除《毛传》《郑笺》的扞格，摒弃异义，处理毛、郑之异说，以文本为经生，通过“文势”来释《诗》，在理解和阅读《诗》的同时，达到窥《诗》之门径。① 孔氏在《毛诗正义》中多次提出“文势”或“义势”“事势”，篇目达 30 多篇，就“文势”一语，据不完全统计多达 25 次。② 可见以“文势”释诗构成了孔颖达阐释《诗》的主要方法之一。所以清代阮元在《毛诗注疏校刊记》中指出：“凡正义之文，其于注有足成亦有隐括，皆取词旨通畅，不必尽与注相应。”③阮元所说的“词旨通畅”亦指文理，也就是诗的语境(context)，即文势。孔颖达《毛诗正义》正是从文本客观实际出发，按照诗的内在逻辑结构，并把作者的情志、思维和语言纳入其阐释体系中，把握诗的理迹脉象，通贯诗义，从而达到一种解释的有效性，建立了自己的阐释学体系。

孔颖达通过文势，将《诗》文本看成一个整体，从而疏通诗中章、句、词的脉络结构和语义联系。如《毛诗正义·采蘋》中提出：“三章势连，须通解之。”④从而突破《毛传》《郑笺》等汉儒解诗的范式，跳出“章句破碎之学”的囚牢。疏解这首诗时，孔氏认为诗的结构大体相同而重叠，但各章意思却有异，必须作为整体来看待，这样采蘋、盛蘋、祭祀的动作使诗的生命力跃然纸上，达到诗意明确、辞畅理顺的效果。正如法国著名汉学家余莲说：

---

① 蒋方、张忠智：《试论〈毛诗正义〉之文势说》，《北方论丛》2003 年第 3 期。

② 参阅山东大学韩宏韬 2007 年度博士论文《〈毛诗正义〉研究》。

③ 孔颖达：《毛诗正义》，十三经注疏标点本，李学勤主编，北京大学出版社 1999 年版，第 73 页。

④ 孔颖达：《毛诗正义》，十三经注疏标点本，李学勤主编，北京大学出版社 1999 年版，第 74 页。

从一句诗句到另一句诗句，从一联句到下一联句，势带动了诗的生命。在整首诗里只有势能通过语言的布置，如交替变化、回转和迂回等的手段，使诗意表现得淋漓尽致。①

另如《毛诗正义·北山》，后三章连用多个“或”字来表明士大夫对劳政不均社会现象的慨叹，孔颖达并没有像《毛传》《郑笺》那样把诗的章句隔裂，孤立诗义，而是通过整体来观照把握诗章，所以疏曰“三章势连，须通解之”，目的是使意思连贯和完整，以鉴赏家的眼力来理解、感悟诗人表现的强烈情感。另外对《关雎》《葛覃》等的阐释也是如此。

孔颖达以文势释《诗》，揭示毛传、郑笺之间的抵牾，为准确理解诗篇语词意义找到一个科学的门径。《诗》产生年代久远，每一时代对它的理解和解释都是新义迭出，没有定准，造成语义重复、滞义等现象出现，而毛、郑在训释时，常常语义龃龉。孔颖达就通过具体的诗篇语言环境的考察，科学地解释诗义。如《毛诗正义·兔罝》：

“肃肃兔罝，椓之之丁丁”正义曰：“肃肃，敬也”，《释训》文。此美其贤人众多，故为敬。《小星》云“肃肃宵征”，故传曰：“肃肃，疾貌。”《鸨羽》《鸿雁》说鸟飞，文连其羽，故传曰：“肃肃，羽声也。”《黍苗》说宫室，笺云：“肃肃，严正之貌。”各随文势也。②

这里“各随文势”就是诗篇上下文的语言环境，孔颖达在此总结了《毛传》《郑笺》对《诗》中“肃肃”一语的不同解释，认为释义的不同就在于具体语境的不同，在不同的上下文中呈现出不同的语言脉络和逻辑联系。其从文本实际出发，找到科学的释义，解决了毛、郑之间的矛盾。从这点我们可以看出，汉儒解诗由于政治伦理的原因，从外部对《诗》以断章和伪拟，

① ［法］余莲：《势：中国的效力观》，北京大学出版社2009年版，第118页。

② 孔颖达：《毛诗正义》，十三经注疏标点本，李学勤主编，北京大学出版社1999年版，第49页。

而孔颖达对《诗》的阐释，恰恰又从《诗》内部结构出发来还原诗的意义，建构了自己的阐释模式和方法，这也是他斐声前代的一个重要资本，其功劳可谓大矣。

孔颖达以"文势"释《诗》，强调诗篇的语意态势，推阐诗篇的上下文诗义，继而理解整篇的文意。《小雅·甫田》序中，孔颖达疏曰："政烦赋重，《楚茨序》文，次四篇文势大同，此及下篇笺皆引之，言由政烦赋重，故农人失其常用职也。"①次四篇指的是《楚茨》《信南山》《甫田》《大田》，在孔颖达看来，这四首皆为祭祀农事之事，不仅内容相同，而且叙事、铺排结构也相仿。通过"文势大同"来说明四首诗的文意，为读者理解诗章内容找到合理的依据。我们知道，阐释离不开文本，必须尊重文本，这样才能获得有效的阐释结果。而《诗》从诞生起，就作为公共文化资源，被过度地利用和开采，从春秋的赋诗断章、汉代的王政教典到魏晋玄学化，赋予了其不同的文化角色。孔颖达在对《诗》的阐释过程中，以"文势"释诗，既突破了《毛传》《郑笺》解诗的窠臼，也重铸了《诗》的文学文本意义。

二、以意象释《诗》

"意象"的概念，追本溯源，出于《周易》《老子》。《周易》把握世界的方式就是"象"，《系辞下》云："是故《易》者，象也。象也者，像也。"《系辞上》云："夫象，圣人有以见天下之赜，而拟诸形容，象其物宜，是故谓之象。"②"象"一方面是自然界中的客观形象，同时又是古人对客观形象世界的摹写比拟，通过这种"象"来反映事物的本质，来理解圣人之意，而圣人之意则是通过"象"来传达，所以说圣人"立象尽意"。这就是对意象的最古老解释。《老子》二十一章云："惚兮恍兮，其中有象。"古人思维中的意象也指的是心中想象的意念形象，是通过想象力和直观的理解力来体悟

① 孔颖达：《毛诗正义》，十三经注疏标点本，李学勤主编，北京大学出版社1999年版，第832页。

② 孔颖达：《周易正义》，十三经注疏标点本，李学勤主编，北京大学出版社1999年版，第258页。

的。所以说，“意象一词表示有关过去的感受上、知觉上的经验在心中的重现或回忆”①。“意象”在汉魏六朝的文学理论批评中时常出现，如刘勰《文心雕龙·原道》中有：“研神理而设教，取象乎河洛。”《神思》中亦谓：“独造之匠，窥意象运斤”，“神用象通，情变所孕”②。汉魏六朝诗学观已自觉地运用了“意象”理论的思维品格。唐代，这种趋势更能体现出来，而《毛诗正义》与前人在意象理论运用中的最大区别就是，《毛诗正义》把它运用在解释和鉴赏诗歌上。孔颖达最初对“意象”的解释是这样的，《周易正义·系辞下》云：“圣人画爻以仿效万物之象也”，“故更重之而有六画，备万物之形象，穷天下之能事，故六画成卦也”③。在《毛诗正义·墙有茨》中他也提到“象”：

翟而言象者，象鸟羽而画之，故谓之象。以人君之服画日月星辰谓之象，故知画翟羽亦为象也，帮引古人之象以证之……日月至黼黻皆为象，独言日、月、星辰者，取证象服而已，故略之也。④

上述中孔颖达明确地指出了“象”的作用，同时也规定了古人在取象上的范围：“日、月、星辰、山龙、华虫”等自然物象，“宗彝、藻、火、粉米、黼、黻、绨绣”等社会物象。我们来看《隰有苌楚》，《毛诗正义》曰：

此国人疾君淫恣情欲，思得无情欲之人。言隰中有苌楚之草，始生正直，及其长大，其猗傩然枝条柔弱，不妄寻蔓草木，以兴人于少

① ［美］韦勒克、沃伦：《文学理论》，读书·生活·新知三联书店1984年版，第201页。

② 周振甫：《文心雕龙注释》，人民文学出版社1981年版，第339、296页。

③ 孔颖达：《周易正义》，十三经注疏标点本，李学勤主编，北京大学出版社1999年版，第159、281页。

④ 孔颖达：《毛诗正义》，十三经注疏标点本，李学勤主编，北京大学出版社1999年版，第832页。

小之时能正直端悫，虽长大亦不妄淫恣情欲。①

孔疏通过对“苌楚”这一意象的审美阐释，描述了国人对昏君的憎恶和痛恨，并且表述了对正直之君的企盼。正所谓“称名也小，取类也大”②。通过对“苌楚”特征的描述，来阐释诗歌，突出了诗歌文学化特征，也使得整个诗篇的抒情效果更加明显、直白。又如《斯干》篇，孔疏道：

> 宫室如此之美，君子所以升处也。矢、鸟、翚指形言之。如跂不言人者，义取于跂，言跂则人可之也。又人手似鸟翼，以为韵。言跂翼，则人如弭手直立，以喻屋壁之上下正直也。言如矢棱廉，以喻四隅廉正也。其斯革、斯飞，言檐阿之势似鸟飞也。翼言其体，飞象其势，各取其喻也……“伊洛而南，素质，五色皆备成章，曰翚”，《释鸟》文。李巡曰：“素质，五采备具，文章鲜明。”雉白质，五色为文。鸟如此色者希，故云“鸟之奇异者，故以成之”，解比象既多，最后言翚意也。③

孔颖达在对“跂斯翼”“矢斯棘”“鸟斯革”“翚斯飞”的审美阐释中，把这一组关联性意象当成了隐喻在诗中出现，通过他的理解、分析、阐释，把我们带进了颇具民族风格的周代宫廷之中，宫室的整体如人耸立张开双手，房屋的棱角如开弓之箭，飞檐如展翅飞翔的鸟。这种形象化的意象，给我们的视觉以强烈的冲击力，让静止的建筑物产生了一种飞动的美感，“稳如泰山，飞如流云，这是静穆中的飞动。以动追动，不为高明，必于静中

① 孔颖达：《毛诗正义》，十三经注疏标点本，李学勤主编，北京大学出版社1999年版，第465页。

② 周振甫：《文心雕龙注释》，人民文学出版社1981年版，第487页。

③ 孔颖达：《毛诗正义》，十三经注疏标点本，李学勤主编，北京大学出版社1999年版，第686页。

求动，这样的飞动，才能真正感人”①，更使我们拓展了欣赏诗的视野和对诗境的感知力，使人们在审美鉴赏时对这些意象加深了印象，这也正是中国艺术所追求的一种至境。

韦勒克在《文学理论》中说：

> 我们认为“象征”具有重复与持续的意义。一个“意象”可以被转换成一个隐喻一次，但如果它作为呈现不断重复，那么就变成了一个象征，甚至是一个象征(或者神话)系统的一部分。②

所以说象征意象具有一种比喻能力，但更富有暗示力。象征和比喻又有一定的区别，象征是指通过描写某个具体形象表现一种深远的含义。运用象征手法时，象征的事物与被象征的事物之间要有某种相似的特点。象征是一种谋篇立意的手法，而比喻则是一种修辞手法；象征是统摄全篇，而比喻只是在个别语句、语段中起一定的作用。再如《采薇》，孔疏曰：

> 此遣戍役，豫叙得还之日，总述往反之辞。汝戍守役等，至岁暮还反之时，当去昔出家往矣之时，杨柳依依然。今我来思事得还返，又遇雨雪霏霏然。既许岁晚而归，故豫言来将遇雨雪也。于时行在长远之道迟迟然，则有渴，则有饥，得不云我心甚伤悲矣。莫有知我之哀者，述其劳苦，言己知其情，所以悦之，使民忘其劳也。③

在孔氏的审美阐释中，重点突出了“杨柳依依”与“雨雪霏霏”这两个象征意象，通过这两个具有象征性的意象来统领全篇，目的是使“得不云我心甚

① 朱良志：《曲院风荷：中国艺术论十讲》，安徽教育出版社2003年版，第32页。

② [美]韦勒克、沃伦：《文学理论》，读书·生活·新知三联书店1984年版，第204页。

③ 孔颖达：《毛诗正义》，十三经注疏标点本，李学勤主编，北京大学出版社1999年版，第595~596页。

伤悲矣”和“言己知其情，所以悦之，使民忘其劳也”。一乐一哀，真实地表现了主人公的浓浓真情。正如王夫之所言：“以乐景写哀、以哀景写乐，一倍增其哀乐。”①通过象征来表现出主人公酷暑严冬、饥渴劳碌的痛苦之情，那种无奈和悲伤，深深地浓缩在这两个意象之中。正是“情趣恰隐寓于意象，可谓达到象征妙境”②。“意象”是中国文艺理论史上的关键词，孔颖达《毛诗正义》通过意象解诗来表现其诗学、美学思想，显示出其独特的艺术鉴赏力和审美意识。

三、以经释《诗》

孔颖达《毛诗正义》的另一个主要阐释方法就是“以经释《诗》”。孔颖达在解诗过程中并不拘泥于单个文本，而是把《五经》文本贯通起来相互证明、推阐，更好地使各种经义达到融合，表现了其大一统的阐释观念和熔旧铸新的大文化意识，这种阐释方法在《毛诗正义》中俯拾皆是，略举一例说明。如《桃夭》序云：

> “《桃夭》，后妃之所致也。不妒忌，则男女以正，婚姻以时，国无鳏民也。”《笺》云：“老而无妻曰鳏。”《正义》认为郑氏之解不合文本语境，释义过于偏狭，“于经无所当也”。分别引用《释名》云“无妻曰鳏”，《王制》曰“老而无妻谓之矜，老而无夫谓之鳏”。《孝经》注云：“丈夫六十无妻曰鳏，妇人五十无夫曰寡也。”《士婚礼》注云“姆，妇人年五十出而无子者”，亦出于此也。本三十男、二十女为昏，妇人五士不嫁，男子六十不复娶，为鳏、寡之限也。③

---

① 王夫之：《姜斋诗话》，戴鸿森《姜斋诗话笺注》本，人民文学出版社 1981 年版，第 10 页。

② 朱光潜：《诗论》，读书·生活·新知三联书店 1984 年版，第 65 页。

③ 孔颖达：《毛诗正义》，十三经注疏标点本，李学勤主编，北京大学出版社 1999 年版，第 45~46 页。

后还引用《白虎通》《易》来证通《桃夭》序中的“鳏民”义，实为大龄未婚的青年男子。这里不但纠正了郑玄的错误解释，还说明了孔颖达《五经》学术通观的阐释意识和阐释特色，清人陈澧在《东塾读书记》中对此就作了很好的说明：“孔冲远于三《礼》，惟疏《礼记》，而实贯通三《礼》及诸经。”①

此外，《毛诗正义》还能通过以《诗》释《诗》，使诗义明朗，使经、注达到有机融合。恰如王力先生所说：“孔颖达作疏的长处在于以五经融会贯通，特别是善于以本书证本书。”②如《谷风》疏曰：

> 孔疏“梁鱼”至“捕鱼”，此与《小弁》及“敝笱在梁”皆云笱。笱者，捕鱼之器，即梁为鱼梁明矣。《何人斯》云：“胡逝我梁。”我者，己所自专之辞，即亦为鱼梁也。《有狐》云：“在彼淇梁。”传曰：“石绝水曰梁。”《候人》云：“维鹈在梁。”传曰：“梁，水中之梁。”《鸳鸯》云：“鸳鸯在梁。”笺云：“石绝水之梁。”《白华》亦云：“有秋在梁。”又云：“鸳鸯在梁。”皆鸟兽所在，非人所住还之处，即皆非桥梁矣，故以“石绝水”解之。此石绝水之梁，亦是鱼梁。③

《毛诗正义》要解释“梁”在《谷风》中的诗义，旁引了《小弁》《何人斯》《有狐》《候人》《鸳鸯》《白华》等篇来证明“梁”是鱼梁之义。从孔疏之例中，我们知道中国传统的思维特点是整体观照、融会贯通。孔氏以经释经的阐释方法正是把《五经》融会在一起互相对比、参照、互证，把历史、哲学、宗教等文化观念融合在一起作全面映照，彰显了其诗学、美学的阐释思想。

---

① 陈澧：《东塾读书记》卷九，商务印书馆 1936 年版，第 150 页。

② 王力：《中国语言学史》，山西人民出版社 1981 年版，第 100 页。

③ 孔颖达：《毛诗正义》，十三经注疏标点本，李学勤主编，北京大学出版社 1999 年版，第 149 页。

第三节 《毛诗正义》文学、文化阐释点见

一、历史地理阐释

意大利人类学家维柯说过：

> 人类本性有一个特点，人们在描绘未知的或辽远的事物时，自己对它们没有真正了解，或是想对旁人也不了解的事物作出说明，总是利用熟悉的或近在手边的事物的某些类似点，诗性地理无论就各部分还是就整体来说，开始都只限于希腊范围之内的一些有局限性的观念。后来希腊人离开本土跑到世界其它地方去，地理的观念才逐渐扩大，直到它所流传到我们的那个形式。古代地理学家们都承认这是事实，尽管他们还不能利用它，因为他们都承认古代各民族，在迁徙到外国或远地去时，对新发现城市，山、河、丘陵，海峡，岛屿和半岛都还用他们本土的一些老名字来称呼它们。①

在世界范围内，对这种诗性地理的认识居然惊人的相似，郑玄的《诗谱序》对中国古代的历史地理文化作了简要的概览，对中国上古时期的地理风俗、社会文化进行了阐述。孔颖达对前人思想精神接受上，在《毛诗正义》中对传统的历史地理阐释作了深发。孔颖达在《毛诗正义》中对殷、周时代的诗性政治地理、国土结构、生产配制、民族风貌、水陆交通、文化发展等都作了详细的阐释，继而说明了历史地理风俗与《诗》、乐的产生以及文学之关系。《毛诗正义・诗大序》中说：

> "移风俗者"，《地理志》云："民有刚柔缓急，音声不同，系水土

① ［意］维柯：《新科学》，朱光潜译，人民出版社 1986 年版，第 389 页。

之风气，故谓之风。好恶、取舍、动静，随君上之情欲，故谓之俗。”刚风为本，俗为末，皆谓民情好恶也。缓急系水土之气，急则失于躁，缓则失于慢。王者为政，当移之，使缓急调和，刚柔中也。随君上之情，则君有善恶，民并从之。有风俗伤败者，王者为政，当易之使善。①

从上述孔颖达的疏文中我们知道，孔氏引用《地理志》的阐述来说明历史地理与社会风俗的重要关系，“民情善恶”“政治善恶”都受到地理文化的影响。老百姓的喜好、取舍、性情的习惯都要受之于地理文化，正所谓“一方水土养一方人”。孔颖达正是通过历史地理文化对人民的影响，来反映政治的好坏，从而说明诗歌、音乐具有“移风俗”“美教化”的社会功用。

在孔颖达看来，历史地理的与诗(文学)之生发，有着很深的联系。我们来看《毛诗正义·王风谱》，孔颖达首先阐述了周东王城的政治地理结构与王城的大小。

正义引用《地理志》云：“初洛邑与宗周通过封畿，东西长，南北短，短长相覆千里。”正义曰：“《禹贡》云：‘荆州惟豫州。’注云：州界自荆山而至于河。而王城在河南、洛北，是属豫州也。太华即华山也。外方即嵩也。《地理志》华山在京兆华阴县南，外方在颍川嵩高县，则东都之域，西距太华，东至于外方，故云之间。”②

上述就是孔颖达在《毛诗正义》中对东都王城的地理结构的大体描述，主要是界定《诗经·王风》的产生的地理范围，由于王室的变迁，政教的衰微，王室的衰败，导致民愤四起，人们怨声载道，这样《王风》始作。

---

① 孔颖达：《毛诗正义》，十三经注疏标点本，李学勤主编，北京大学出版社1999年版，第11页。

② 孔颖达：《毛诗正义》，十三经注疏标点本，李学勤主编，北京大学出版社1999年版，第249页。

正义曰："于时王室虽衰，天命未改，《春秋》王人之微犹尊矣。言与诸侯无异者，爵虽在，政教才行于畿内，化之所及，与诸侯相似，故言无异也。诗者缘政而作，风、雅系政广狭，故王爵虽尊，犹以政狭入风。"①

从上述中我们可以看出，孔颖达的论述说明了诗的生发与历史地理和政治的关系，由于王室微弱，诗人怨而刺之，才出现了诸如《黍离》《扬之水》《君子于役》等诗章，另外在其他风谱中也有此类阐释。

在《毛诗正义》中，历史地理阐释与《诗》之关系，也表现得很明显，我们来看《毛诗正义·诗谱序》：

正义曰："《禹贡·雍州》云'荆岐既旅'，是岐属雍州也。《绵》之篇说大王迁于周原，《閟宫》言大王居岐山之阳，是周地在岐山之阳也。《孟子》云文王以百里而王，则周、召之地，共方百里，而皆名曰周，其召是周内之。"（"周南"至"地名"句正义）"《汉书·地理志》右扶风郡美阳县，《禹贡》岐山在西北，周大王所居也……《皇矣》称'居岐之阳，在渭之将'，是其处险阻也。《绵》云'周原无无，堇荼如饴'，是土地肥美也。"②

在对历史地理的阐释中，《毛诗正义》利用《诗》中出现的我国周代的疆域、板块结构以及政治地理所涉及的地理名字进行互证，如上述中的对"美阳""岐山"地名的阐释。《大雅·皇矣》《大雅·绵》中分别提到此地名，说明古代历史地理与《诗》之关系是分不开的。《毛诗正义·邶鄘卫风谱》中

① 孔颖达：《毛诗正义》，十三经注疏标点本，李学勤主编，北京大学出版社1999年版，第251页。

② 孔颖达：《毛诗正义》，十三经注疏标点本，李学勤主编，北京大学出版社1999年版，第10页。

对此三地的区域、政治地理阐释的同时，对邶、鄘、卫的三地的一些地理名词如顿丘、淇、漕进行了科学的解释。

> 正义："此无文也。此诗人之作，自歌土风，验其水土之名，知其国之所在，《卫》曰'送子涉淇，至于顿丘，'顿今为县名，在朝歌纣都之东也。纣都河北，而《鄘》曰'在彼中河'，鄘境在南明矣。都既近西，明不分国，故以为邶在河北。三国之境地相连接，故《邶》曰'亦流于淇，'《鄘》曰'送我乎淇之上台矣'，《卫》曰'瞻彼淇奥'，是以三国皆言淇也……此诗人本述其事，作为自歌其土也。"①

一些历史地理名词在《诗》中的出现，除了具有地理研究价值外，还作为一种文学意象，比如上述的"淇奥""淇水"等都是作为一种文学形象出现，所以说古代的地理环境、区域文化环境对文学意象的产生、创作思维的形成都有很大的影响，这个也是我们在文学研究中应该注意的新问题。

除了上述的政治地理与《诗》的产生和《诗》之关系，《毛诗正义》还阐释了人文地理环境、气候、山水风貌等与《诗》的关系，由于篇幅所限，这里不再赘述。

二、宗教民俗文化阐释

原始宗教文化的内涵是史前期的人类祖先对自然界的认识，也是早期人类为自我生存、繁衍与客观世界斗争的产物。我国古代的宗教文化与古代的歌、乐、舞都是中国文明的重要表现。究其根源，其实古代的宗教祭礼和歌、乐、舞都是混合不分的，而且是相伴相生的。所以说有着融歌、乐、舞蹈于一体的《诗经》与宗教文化有密不可分的关系。因此孔颖达《毛诗正义》中对《诗》中宗教文化的阐释也正是他的文学思想的表现之一，《毛

① 孔颖达：《毛诗正义》，十三经注疏标点本，李学勤主编，北京大学出版社1999年版，第109页。

诗正义》在宗教文化阐释上主要包括宗教祭祀和宗教图腾崇拜。孔颖达在《毛诗正义·周颂谱》中说：

> 此颂声由其时之君德洽于民而作，则颂声系之于所兴之君，不系之于所歌之王，故《周颂》三十一篇，左方中皆以为周公、成王之颂也。以其虽咏往事，显祖业，昭文德，述武功，皆令歌颂述之，以美今时，不为祖父之颂也。但祖父之功，由此显以显，显其父祖之功，所以颂子孙也。故《时迈》之等，尽为武王之事，要归颂声于周公、成王也。若然，《清庙》祀文王，《执竞》祀武王，非文、武之颂。而《那》祀成汤，《烈祖》礼中宗，《玄鸟》祀高宗，即为所祀之王颂者，颂既治平而兴，文、武虽有盛德，时未太平，不可为颂。成王致太平，乃有颂，虽祀文王、武王，皆歌当时成功，告其父祖之神明。①

《周颂》中大部分是关于宗教祭祀的，多为武王、成王时期的崇拜祖先或宗教祭祀诗。这些诗主要是祈祷祖先的灵魂不死，希冀祖先的灵魂来保佑自己，这也是宗教文化最原始的一种表现。正如恩格斯所说："在远古时代，人们还完全不知道自己身体的构造，并且受梦中景象的影响，于是就产生一种观念：他们的思维和感觉不是他们身体的活动，而是一种独特、寓于这个身体之中而在人死亡时就离开肉体的灵魂的活动。从这个时候起，人们不得不思考这种灵魂对外部世界的关系。既然灵魂在人死时离开肉体而继续活着，那么就没有任何理由去设想它本身还会死亡；这样就产生了灵魂不死的观念。"②孔颖达在《毛诗正义·周颂·天作》中云：

① 孔颖达：《毛诗正义》，十三经注疏标点本，李学勤主编，北京大学出版社1999年版，第1272~1273页。

② ［德］恩格斯：《路德维希·费尔巴哈和德国古典哲学的终结》，人民出版社1972年版，第14页。

正义曰："《天作》诗者，祀先王先公之乐歌也。谓周公、成王之时，祭祀先王先公，诗人以今太平是先祖之力，故因此祭，其诗而作歌焉。祀先王先公，谓四时之祭，祠、尝。但祀是总名，未知在何时也。时祭所及，唯亲庙与大祖，于成王之世为时祭，当自大王以下，上及后稷一人而已。"(《毛诗小序》正义)"以文王未徙丰之前，与大王皆在岐，故知高山谓岐山也……是高山能兴云雨而利万物也。大王能尊大之，广其德泽者，谓德及草木，使之繁殖。"①

这是一首祭祀大王、文王，同时也是祭祀岐山的乐歌，祭祀他们的原因就是，他们的贡献是与"高山"联系在一起的，在原始初民的思维中，认为岐山保佑了他们。而周人又借助先王、先公之功来到了岐山，岐山和先王都成了周人的保护神，岐山和先王能对他们行"广德其泽"之神力。周初先民对祖先和自然界抱有很大的希望，通过宗教祭祀的活动来解决自己生存的忧患意识。诚如徐复观先生所说："一般人常常是在恐怖绝望中感到自己过分地渺小，而放弃自己的责任，一凭外在的神为自己作出决定。在凭外在地神为自己作决定后的行动，对人的自身来说，是脱离了意志主动、理智导引的行动；这种行动是没有道德评论可言，因而这实际是在观念地幽暗世界中的行动。"②

图腾崇拜也是宗教文化的重要表现形式，对于史前期的原始初民来说对图腾的崇拜也是他们最初的一种信仰。在孔颖达《毛诗正义》中对图腾崇拜的阐释也有很多，主要是自然崇拜和动物崇拜。在人类生活的初期，面对大自然，初民们显得无能为力，就对大自然产生一种崇拜的心理。并且对大自然的关注远远超过自己的关注，人们的意识首先要反映他们与大自然的关系。原始人把希冀的目光投向物质自然世界，既赞美自然界的风物万态，硕果累累，又惊诧自然界的严冬酷暑，他们把自然界的风云变幻与

① 孔颖达：《毛诗正义》，十三经注疏标点本，李学勤主编，北京大学出版社1999年版，第1293页。

② 徐复观：《中国人性论史·先秦篇》，上海三联书店2001年版，第18页。

自身的命运联系起来，相信自然界是有灵性的，所以说“自然是宗教的最初的对象”①。我们来看《毛诗正义·鄘风·蝃蝀》：

正义曰：“《月令》孟冬虹藏不见，则十月以前，当自有虹。言夫妇过礼者，天垂象，因事以见戒，且由过礼而气更盛，不谓凡平无虹也。以天见戒，故君子见而惧讳自戒。”②

古人以“虹”的征兆为淫戒，表明原始初民对虹气的畏惧和崇拜，在先民的心目中，“虹”的表面光彩夺目，本质上是神的象征，只有“夫妇过礼”才能虹气盛，由此来警戒自己。《毛诗正义·召南·殷其雷》中说：

正义曰：“言殷殷然雷声在南山之阳，以喻君子行号令在彼远方之国。”(“殷其”至“归哉”句正义)“雷之发声，犹人君出政教以动国中之人，故谓之震。惊之言戒也。雷发声百里，古者诸侯之象，诸侯之出教令，警戒其国疆之内。”③

在上古时期，原始初民对自然界的一些现象不了解，比如这首诗，原始人把“雷”作为崇拜的对象，在他们的心目中，雷就是上天神明的化身，有无比的神力，是神在发号施令。于是把“雷”来比作诸侯，可以“出教令”，当作一种“警戒”号令自己的国家。

恩格斯说：“人在自己的发展中得到其它实体的支持，但这些实体不是高级实体，不是天使，而是低级的实体，是动物。由此就产生了动物崇

① ［德］费尔巴哈：《宗教的本质》，商务印书馆1984年版，第2页。

② 孔颖达：《毛诗正义》，十三经注疏标点本，李学勤主编，北京大学出版社1999年版，第204页。

③ 孔颖达：《毛诗正义》，十三经注疏标点本，李学勤主编，北京大学出版社1999年版，第88页。

拜。"①原初之时，先民们的思维认为动物是自己生存的依靠，对自己的生活产生巨大的影响力。在长期的生活实践中，他们的思维日渐成熟，把认识世界的目光转向动物身上，想象自身及其种族与之有着某种特定的血缘关系，这样很自然就产生了动物崇拜。在《毛诗正义·商颂·玄鸟》中是这样阐释的：

> 正义曰："玄鸟以春分而至，气候之常，非天命之使生契。但天之生契，将合王有天下，故本其欲为天所命，以玄鸟到而生焉。"②

在商初，商人想象自己的祖先为"玄鸟"所生，是天命所为，这也是商人意识的一种异化，为了自己"王天下"之目的，把玄鸟作为自己种族的图腾崇拜。《毛诗正义·周南·麟之趾》中说：

> 正义曰："传解四灵多矣，独以麟为兴，意以麟于五常属信，为瑞则礼，故以喻公子信厚而与相应也。"③
>
> 有角示有武，有肉示不用。有武而不用，是其德也……麟，麕身，牛尾，马足，黄色，员蹄，一角，角端有肉。间中钟吕，行中规矩，游必择地，详而后处。不履生虫，不践生草，不群居，不侣行，不入陷阱，不罹罗网。王者至仁则出。④

在古代中国，人们把"麒麟"作为一种瑞兽来看待，是吉祥的化身，用麒麟这个图腾意象来比喻有德行的君子，从而把麒麟作为一种图腾崇拜，

① 《马克思恩格斯全集》第二十七卷，人民出版社1972年版，第63页。

② 孔颖达：《毛诗正义》，十三经注疏标点本，李学勤主编，北京大学出版社1999年版，第1447页。

③ 孔颖达：《毛诗正义》，十三经注疏标点本，李学勤主编，北京大学出版社1999年版，第60页。

④ 孔颖达：《毛诗正义》，十三经注疏标点本，李学勤主编，北京大学出版社1999年版，第62页。

构成了中国人重要的精神力量和精神象征，也是统治者通过这种图腾兴象来“用之邦国”和“教以化之”。

三、文化人类学阐释

人类文明史表明，人类活动能力是从猿到人的漫长历史过程中，通过与生存环境相互磨合、交融、积淀而逐步形成并发展起来的，同时随着人类自身的生产、交往等社会实践不断充实和丰富，而得以适应并能动地改造自身的生存条件。人类在实现和维系自身生存和发展的过程中，始终离不了物质生产和种族繁衍两大主题。围绕这两大实践，开始萌发和形成人类原始文化中原始混沌性意识和原始群体性意识。因为当时原始的生产力水平低下和恶劣的生存环境决定了人们认识、利用自然的能力极低，因而自然界各种变幻莫测的现象在原始初民万物有灵观念中是混沌一体的。特别是在人的起源方面，他们感到是神秘的和模糊的，认为人的起源是上帝主宰的，从而产生了对上帝信仰。“神话中英雄的生母常常是部族的图腾祖先。正是这种精神原型规定了神话中英雄特殊的生殖的含义。这种图腾生殖本身就是一种神圣化了的信仰产物。”①在《毛诗正义·大雅·生民》中对人类祖先后稷的诞生和遗弃的阐释，都有一种人类起源的神秘感。现在我们来看孔疏的阐释：

> 乃有姜嫄能禋敬能恭祀于郊禖之神，以除去无子之疾，故生之也。祀郊禖时，其夫高辛帝率与俱行，姜嫄随帝之后，践履帝迹，行事敬而敏疾，故为神歆飨……即得怀任，则震动而身。②

从这句阐释中，我们知道，“郊禖”也就是一种掌管古代妇女生育的神庙，所以孔疏中说“祭祀郊禖，以除去无子之疾”。所谓的“禖”是古代的母

① 朱狄：《原始文化研究》，读书·生活·新知三联书店1988年版，第761页。

② 孔颖达：《毛诗正义》，十三经注疏标点本，李学勤主编，北京大学出版社1999年版，第1056页。

神，掌管女人的生育，也就是部族母系社会的一位女祖。其实这种祭祀郊禖在中国古代是属于一种民俗，孔颖达也曾引用《周礼·地官·禖氏》“中春之月，合会男女。于是时也，奔者不禁，若无故而不用令者罚之，司男女之无夫家者而会之”语来说明。《毛诗正义·鲁颂·閟宫》中有“盖以姜嫄祈郊禖而生后稷，故名姜嫄之庙禖宫”(《传》“閟宫”至“砻密”句正义)，从这里也可以看出，“郊禖”实则是掌管古代妇女生育的神庙。在上面疏文中孔氏说，姜嫄“履迹”而生后稷，其实是一种对帝的崇拜之说。在原初时代，男女之间约会之地一般都在桑林或者在其他树林之中，约会之后要进行歌舞或祈祷的礼仪形式。《毛诗正义·鄘风·桑中》中说：

> 正义曰：“所以思孟姜者，以孟姜爱厚与我，与我期往于桑中之野，要见我于上宫之地，又送我于淇水之上。”①

古时的歌舞，按照闻一多先生所说：“而余所疑履迹为祭礼中一种象征的舞蹈，其年象者殆亦耕种之事矣。古耕以足践耜，其更早无耜时，当直以足践土，所谓畯是也。”②《太平广记》：“大迹出雷泽，华胥履之，生宓羲”；“太昊包牺之母，居华胥之渚，履巨人迹，意有所动而生太昊”。③伏羲也是履迹而生。在原初时代，履迹的舞蹈的目的就是为了生育，与姜嫄履迹而舞的人可能就是在孔疏中所说的“帝”，闻一多先生在《姜嫄履大人迹考》中也提到，“亦与帝同舞也”。④ 帝就是神和英雄的化身，是上古时期人们所崇拜的人物。在史前期人神杂居的时代，人类的迷信思想极端浓厚，对于“神圣”的崇拜也是无限的，他们认为生子是上帝的恩赐，而

① 孔颖达：《毛诗正义》，十三经注疏标点本，李学勤主编，北京大学出版社1999年版，第191页。

② 闻一多：《神话与诗》，见《闻一多全集》第一卷，生活·读书·新知三联书店、开明书店1948年版，第75页。

③ 《太平广记》转引自朱狄《原始文化研究》，三联书店1988年版，第760页。

④ 闻一多：《神话与诗》，见《闻一多全集》第一卷，生活·读书·新知三联书店、开明书店1948年版，第74页。

“履迹”则是向上帝求子的娱神仪式。《毛诗正义·鲁颂·閟宫》中说：

说姜嫄履帝迹而有后稷，则是上帝凭依姜嫄，而使之有子，故以依为依其身，履其拇指之处，而心体歆歆然如有人道感己，是其依之也……①

履迹生子其实就是神话式隐喻，诚如闻一多先生所说的，履迹作为一种舞蹈，其实也就是姜嫄在耕种时的一种仪式。“一个人期望通过过去吻一幅圣像的面部以便得到一种精神净化那样，首先是‘地’与‘母’的联系，继之是‘母’与‘人’的联系，‘母’通过与‘地’的联系获得了她的生殖能力，‘人’又通过与‘母’的接触现时使自己获得生殖能力。”②而这种“人”“地”“母”的接触在远古时代的初民看来是很平常的，他们就通过这种在远古时代很平常的祭礼“郊禖”来祈求达到生儿育女的目的。从孔疏中我们知道，无论在中国，还是在世界的其他民族中，关于“履迹生子”的人类早期的原始文化均普遍存在，它反映了人类早期思维习性的宗教信仰内容，在民俗事象层次又表征为一种相当广泛的社会文化习俗。《毛诗正义》中阐释的“履迹生子”也是中国或世界最典型的“履迹生子”之一，是人类图腾文化仪式这种早期文化原型的外化和表达。这个阐释文本不仅赋予了原始神话的内容，而且还描述了“履迹生子”的受孕独特过程。通过孔疏这种叙述性的阐释很容易揭示出人类早期原始文化中“郊禖仪式”的性质和原始图腾文化的内容。

第四节 审美之维：赋、比、兴的阐释

赋、比、兴的提出，最早见于《周礼·春官·大师》：“大师教六诗，曰风、曰赋、曰比、曰兴、曰雅、曰颂。”把其作为原儒本体对人格主体的

① 孔颖达：《毛诗正义》，十三经注疏标点本，李学勤主编，北京大学出版社1999年版，第1049页。

② 朱狄：《原始文化研》，生活·读书·新知三联书店1988年版，第764页。

教化。汉代，在《诗大序》中则把“六诗”称为“六义”，都是汉儒们依托政教风化，用“美刺”“教化”来解释“六义”，把赋比兴作为一种静止的东西，并没能去阐释比兴的内涵，在诗歌的表现上显得较为抽象。齐梁时代，由于“言情”的五言诗这一文学体裁的发达，秦、汉时代局限于政治教化意义上的解说显然是跟不上文学发展的步子了。刘勰的“比兴”说、钟嵘的“三义”说，虽然从审美和艺术维特征的角度来解释“比兴”，但都没有从本质上来说明比兴的美学的内涵，这些都显示出汉魏诗学的不足。孔颖达对比兴的阐释体现着鲜明的时代精神，从经学的“美刺”“教化”的樊篱中超脱出来，赋予它诗学、美学观念，真正把比兴作为一种审美体验，凸显了比兴作为诗歌创作思维特征和艺术表现方法的本来面貌，并在中国诗学史、美学史上第一次提出“兴象”的文艺美学概念，对后世产生了重大影响。我们下面来看孔颖达在对《毛诗正义》的爬罗剔抉中是如何阐释“赋比兴”的。

一、赋

我们来看孔颖达是如何阐释“赋”的，《毛诗正义·诗大序》：

> 风之所用，以赋、比、兴为之辞，故于风之下即次赋、比、兴，然后次以雅、颂。雅、颂亦以赋、比、兴为之，既见赋、比、兴于风之下，明雅、颂亦同之。郑以赋之言铺也，铺陈善恶，则诗文直陈其事，不譬喻者，皆赋辞也，郑司农云：“比者，比方于物。诸言如者，皆比辞也。”郑司农又云：“兴者，托事于物则兴者起也。取譬引类，起发己心，诗文诸举鸟兽以见意者，皆兴辞也。”赋、比、兴如此次者，言事之道，直陈为正，故《诗经》多赋在比、兴之先。比之与兴，虽同是附托外物，比显而兴隐。当先显后隐，故比居兴先也。毛传言兴也，为其理隐故也。①

① 孔颖达：《毛诗正义》，十三经注疏标点本，李学勤主编，北京大学出版社1999年版，第12页。

在上述的审美阐释中，孔颖达把赋称为"赋言铺也。铺陈善恶，则诗文直陈其事，不譬喻者，皆赋辞也"。在他看来，"赋"的意思就是"敷""铺""陈"，即直接抒发感情，叙述事物，描写自然景物。孔颖达的阐释和宋代朱熹的解释是相同的，朱熹说："赋者，敷陈其事而直言之也。"①《毛诗正义·鄘风·载驰序》中说：

> 但在礼，诸侯夫人父母终，唯得使大夫问于兄弟，有义不得归，是以许人尤之，故赋是《载驰》之诗而见己志也。定本、《集注》皆云"又义不得"则为"有"字者非也。上云"许穆夫人作"，又云"故赋是诗"，作、赋一也。以作诗所以铺陈其志，故作诗名曰赋。②

"赋"是文学创作中的一种方法，直叙其事，没有譬喻。与汉代的经学家的解释"赋"只是一种修辞手段不同的是，在孔氏看来，赋不但是感情的抒发，表达个体的心志，而且"还是将它作为在心物交互作用过程中的一种艺术思维来看待的，而且在实际上它应是一种比之'比兴'更具有普遍意义的艺术思维"③。孔氏在《毛诗正义·郑风·出其东门》中说：

> 郑以为，国人迫于兵革，男女相弃，心不忍绝，眷恋不已。诗人述其意而陈其辞也。言郑国人，有弃其妻者，自言出其东门之外，见有女被弃者，如云之从风，东西无定。此女被弃，心亦无定如云。然此女虽则如云，非我思虑之所存在，以其非己之妻，故心不存焉。彼被弃众女之中，有着缟素之衣、綦色之巾者，是我这妻，今亦绝去，且得少时留住，则以喜乐我云。民人思保室家，情又若此。迫于兵

① 朱熹：《诗集传》，上海古籍出版社1958年版，第96页。

② 孔颖达：《毛诗正义》，十三经注疏标点本，李学勤主编，北京大学出版社1999年版，第211页。

③ 黄霖：《赋比兴论》，复旦学报(社会科学版)1995年第6期。

革，不能相畜，故所以闵之。①

从孔颖达的审美阐释中可以看出，“赋”也可以加上感情的色彩，铺陈与感情有关的人物。在这首诗中，并非是通过几过词汇作客观的铺陈，而是主观地触物怀人后，通过“赋”的这种方法来宣泄自己的感情，借助上述情境，作者含积于内心的富有生命的感情才能得以表现出来。唐末的温庭筠诗《商山早行》中的名句：“鸡声茅店月，人迹板桥霜。”②就是通过“赋”的创作方法，把鸡声、茅店、月、人迹、板桥和霜六种名词并列，不用动词联系，显得特别紧凑。诉说旅行者夜宿简陋的茅店，月亮未落、雄鸡刚叫时就起来赶路，从凝霜的板桥上走过，留下一路足迹，生动地勾勒出一幅充满形、神、影、色的美感的山村早春拂晓图，表达出一种人生羁旅的思乡感情。马致远的《天净沙·秋思》：“枯藤老树昏鸦，小桥流水人家，古道西风瘦马。夕阳西下，断肠人在天涯。”③与《商山早行》中的诗句一样，马致远把枯藤、老树、昏鸦、小桥、流水、人家、古道、西风、瘦马与夕阳、天涯行人有机地组织起来，两幅画面交相对照，表达了生命中无尽的愁思和悲凉之情，这种抒情的表现，“他们采用的都是铺陈与感情有关的景物以表现感情的'赋'法”④。

二、比

孔颖达在《毛诗正义·诗序》中引用郑众及郑玄的话语：

“比”是“比者，比方如物，比者，比方于物。诸言如者，皆比辞

① 孔颖达：《毛诗正义》，十三经注疏标点本，李学勤主编，北京大学出版社1999年版，第318页。

② 温庭筠：《商山早行》，据刘学锴《温庭筠全集校注》上册，中华书局2007年版，第89页。

③ 马致远：《天净沙·秋思》，据朱东润《中国历代文学作品选》下编第一册，上海古籍出版社2002年版，第109页。

④ 王文生：《论情境》，上海文艺出版社2001年版，第164页。

也”。

比云见今之失，取比类以言之，谓刺诗之比也。①

按郑众与郑玄的说法，“比”是一种通正变与美刺的教化工具，用现代修辞学的理论来解释，“比”是一种修辞方法，就是比喻、比拟。刘勰在《文心雕龙·比兴》中说：“故比者，附也……附理者，切类以指事。”“且何谓比？盖写物以附意，扬言以切事也。故金锡以喻明德，珪璋以譬秀民。”②可以看出刘勰是从心、物、情关系上来解释“比”的，“比”的特点就是“附”，如何去“附”呢？就是他说的“切类以指事”，即作者在创作中要有心中之“意”和“情”，在这个基础上，他对比喻又分门别类地进行了说明。他在文章的结尾又提到了“拟容取心”就是在“比”的类物中外貌相似才能拿来作比，这样“比”与“赋”一样才能达到一种抒情的最佳境界。钟嵘在《诗品序》中说：“因物喻志，比也。”③钟嵘的说法跟刘勰很相似，都是通过“比”来表达胸中之志。孔颖达对刘勰的“比”的理论与钟嵘的说法是有继承而又有超越的。他说：

比托于物，不敢正言，似有所畏惧，“今之失，取比类以言之”。④

《毛诗正义·卫风·淇奥》中说：

又言此有斐然文章之君子谓武公，能学问听谏，以礼自修，而成

① 孔颖达：《毛诗正义》，十三经注疏标点本，李学勤主编，北京大学出版社1999年版，第12页。

② 周振甫：《文心雕龙注释》，人民文学出版社1981年版，第108页。

③ 钟嵘：《诗品序》，据曹旭《诗品集注》本，上海古籍出版社1994年版，第12页。

④ 孔颖达：《毛诗正义》，十三经注疏标点本，李学勤主编，北京大学出版社1999年版，第12页。

其德美，如骨之见切，如象之见嗟，如玉之见琢，以成其宝器。（“瞻彼”至“谖兮”句正义）①

《毛诗正义·魏风·硕鼠》中又说：

蚕食者，蚕之食桑，渐渐渐以食，使桑尽也。犹君重敛，渐，渐以税，使民困也。言贪而畏人，若大鼠然，解本以硕鼠为喻之意，取其贪且畏人，故序因倒叙其事。（序正义）

国人疾其君重敛畏人，比之硕鼠……（“硕鼠”至“得我所”句正义）②

《毛诗正义·小雅·渐渐之石》中还说：

豕者，言兽之尤秽，今以荆舒比之，故贱之。比方于豕，以其余兴喻，立文犹隐。此去有豕，正是指斥辞，有憎疾之旨，故知有贱之意。（笺“烝众”至“于豕”句正义）③

从上面可以看出，孔颖达对《诗》的解释，已经超出了诗歌本来所表达的意思。在他看来，“比”都是借助于客观事物，也就是在具体描绘客观事物当中，体现创作主体的精神。这就是说先是客观事物的形象激发了诗人的创作欲望和激情，引起了其对现实生活中相类似的事物的联想，并进而激起了诗人的思想感情。主体在创作中决不是从概念出发的，而是从客

① 孔颖达：《毛诗正义》，十三经注疏标点本，李学勤主编，北京大学出版社1999年版，第216页。

② 孔颖达：《毛诗正义》，十三经注疏标点本，李学勤主编，北京大学出版社1999年版，第373页。

③ 孔颖达：《毛诗正义》，十三经注疏标点本，李学勤主编，北京大学出版社1999年版，第943~944页。

观事物中以表现自己的形象的事物出发的。王文生先生的看法同孔颖达也是一致的，“所谓抒情文学的‘比’，即是使用与情感相应的事物作类比以表现情感的方法”①。

三、兴

萧华荣先生在《中国诗学思想史》中说：

> “兴”其含义十分复杂、多变。这是一个诠释学的问题，随着不同时代的文化思想、文学思潮的变迁和文学经验的积累不断地改变、充实、丰富着其内涵，也不断地混淆与缠夹，没有一个一成不变的定义，也没有什么标准答案，因为“比”、“兴”以及“赋”虽被称作《诗三百》的三种表现方式，但《诗三百》的作者们在自发地抒情言志时，头脑里并未横着这些观念，更未对此作出原始的界说，后人不过见仁见智，各为之说。②

从这段话可以看出，“兴”是有着丰富的内涵与意义的。从刘勰开始把“比”与“兴”称为“比兴”，其实在孔颖达的《毛诗正义》中，“比”与“兴”有时候是纠缠在一起的。我们在上面已经讲过，在孔颖达看来，“兴”与“比”都是“附托外物”，均带有譬喻性质。孔氏在《毛诗正义·周南·葛覃》中云：

> 言葛之渐长，稍稍延蔓兮而移于谷中，非直枝干渐长维叶则萋萋然茂盛，以兴后妃之生，浸浸日大，而长于父母之家，非直形体日大，其容色又美盛。当葛延之时，有黄鸟往飞，集于丛木之中，其鸣声喈喈然远闻，以兴后妃形体既大，宜往归嫁于君子之家，其才美之称亦达于远方也。

① 王文生：《论情境》，上海文艺出版社2001年版，第165页。
② 萧华荣：《中国诗学思想史》，华东师范大学出版社1996年版，第17~18页。

以谷中是葛生之处，故以谷中喻父母之家，枝茎犹形体，故以叶比容色也。①

《毛诗正义·周南·螽斯》中又说：

凡说不解者耳，众篇皆然，是由其可解，故传不言兴也。传言兴也，笺言兴者喻，言传所兴者欲以喻此事也，兴、喻名异而实同。或与传兴同而义异，亦云兴者喻，《摽有梅》之类也。亦有兴也，不言兴都或郑不为兴，若"厌浥行露"之类。或便文径喻，若"椽衣"之类。或同兴，笺略不言喻者，若《邶风》"习习谷风"之类也。或叠传之文，若《葛覃》笺云"兴焉"之类是也。然有兴也，不必要有兴者，而有兴者，必有兴也。亦毛不言兴，自言兴者，若《四月》笺云"兴人为恶有渐"是也。或兴喻并不言，直云犹亦若者。虽大局有准，而应有机无定，郑云喻者，喻犹晓也，取事比言以晓人，故谓之喻也。②

从上述孔氏的疏文中，我们可以看出，"兴、喻名异而实同"，"郑云喻者，喻犹晓也，取事比言以晓人，故谓之喻也"。在孔颖达看来，"兴""喻""比"的意思是相近或相同的，甚至在某些时候孔颖达把"兴"与"喻"合在一起来使用。孔颖达在《毛诗正义·唐风·羔裘》中云：

《郑风·羔裘》言古之君子以风其朝焉，经称"羔裘豹饰，孔武有力，"是知在位之臣服此豹袖之羔裘也。传已解兴喻之义，笺又解所以用裘兴意，以在位身服此裘，故取其裘为兴。《召南·羔裘》亦以大夫身服此羔裘，即言其人有羔羊之德，与此同也。有悖恶之色，不恤我

① 孔颖达：《毛诗正义》，十三经注疏标点本，李学勤主编，北京大学出版社1999年版，第31页。

② 孔颖达：《毛诗正义》，十三经注疏标点本，李学勤主编，北京大学出版社1999年版，第43页。

之困苦，申明传情恶不比之意。①

在《毛诗正义·周颂·振鹭》中又说：

以此诗美其助祭，明以在泽喻在庙，取其得所为义也。以鹭鸟之白，兴客之威仪。所云洁白之德，即鹭鸟之容也。以上言飞往西雍，喻其向京而朝，而其容之美未见，故又云“亦有斯容”，明上句兴喻之中，亦有洁白之义，故云“杞、宋之君，有洁白之德”也。言威仪之善如鹭然，正谓洁白是也。②

在《毛诗正义·小雅·南山有台》中还说：

以上下类之，皆指草木之名，其义或当然矣。此山有草木，成其高大，而《车舝》笺云：“析其柞薪，为蔽冈之高”者，以兴喻者各有其所取。若欲睹其山形，草木便为蔽障之物；若欲显其高大，草木则裨益之言，不一端矣。③

从以上孔颖达的疏文中可以看出，“兴”“喻”在用法上是相同的，在意思上明显地是“名异而实同”。

“兴”在孔颖达的阐释中，与“比”“喻”也有不同的地方。那么，“兴”和“比”又有什么不同呢？朱自清先生说：“赋比兴的意义，特别比兴的意义，却似乎缠夹得多。”④孔颖达在《毛诗正义·诗序》中提道：

① 孔颖达：《毛诗正义》，十三经注疏标点本，李学勤主编，北京大学出版社1999年版，第394页。

② 孔颖达：《毛诗正义》，十三经注疏标点本，李学勤主编，北京大学出版社1999年版，第1324~1325页。

③ 孔颖达：《毛诗正义》，十三经注疏标点本，李学勤主编，北京大学出版社1999年版，第614~615页。

④ 朱自清：《诗言志辨》，华东师范大学出版社1996年版，第48~49页。

兴者，托事于物则兴者起也。取譬引类，起发己心，诗文诸草木鸟兽以见意者，皆兴辞也。

比之与兴，虽同是附托外物，比显而兴隐。当先显后隐，故比居兴先也。①

《毛诗正义·周南·关雎》中说：

兴是譬谕之名，意有不尽，故题曰兴。②

孔颖达认为，“比”与“兴”前者是附理，而后者是起情，也是“兴”的本质特征。这一点孔颖达对刘勰所提出的“比显而兴隐”“兴者，起也……起情故兴体立”是有所继承的。以《毛诗正义·周南·汉广》为例：

木所以庇荫，本有可息之道，今有南方乔木，以上竦之故，不可就而止息，以兴女以定情，本有可求之时，今汉上有游女，以贞洁之故，不可犯礼而求。是为木以高其枝叶，人无休息者；女由持其洁清，人无求思者。此言游女尚不可求，则在室无敢犯之礼可知也。出者犹能为贞，处者自然尤洁。又言所以济物，本有泳思、方思之道，今汉之广阔矣，江之永长矣，不可潜乘行泭济，以兴女皆贞洁矣，不可犯礼而求思。然则方、泳以渡江、汉，虽往而不可济，喻犯礼以思贞女，虽求而将不至。是为女皆贞洁，求而可得，故男子无思犯

① 孔颖达：《毛诗正义》，十三经注疏标点本，李学勤主编，北京大学出版社1999年版，第12页。

② 孔颖达：《毛诗正义》，十三经注疏标点本，李学勤主编，北京大学出版社1999年版，第22页。

礼也。①

这是以“南方乔木”起兴的一首一个男子对江边女子求爱的诗歌。在孔颖达的审美阐释中，把客观物象与求爱之情联系起来，很明显地表现了“情缘物动，物感情迁”②的整个过程。

《毛诗正义·小雅·出车》中说：

> 南仲以平狁，将移伐西戎，是晚秋之时也。其近西戎之诸侯，闻南仲之伐，皆喜，时有草虫鸣，故因兴之焉。言喓喓然为声而鸣者，草虫也。闻其南仲之将往，向望而美之者，近西戎之诸侯也。言阜螽之从草虫，天性然也。西方诸侯之美南仲，事势然也。故诸侯未见君子南仲之时，忧心忡忡然，以西戎为患，恐王师不至，故忧也。既见君子南仲，我心之忧则下矣，因即美之，此赫赫显盛之南仲，遂薄往伐西戎而平之。③

陈世骧先生对这首诗的“兴”分析得最为精妙：

> 此二兴句与第一部分的关系密切，初不只是诗意的转折的工具而已，这首诗的主题固然贯穿一致，但也直到“喓喓草虫，趯趯阜螽”二句出现时才见到完整而强烈的缩影。微小的昆虫有限的活跃和细弱的声音象征的是田野行役兵士的渺小，但此地因战复归自然常态象征的又是重见妻子的征人。思妇本习于独自观看草虫和螽斯，如今因为良

① 孔颖达：《毛诗正义》，十三经注疏标点本，李学勤主编，北京大学出版社1999年版，第53页。

② 孔颖达：《毛诗正义序》，十三经注疏标点本，李学勤主编，北京大学出版社1999年版，第3页。

③ 孔颖达：《毛诗正义》，十三经注疏标点本，李学勤主编，北京大学出版社1999年版，第601页。

人归来，也能和化安详和平地一起倾听一起观看，重度常态生活。他们“悄悄”的忧心一转而为欢喜，以草虫“喓喓”的鸣唱为象征，以两个兴句做基础重读《出车》，我们可以发现全诗六章里许多韵律都汇于一系列振荡的意旨，时而并行，时而比照，维持彼此紧密的关系。“喓”字的读音使们我们回想到原始舞蹈时的人们发出的激动的呼声，此为初民聚舞的主调，亦即此诗的主调。①

陈世骧先生这里所谈的兴，真正抓住了“托物兴情”、“起发己心”的兴的本质特征，由“兴”代表的感物兴情的诗歌的创作特征。对于这种“兴”的“感物兴情”或者“感物道情”的过程，孔颖达以后的理论家、美学家也都有共识。如陈子昂的“兴寄”②。如托名于贾岛的《二南密旨》中说：“兴者，情也。谓外感于物，情不可遏，故曰兴。”③朱熹在《楚辞集注》中说：“兴者托物兴词。”④宋代李仲蒙云：“触手以起情谓之兴，物动情者也。”⑤清代的陈奂在他的《毛诗传疏》中说：“比者，比方于物；兴者，托事于物。作者之意，先以托事于物，继而比方于物，盖言兴而比已寓意焉。”⑥近人黄季刚先生在《文心雕龙札记》中对“兴”也作了详细的论述：“原夫兴之为用，触物以起情，节取以托意，故有物同而感异者，亦有事异情同者，循

① 陈世骧：《原兴：兼论中国文学的特质》，见《陈世襄文存》，辽宁教育出版社1998年版，第169页。

② 陈子昂：《与东方左史虬修竹篇序》，见郭绍虞主编《中国历代文论选》第二册，上海古籍出版社2001年版，第55页。

③ 贾岛：《二南密旨·兴论》，《丛书集成初编》之《诗人主客图》，中华书局1985年版。

④ 朱熹：《楚辞集注》卷一，上海古籍出版社1979年版，第2页。

⑤ 胡寅：《致李叔易书引》，见《四库全书·〈斐然集〉卷十八》第1137册，上海古籍出版社影印本，第534页。

⑥ 陈奂：《诗经传略》，见顾廷龙主编：《续修四库全书·经部·诗类》，上海古籍出版社2002年版，第6页。

省六诗。"①从以上孔颖达的疏文中我们可以看出，"'兴'和直陈与情感有关联的事物以表现情感的'赋'，和使用与情感相通相应的事作类比以表现情感的'比'均有所不同，它是一种描写事物激发情感的过程以表现情感的方法"②。

孔颖达谈到诗歌创作方法，对引起"兴"的客观对象物也是有所取舍的，不是所有的客观事物都能起"兴"。在前面我们已经提到，孔颖达云："兴者，托事于物则兴者起也。取譬引类，起发己心。"在孔颖达看来，起"兴"的客观事物就是"类"，引"类"是起兴的一个重要手段。通过类比相同或相似的事物来引发主观情感，这样才能达到"起发己心"。《毛诗正义·邶风·燕燕》云：

> 差池者，往飞时之貌，故云"舒张其尾翼"。实翼也，而兼言尾者，以飞时尾亦舒张故也。鸟有羽翼，犹人有衣服，故知以羽之差池喻顾视衣服。既飞而有上下，故以"颉之颃之"喻出入前却。既上下而有声音，故以"上下其音"喻言语大小，取喻连类，各以其次。③

《毛诗正义·邶风·凯风》亦云：

> 兴必以类，睍睆是好貌，故兴颜色也；音声犹言语，故兴辞也。（笺"睍睆"至"令顺"句正义）④

从上述的孔颖的美学解释可以看出，所谓的"类"就是性质相同或相近事

① 黄侃：《文心雕龙札记》，吴方点校，中国人民大学出版社 2004 年版，第 169 页。

② 王文生：《论情境》，上海文艺出版社 2001 年版，第 173 页。

③ 孔颖达：《毛诗正义》，十三经注疏标点本，李学勤主编，北京大学出版社 1999 年版，第 122 页。

④ 孔颖达：《毛诗正义》，十三经注疏标点本，北京大学出版社 1999 年版，第 135 页。

物。以“羽毛”比喻人的“衣服”，“睍睆”比喻人“容貌”。参照现代修辞学的观点，其实也就是隐喻，就是“从现实情境中蒸馏出生活的较为深层和基本的方面，惟其如此，艺术才创造出现实的形象”①。“兴喻”的事物或事件，都有一些相关的地方，就是在取喻的时候，找些性质相关的事物或事件，来“起发己心”。正所谓“诗文诸草木鸟兽以见意者，皆兴辞也”。

另外，孔颖达把“取象”也作为起兴的一个手段，通过物象来显示主观的情感，孔氏在中国美学史、诗学史上第一次提出“兴象”这个文艺美学概念。《毛诗正义·周南·樛木》云：

> 今此樛木言南，不必己国。何者？以兴必取象，以兴后妃上下这盛，宜取木之盛者，木盛莫如南土，故言南土也。②

《毛诗正义·小雅·湛露》亦云：

> 首章直言“湛湛露斯”，不指所在之物，总下章云草木也，故下章各言草木以充之。以同姓一类，故广举丰草。庶姓非一族之人，喻以异类之木。二王之之後，同为天子所尊，譬之同类之木。各取其象也。丰草、杞棘言露在，桐、椅不言露在，承上露在，可知天子燕诸侯之义备于此也。③

《毛诗正义·豳风·鸱鸮》说：

---

① ［美］阿恩海姆：《艺术的心理世界》，周宪译，中国人民大学出版社2001年版，第75页。

② 孔颖达：《毛诗正义》，十三经注疏标点本，李学勤主编，北京大学出版社1999年版，第41~42页。

③ 孔颖达：《毛诗正义》，十三经注疏标点本，李学勤主编，北京大学出版社1999年版，第621页。

以兴为取象鸱鸮之子，宜喻属臣之身，故以室喻官位土地也。①

《毛诗正义·小雅·裳裳者华》中也说：

喻取其象既以黄色，兴明王德纯，故以异色喻其不纯。或有黄者，或有白者，华自有杂色与纯者，二章各举以喻，非此华本黄而变白，又非白即衰也。华一时而黄白杂色，以兴明王亦一时善恶不纯，非先盛而后衰为不纯也。故言时有驳而不纯者，言时有善多恶少，非善恶半也。若恶与善等，则是暗君，不得为明王矣。②

《毛诗正义·大雅·凫鹥》还说：

欲言水鸟居中，故云"泾，水中也"。以凡喻皆取其象，故以水鸟之居水中，犹人为公尸在宗庙，故以为喻。此谓正祭，故云"在宗庙"。③

此种句例在孔氏的阐释中凡多，斯不累举。孔颖达在疏文中"兴必取象""喻取其象"，其实所取象之物与前面所提到的"类"所取事物相似，把象与譬喻相提并论，可以看出"兴"与"象"的密切关系。孔颖达在《周易正义·坤·初六》中也有提道：

凡易者，象也。以物象而明人事，若诗之比喻也。④

---

① 孔颖达：《毛诗正义》，十三经注疏标点本，李学勤主编，北京大学出版社1999年版，第514页。

② 孔颖达：《毛诗正义》，十三经注疏标点本，李学勤主编，北京大学出版社1999年版，第861页。

③ 孔颖达：《毛诗正义》，十三经注疏标点本，李学勤主编，北京大学出版社1999年版，第1098~1099页。

④ 孔颖达：《周易正义》，十三经注疏标点本，李学勤主编，北京大学出版社1999年版，第670页。

这就充分地说明了诗歌创作时运用了审美意象，创作主体正是通过这种客观的审美意象来表达主观的情感。张少康先生说过，“这种审美意象偏重于指主体比较隐蔽的客体形象，然而它又可以极大地感发人的性灵，产生浓厚的审美兴趣，启发人们的丰富想象。‘兴象’也可以说是‘可以兴’的审美形象。这种审美形象所具有‘兴’的特点，不是传统儒家所说的‘美刺比兴’的‘兴’。”①正如清末文史学家章学诚在《文史通义·易教下》中所说：

> 易之象也，诗之兴也，变化而不可方矣……象之所包广矣，非徒易已，六义莫不兼之，盖道体之将形而未显者也。雎鸠之于好逑，木之于贞淑，甚而熊蛇之于男女，象之通于诗也……易虽包六义，与诗之比兴，尤为表里。夫诗之流别，盛于战国人文，所谓长于讽喻，不学诗无以言也。然战国之文，深入比兴，即其深于取象也。②

钱锺书先生在《管锥编》中也说到兴与象的关系，对上述作了很好的佐证。

> 词章之拟象比喻则异乎是。诗也者，有象之言，依象以成言；舍象忘言，是无诗也，变象易言，是别为一诗甚且非诗矣。③

唐代的几位文艺理论家直接继承了孔颖达所提出的兴象论，如殷璠《河岳英灵集序》“于是攻乎异端，妄为穿凿，理则不足，言常有余，都无兴象，但贵国艳。虽满箧笥，将何用之”④。他在集论中评陶翰诗：“既多

① 张少康、刘三富：《中国文学理论批评发展史》上册，北京大学出版社 1995 年版，第 385 页。

② 章学诚：《文史通义》，商务印书馆 1934 年版，第 5~6 页。

③ 钱锺书：《管锥编》第一册，中华书局 1979 年版，第 12 页。

④ 殷璠：《河岳英灵集序》，郭绍虞主编：《中国历代论选》第二册，上海古籍出版社 2001 年版，第 67 页。

兴象，复备风骨”，评孟浩然诗：“至若‘众山遥对酒，孤屿共题诗’，无论兴象，兼复故实”。殷璠的诗歌理论旨在扫除六朝形式主义文风，概括盛唐诗歌的美学精神，彰显盛唐诗歌的艺术魅力，表理出“兴象”理论在唐代诗学批评中运用的自觉。后来，宋元明清时期的严羽、胡应麟、纪昀、方东树都不同程度地承传和发展了“兴象”理论，归根结底还是以孔颖达为血脉的。

皎然的《诗式》也不同程度地受到孔颖达影响，如在《用事》中谈道：“今且于六义之略论比兴：取象曰比，取义曰兴，义即象下之意。凡禽鱼草木、人物名数，万象之中义类同者，尽入比兴。《关雎》既其义也。如陶公以孤云比贫士，鲍照以直比朱弦、以清比冰壶。时人呼比为用事，呼用事为比。”①《文镜秘府论·地卷》引皎然语：“比者，全取外象以兴之，‘西北有浮云’之类是也。”“兴者，立象于前，后以人事谕之，《关雎》之类是也。”②皎然这里指的“象”是事物外在之形象，“义”是事物的内在义蕴。而“兴”则是指譬喻性和兴起性。从皎然的诗学话语中，我们可以看出“象下之义”“义类同者”“立象于前”皆与孔颖达语“兴必取象”“兴必以类”如出一辙。很显然，孔颖达系统性的“兴象”诗学理论命题已被后世的唐代诗学理论家所吸收并加以实践运用。

另外，王昌龄在《诗格·十七势》第六“比兴入作势”中说：

> 比兴入作势。比兴入作势者，遇物如本立文之意，便直树两三句物，然后以本意入作比兴是也。昌龄《赠李侍御》诗云：“青冥孤云去，终当暮归山。志士杖苦节，何时见龙颜。”又云：“眇默客子魂，倏铄川上晖。还云惨知暮，九月仍未归。”

① 皎然：《诗式》，据李壮鹰《诗式校注》本，人民文学出版社2003年版，第31~33页

② ［日］遍照金刚：《文镜秘府论》，据王利器《文镜秘府论校注》本，中国社会科学出版社1983年版，第158、159页

第九“感兴势”说：

> 感兴势者，人心至感，必有应说，物色万象，爽然有如感会。亦有其例。如常建诗云：“泠泠七弦遍，万木澄幽音。能使江月白，又令江水深。”又王维《哭殷四》诗云：“泱漭寒郊外，萧条闻哭声。愁云为苍茫，飞鸟不能鸣。”①

王昌龄所说的“比兴”和“感兴”，其核心还是通过客观的物象来寄托和起兴，使主观之情与客观之物达到交融的审美境界。此外，王氏在《诗格》中还专门谈到入兴十四体，这都是在孔颖达“兴象”理论框架之下来进行创作和品评诗歌的。

总之，“兴象”理论作为中国文学艺术中特有的思维方式和表现方法，在孔颖达诗学框架之下得到深层的发掘和确立，又被唐代诗人运用到诗歌批评和创作践中，不仅丰富了唐代的诗学理论，也为唐代诗歌所表现的意境鲜明、兴象玲珑的审美风格找到了理论归依。

综上所述，比、譬喻、兴象对孔颖达来说是一脉相通的，“赋”“比”“兴”都是作者情志的一种表现，也可以说是一种作者进行艺术构思的手段，体现了“心”与“物”交融的艺术形象思维。在整个文学创作过程中，“赋”就是在对客观事物的描述中透露出创作主体的情感；“比”就是依据主体的审美情感和趣味去写心中之物；“兴”就是因客观事物的激发，引导创作主体去生发胸中之美和情。孔颖达对赋、比、兴的美学阐释，凸显了比兴在诗歌中的艺术表现功能，给后世的诗歌创作带来积极的影响，另一方面也表现了中国古代人们在艺术创作过程中特有的艺术思维和艺术表达方式。

① 王昌龄：《诗格》，据张伯伟主编《全唐五代诗格汇考》，凤凰出版社 2005 年版，第 154、156 页。

第五节　方法与实践：对《诗》诗学理论的归纳与总结

孔颖达对《诗》的阐释，不仅在阐释方法上是对汉儒解经模式的突破，更为重要的是在对《诗》的阐释过程中，建立起自己的诗学、美学体系，提出“情志”“兴象”“诗缘政”的命题以及对诗歌艺术形式进行了总结，这才是对前人《诗》学研究的最大超越，所以有学者指出《毛诗正义》是《诗经》研究的第二个里程碑。①

诗歌的本质到底是“言志”还是“言情”，唐以前聚讼纷纭，《尧典》、孔子、《毛诗序》及陆机、刘勰、钟嵘都在阐释这个诗学命题，但似乎“剪不断，理还乱”。孔颖达在前人诗学思想基础上，把诗歌到底是“言志”还是“缘情”的问题作了全面的总结，情、志互训，认为它们是二而为一的关系。他在《诗大序》正义中曰：

> 诗者，人志意之所之适也；虽有所适，犹未发口，蕴藏在心，谓之为志；发见于言，乃名为诗。言作诗者，所以舒心志愤懑，而卒成于歌咏，故《虞书》谓之“诗言志”也。包管万虑，其名曰心；感物而动，乃呼为志。志之所适，外物感焉，言悦豫之志则和乐兴而颂声作，忧愁之志则哀伤起而怨刺生。②

孔颖达在这里给“情志”下了定义，也给“诗”下了定义。“感物而动，乃呼为志，志之所适，外物感焉”，这是给“志”下的定义。那么，“志”也就是“悦豫”“哀伤”之类的“情”，孔氏继而在《左传正义·昭公二十五年》中直接提出“情志一也”。这种“情志”从何而出呢？就是“情缘物动，物感情迁”的结果，是能激起“悦豫”“哀伤”之情的外界的客观事物，包括自然

① 夏传才：《诗经研究史概要》，中州书画社1982年版，第99页。

② 孔颖达：《毛诗正义》，十三经注疏标点本，李学勤主编，北京大学出版社1999年版，第6页。

景物和社会生活。孔颖达情志并举，总结诗之本义，又提出“诗必长歌之意”，所以“圣王以人情之如是，故用诗于乐，使人歌咏其声。象其吟咏之辞也；舞动其容，象其舞蹈之形也”，还要“重其文”。在他看来，诗歌不光要有表达情与志的内在功能，还要有宜于歌咏、富有韵律的艺术形式，能吟可诵的诗歌不仅能充分地表现人的喜怒哀乐爱恶的情，还要表现跃动的生命张力，所以，充分运用诗歌的艺术形式也自然成了表达“情志”的必然选择。

孔氏从诗歌抒情的功能出发，充分地认识到诗歌的语言艺术形式的作用，对《诗》的推阐过程中，总结、概括了《诗》的文本艺术形式结构。如《关雎》疏中说：

> 句必联字而言，句者局也，联字分疆，所以局言者也。章者明也，总义包体，所以明情者也。篇者遍也，言出情铺，事明而遍者也。然字所用，或全取以制义。①

孔颖达厘清了字、句、章、篇是诗歌文本组成的基本结构，说明它们是由表及里的组合关系，其功能和意义就是将情感和事理展开，以达到更加明了地抒情叙事的效果。孔颖达还对字句结构作了深层发掘和阐释，又说：

> 句者联字以为言，则一字不制也。以诗者申志，一字则言蹇而不会，故《诗》之见句，少不减二，即“祈父”、“肇禋”之类也……十字者。句字之数，四言为多，唯以三三七八者，将由言以申情，唯变所适，播之乐器，俱得成文故也。诗之大体，必须依韵，其有乖者，古人之韵不协耳。之、兮、矣、也之类，本取以为辞，虽在句中，不以为义，故处末者，皆字上为韵。②

① 孔颖达：《毛诗正义》，十三经注疏标点本，李学勤主编，北京大学出版社1999年版，第28页。

② 孔颖达：《毛诗正义》，十三经注疏标点本，李学勤主编，北京大学出版社1999年版，第28页。

这里孔颖达不是简单地总结《诗》的句式的变化情况和规律，而是要说明句式的变化是为了“言情达志”而“唯变所适”。更为可贵的是，他已经充分认识到以《诗》为代表的中国古典诗歌与音乐的同源关系，通过语言的形式来达到“成文”的音律之美，假借语气助词放在句末“为韵”。“诗之大体，必须依韵”不仅是诗歌艺术形式的美学规范，还总结了早期诗歌创作的艺术思维特点。此外，孔颖达对篇章的艺术结构也作了深入分析，他说：

> 章者，积句所为，不限句数也，以其作者陈事，须有多少章总一义，必须意尽而成故也。累句为章，则一句不可，二句得为之，《卢令》及《鱼丽》之下三章是也。其三句则《麟趾》《甘棠》《驺虞》之类是也。其多者，《载芟》三十一句，《閟宫》这三章三十八句，自外不过也。篇之大小，随章多少……采章之法，不常厥体，或重章共述一事，《采蘋》之类；或一事叠为数章，《甘棠》之类；或初同而末异，《东山》之类；或首异而末同，《汉广》之类；或事讫而更申，《既醉》之类；或重章而事别，《鸱鸮》之类；《何草不黄》，随时而改色；《文王有声》，因事而变文；“采采芣苢”，一章而再言；《宾之初筵》，三章而一发。或篇有数章，章句众寡不等；章有数句，句字多少不同，皆由各言其情，故体无恒式也。①

在这段疏文的审美阐释中，孔颖达首先总结了《诗》篇章的各种不同组成形式。他认为章是由句组成的，其目的也是表情达义。出于抒情叙事的需要，每章的句数是没有限定的，根据不同的表达内容来安排不同的章、句数，从一章到十章，一章二句到一章数十句不等，只要将要表达的意思讲述出来，《诗》章的结构也就完成了。他还指出《诗》的章句结构形式中的

① 孔颖达：《毛诗正义》，十三经注疏标点本，李学勤主编，北京大学出版社1999年版，第29页。

“重章叠句”的艺术形式特征，认为《采蘋》《甘棠》等篇章的重章叠唱句式，反复吟咏一种内容，一唱三叹，能够充分抒发思想感情，增强诗歌的感染力。如《芣苢》篇“一章而再言”，全篇三章十二句，只换六个动词，反复咏吟，以明快的节奏，疏越的情调，表现了古代妇女劳动时的欢悦之情。同时也让读者在反复咏唱中激发情感，感受《诗》章的美学意境。正如方玉润评此诗说：“读者试平心静气，涵泳此诗，恍听田家妇女，三三五五，于平原绣野，风和日丽中群歌互答，余音袅袅，若远若近，忽断忽续，不知情之何以移而神之何以旷。”①孔颖达对《诗》重章叠句的艺术形式归纳总结得十分到位，是毛传、郑笺所不及的。他还进一步指出“皆各言其情，故体无恒式”。《诗》的结构形式要按照言情的需要安排，不能一概而论，言情的内容要决定艺术形式，“强调‘体无恒式’，这就不仅是对《诗经》的总结，而成为具有普遍意义的创作理论。孔颖达的这些论述实际上已经超出‘诗经学’而走向真正的诗学”②。

从孔氏的审美阐释中可以看出，他把诗歌的情志、语言、韵律、诗体等诗法熔融起来，不乏新见和用意，对后世人们全面理解《诗》和诗歌创作有着启发性的意义。在前面的论述中，孔氏提到了“体”，但“用”该如何？《诗大序》正义中说：

> 然则风、雅、颂者，诗篇之异体；赋、比、兴者，诗文之异辞而，大小不同，而得并为六义者，赋、比、兴是诗之所用，风、雅、颂是诗之成形，用彼三事，成此三事，是故同称为义，非别有篇卷也。③

① 方玉润：《诗经原始》，中华书局1986年版，第85页。

② 李建国：《论孔颖达对〈诗经〉创作艺术的理论总结》，《贵州文史丛刊》2004年第4期。

③ 孔颖达：《毛诗正义》，十三经注疏标点本，北京大学出版社1999年版，第12~13页。

孔氏认为风、雅、颂为诗体，赋、比、兴为诗歌的表现之法，体用结合的观点已为后人接受。但是关于“兴”的阐释，在孔颖达之前都还只停留在表面，对“兴”审美内涵还没有作出系统的阐释。因为“除了音韵、节奏等形式要素之外，诗歌还特别要求把主观思想感情客观化、物象化，使主观思想感情与想象、理解相融合，从而塑造出主客观统一、物我相谐、情景相生的诗歌艺术形象。兴正是从诗歌艺术的这种内在规律上体现了我国诗歌艺术的本质要求，集中了我国诗歌艺术的重要美学特征”①。孔颖达在吸收刘勰“比显而兴隐”和钟嵘“文已尽而意有余”思想的基础上，发掘出“兴”的审美特征、审美规律、审美方法，并在自己的诗学思想框架中提炼出“兴象”这一重要的诗学命题。他认为“兴象”有着缜密的结构和理论维度，并多次提出“兴必取象”“兴喻名异而实同”“兴必以类”等诗学话语。在他看来，“兴象”是主观情志的一种表现、艺术表现方法，是心与物交融的艺术形象思维。在整个文学创作过程中，比是依据主体的审美情感和趣味去写心中之物，而兴是因客观事物的激发，引导创作主体去生发胸中之美和情。关于这一点，我们下面专章再谈，兹不赘述。

总之，孔颖达对《诗》的阐释从文本出发，依从诸儒思想而统一南北学说。不仅揭示了诗歌的本质，总结了诗歌艺术理论，还丰富和发展了《诗》经典的政教性，完成了《诗》学到诗学转变，建构了自己的诗学理论体系，在中国《诗》学史、美学史上有着关键点的意义，诚如王文生先生评定其贡献时说，“论功若准平吴例，合著黄金铸颖达”②，可见其价值大矣。

---

① 赵沛霖：《兴的源起——历史积淀与诗歌艺术》，中国社会科学出版社 1987 年版，第 1 页。

② 王文生：《论情境》，上海文艺出版社 2001 年版，第 191 页。

第五章 《毛诗正义》诗歌体用论

第一节 《毛诗正义》"诗缘政"的历史语境及其理论内涵

诗歌的本质是什么？历来聚讼纷纭，源于《尚书·尧典》的"诗言志"和陆机《文赋》的"诗缘情"被后世的文艺理论家所津津乐道，以至于在现当代出现了朱自清的《诗言志辨》、裴斐的《诗缘情辨》、王文生的《诗言志——中国文学思想的最早纲领》等经典著作。① 可是他们却都忽略了在中国文艺理论思想史上存着"诗缘政"的诗学命题。唐初，著名文学家孔颖达在对《诗》的阐释过程中，囿于时代、政治、历史文化语境，提出"诗缘政"的诗学命题，从此把中国传统诗歌作为"言情""言志"的本质观作了一次大胆的解构，把文学与政治作了嫁接，使唐代的诗学具有前所未有的批判战斗精神，也开启了唐代诗歌的批判写实主义风气。

一、《毛诗正义》"诗缘政"命题提出的历史文化境

孔颖达在《毛诗正义》中多次提出"诗缘政"这一富有时代烙印的诗学命题。如：

---

① 参阅朱自清：《诗言志辨》，古籍出版社 1956 年版；裴斐：《诗缘情辨》，四川文艺出版社 1986 年版；王文生：《诗言志——中国文学思想的最早纲领》，见台湾"中央研究院"《中国文哲研究集刊》1993 年第 3 期。笔者校阅了这三部著作，他们只是对孔颖达的理论作了寻章摘句的引用或阐释，但对孔颖达富有理论命意的"诗缘政"的命题却只字未提。

> 风、雅之诗，缘政而作，政既不同，诗亦异体，故《七月》之篇备有风、雅、颂。①
>
> 诗者缘政而作，风、雅系政之广狭，故王爵虽尊，犹以政狭入风。此风、雅之作，本自有体，而云贬之谓风者，言当为作雅，犹贬之而作风，非谓采得其诗乃贬之也。②
>
> 言秦仲国大将兴，是其土地广宽，虽未得爵命，而大于邾、莒，诗者缘政而作，故附庸而得有诗也。且秦于襄公之后，国大而录其诗，因秦仲先已有诗，故并录之耳。③
>
> 自然大雅为天子之乐可知。若然，小雅之为天子之政，所以诸侯得用之者，以诗本缘政而作，臣无庆赏威刑之政，故不得作诗。而诗为乐章，善恶所以为劝戒，尤美者可以为典法，故虽无诗者，今得而用之，所以风化天下。④

《毛诗正义》中多次提到“诗缘政”，在孔颖达看来，这不是简单的术语罗列，也不是对《毛诗序》的“主文而谲谏”式教化思想的简单继承，而是在对传统诗学充分理解之后，囿于唐代政治主张提出的诗学命题，是文学与政治联姻的一场“诗学革命”。理解“诗缘政”这一诗学命题，我们必须要溯回到孔颖达时代的历史文化语境当中去，在具体的唐代《诗》学史、诗学史、思想史的脉络中来理解这一诗学命题。因为孔颖达“诗缘政”这一诗学命题，是在当时政治、历史文化的多元格局当中呈现出来的，具有鲜明的

① 孔颖达：《毛诗正义》，十三经注疏标点本，李学勤主编，北京大学出版社1999年版，第12页。

② 孔颖达：《毛诗正义》，十三经注疏标点本，李学勤主编，北京大学出版社1999年版，第251页。

③ 孔颖达：《毛诗正义》，十三经注疏标点本，李学勤主编，北京大学出版社1999年版，第407页。

④ 孔颖达：《毛诗正义》，十三经注疏标点本，李学勤主编，北京大学出版社1999年版，第545页。

时代特色和理论意义。

那么，孔颖达面对的唐代诗学和文化呈现出什么样的状态呢？隋废唐兴，统治者对刚刚建立的政权能否长治久安心存忧虑，他们对于“以史为鉴，可知兴替”深信不疑。反思历史之后，唐太宗认为汉代的强大，是因为重视儒家思想；隋初的兴盛，也是通过儒学来明经科，选拔人才制度的结果。那么唐帝国政权要想强大，也要发展儒学，统一思想。基于这种政治主张，统治者十分关注文学、文化是不是有益于政教。所以，李世民首先考虑的是如何对待文艺的问题。他在《帝京篇·序》中说：

> 予以万机之暇，游息艺文。观列代之皇五，考当时之行事，轩、昊、舜之上，信无间然矣。至于秦皇、周穆，汉武、魏明，峻宇雕墙，穷侈极丽。征税殚于宇宙，辙迹遍于天下；九州无以称其求。江海不能赡其欲。覆亡颠沛，不亦宜乎？予追踪百王之末，驰心千载之下，慷慨怀古，想彼哲人。庶以尧舜之风，荡秦汉之弊；用咸英之曲，变烂熳之音，求之人情，不为难矣。故观文教于六经，阅武功于七德；台榭取其避燥湿，金石尚其谐神人，皆节之以中和，不系之于淫放。①

这篇序言代表着唐初整个文化、学术的政治宣言和方针。李世民反对“释实求华”，主张“节之以中和”，其目的是反对纵欲，他不仅反对形而下的物质之欲，也反对形而上的精神之欲。“峻宇雕墙”的奢华和“烂熳之音”对国家政权的存亡都是十分关键的。因此，他主张“观文教于六经”，以图通过儒家经典来化成天下。“从历史经验的总结中得出来的这些结论，是为了以史为鉴，惊覆亡颠沛之前车未远，虑皇基之能否永固。他把这一点放在一切考虑的前面。可以说，他考虑文风问题，首先是考虑政治上的得

① 李世民：《帝京篇·序》，肖占鹏主编：《隋唐五代文艺理论汇编评注》，南开大学出版社2002年版，第94页。

失，而不是文学本身。考虑政治，所以着眼点在有益教化上。”①他曾对房玄龄说：“比见前、后汉史载录扬雄《甘泉》《羽猎》，司马相如《子虚》《上林》，班固《两都》等赋，此既文体浮华，无益劝诫，何假书之史策？其有上书论事，词理切直，可稗于政理者，朕从与不从皆须载书。”②李世民之所以要从思想上否定扬雄与司马相如的文艺作品，就是因为它们无益于政教，不能做到劝诫讽谏。在他眼里，文艺的教化、社会功能作用要远远要超过文艺的本质、审美情感作用。贞观二年，太宗谓侍臣曰：“凡事皆须务本。国以人为本，人以衣食为本，凡营衣食，以不失时为本。夫不失时者，在人君简静乃可致耳。若兵戈屡动，土木不息，而欲不夺农时，其可得乎？”③在这里，李世民提出的“人君简静”，不使“兵革屡动，与民休息”的政策就是要“文治”，就是通过人文顺其自然地来“化成天下”。

“政教”主导和“文人化成”为宣言的文化、政治格局下，初唐史家们如令狐德棻、房玄龄、魏徵、李百药、姚思廉等在重修五朝史时，展示出他们的治国方略和经世之才，同时也展示出了他们的诗学主张，这些思想恰恰代表了统治集团的主流意识。如：

> 《易》曰“观乎人文以化成天下”，孔子曰“焕乎其有文章”也。自楚汉以降，辞人世出，洛汭江左，其流弥畅。莫不思侔造化，明并日月，大则宪章典谟，裨赞王道；小则文理清正，申纾性灵。至于经礼乐，综人伦，通古今，述美恶，莫尚乎此。④
>
> 夫玄象著明，以察时变，天文也；圣达之言，化成天下，人文也。达幽显之情，明天人之际，其在文乎！⑤

① 罗宗强：《隋唐五代文学思想史》，中华书局 2003 年版，第 19 页。

② 吴兢：《贞观政要》卷七，裴汝诚等《贞观政要译注》本，上海古籍出版社 2006 年版，第 283 页。

③ 吴兢：《贞观政要》卷八，裴汝诚等《贞观政要译注》本，上海古籍出版社 2006 年版，第 300 页。

④ 姚思廉：《陈书》卷二，中华书局 1982 年版，第 329 页。

⑤ 李百药：《北齐书》卷二，中华书局 1972 年版，第 410 页。

> 夫文以化成，惟圣之高义，行而不远，前史之格言。是以温洛祯图，绿字符其丕业；苑山灵篆，金简成其帝载。既而书契之道聿兴，钟古之文逾广，移风俗于王化，崇孝敬于人伦，经纬乾坤，弥纶中外，故知文之时义大哉远矣！①
>
> 然经礼乐而纬国家，通古今而述美恶，非文莫可也。是以君临天下者，莫不敦悦其义，缙绅之学，咸贵尚其道，古往今来，未之能易。②
>
> 《易》曰："观乎天文，以察时变；观乎人文，以化成天下。"《传》曰："言，身之文也，言而不文，行之不远。"故尧曰则天，表文明之称；周云盛德，著焕乎之美。然则文之为用，其大矣哉！③

从上述的"文学传序"或"文苑传序"可以看出，史家们所谓的"人文"是一种泛称，皆指文字记载的社会文化之类的儒家典章、经籍，在他们看来，"人文化成"的目的就是儒家政教人伦的重新建立，是对儒家之"礼"的重新规范。文艺则属于"人文"的范围，通过文艺在社会广大范围之内教导人们经礼乐、宗人伦、知美恶、明天人之际。

那么"人文化成"如何得以实现呢？魏徵在《隋书·文学传序》中说：

> 然则文之为用，其大矣哉！上所以敷德教于下，下所以达情志于上。大则经纬天地，作训垂范；次则风谣歌颂，匡主和民。或离谗放逐之臣，途穷后门之士，道辖轲而未遇，志郁抑而不申，愤激委约之中，飞文魏阙之下，奋迅泥滓，自致青云，振沉溺于一朝，流风声于千载，往往而有。是以凡百君子，莫不用心焉。④

在魏徵看来，文学功能上可"敷德教于下"，下可"达情志于上"，究其

① 房玄龄：《晋书》卷八，中华书局 2015 年版，第 176 页。
② 姚思廉：《梁书》卷三，中华书局 1973 年版，第 264 页。
③ 魏徵：《隋书》卷六，中华书局 1973 年版，第 311 页。
④ 魏徵：《隋书》卷六，中华书局 1973 年版，第 312 页。

根源其实是对《诗》优良精神的继承和发展。统治阶级“敷德教于下”是“经纬天地，作训垂范”，以礼乐、经典、纲纪、人伦为标尺，老百姓“达情志于上”则以“风谣歌颂”为形式。作为“人文化成”当然以政教为主，但又须通过“达情志于上”来考见得失，观盛衰，这样就把统治者的“人文化成”和老百姓“达情志于上”统一了起来，且超越了汉代《诗》学的“美刺”说。“情志”的范围则拓宽了，既有“离谗放逐之臣”的愤懑激越之情，也有“途穷后门之士”的坎坷未遇之志，这种“情志”的强调既合乎文学创作的规律，又使初唐文学恢复到正途。“唐初史家‘情’‘志’并提，有‘言志’‘缘情’并重意味，是文学创作和文学观念不断发展变化的真实反映；而将之整合一体视为人文教化的重要标志和途径，则是他们对于传统诗学作出的一份贡献。”①因此，政教主张和“人文化成”成为唐初人文的精神命脉，儒家经典不仅作为一种文艺审美文本而存在，更为重要的是其承担着国家政权的巩固和社会文化教育功能，统治阶层恰恰把儒家的传统文化资源作为其统一政治、文化思想的一股重要的力量源泉。

在官方意识形态的强烈支配下，从更深层次支持封建政权的就是对儒家经典的重新解释、建立新的教育和人才选拔制度，只有这样，政治话语才能更加合理和合法。《旧唐书·儒学上》记载：

> 太宗又以经籍去圣久远，文字多讹谬，诏前中书侍郎颜师古考定五经，颁于天下，命学者习焉。又以儒学多门，章句繁杂，诏国子祭酒孔颖达与诸儒撰定五经义疏，凡一百七十卷，名曰《五经正义》，令天下传习。②

唐太宗因为“儒学多门，章句繁多”，故令孔颖达等编撰《五经正义》富有强烈意识形态的取仕必读的全国统一教材。因此，孔颖达对经典的注疏过程

① 陈伯海、蒋哲伦主编：《中国诗学史》（隋唐五代卷），鹭江出版社2002年版，第58页。

② 刘昫等：《旧唐书》卷189，中华书局1975年版，第4941页。

中，一方面要确立儒家经学的地位和自己的审美价值观；另一方面也要适应唐初的政治和文教建设的要求。诚如葛兆光先生所说："这里就暗示了这样一个事实与取向，当他们受命编纂五经正义时，他们身份'非惟宿德鸿儒，亦兼达政要'，私人的理解已经被集体的解释所取代，个人的学术取向让位于官方政治取向，因此这些表述取径的序文，实际上传达的是一种官方意识形态。"①而"官方意识形态"正是要以儒家思想作为唐代精神世界的中心，《毛诗正义》的编纂和传播也就成了李唐王朝逐渐恢复儒教统治地位的标志。总之，孔颖达《毛诗正义》"诗缘政"命题的提出可以说是对南北朝《诗》学历史和现状的一个总结，同时也是孔颖达为适应唐代官方意识形态的诉求以及对《诗》作更深一步阐释所作的理论工作。下面，我们接着来探讨"诗缘政"的理论内涵及其意义。

二、"诗缘政"的理论内涵

从上述孔颖达对《诗》的阐释中我们可以看出，"诗缘政"的命题作为一个特有的、固定的诗学纲领得到官方的确认，占据了唐初国家话语权力中心。表明了文学创作的终极目的是王政教化，对社会现实中因善恶而导致的成败得失以规讽。王政教化成功则歌颂赞美，衰微弛废则讥刺匡救。譬如《小雅·天保》之诗，诗序云："下报上也。君能下下以成其政，臣能归美以报其上焉。"正义曰："谓臣下作诗，歌君王之美。"其诗："如月之恒，如日之升。如松柏之茂，无不尔或承。"孔颖达对此句阐释道：

> 言王德位日隆，有进无退，如月之上弦稍就盈满，如日之始出稍益明盛。王既德位如是，天定其基业长久，且又坚固，如南山之寿，不骞亏，不崩坏，故常得隆胜，如松柏之木，枝叶恒茂。②

① 葛兆光：《中国思想史》第一卷，复旦大学出版社2005年版，第463页。

② 孔颖达：《毛诗正义》，十三经注疏标点本，李学勤主编，北京大学出版社1999年版，第587页。

又如《王风·兔爰》之诗，诗序："闵周也。桓王失信，诸侯背叛，构怨连祸，王师伤败，君子不乐其生焉。"正义曰：

> 作《兔爰》诗者，闵周也。桓王失信于诸侯，诸侯背叛之。王与诸侯交构怨恶，连结殃祸，乃兴师出伐诸侯。诸侯御之，与之交战，于是王师伤败，国内役赋不息，使君子之人皆不乐其生焉，故作此诗以闵伤之也。①

其诗云："有兔爰爰，雉离于罗。我生之初，尚无为。我生之后，逢此百罹，尚寐无吪！"孔氏的审美阐释："言有兔无所拘制，爰爰然而缓。有雉离于罗网之中而急。此二者缓急之不均，以喻王之为政，有所听纵者则缓，有所躁蹙者则急。此二者缓急之不均也，故君子本而伤之。"②从这两则诗的阐释不难看出，正是因为"王德日隆"和"王政失信"等外在原因，才导致了诗人情感的萌发，通过"诗"这种形式来表达主体对政治的得失或赞美，或贬斥，也是《兔爰》《天保》两首诗歌创作的最原初动因和目的。因此，孔颖达"诗缘政"诗学命题的提出，涉及了政治社会生活与文学创作之间内在关系，复杂、多变的政治因素的是创作主体情感变化的主要原因，也是《诗》产生的最根本源泉之一。孔颖达对《诗》的阐释工作正好实践了《毛诗正义·序》中所说的"夫诗者，论功颂德之歌，止僻防邪之训，虽无为而自发，乃有益于生灵……若政遇醇和，则欢娱被于朝野，时当惨黩，亦怨刺形于咏歌。作之者所以畅怀舒愤，闻之者足以塞违从正"③的诗学主张。

---

① 孔颖达：《毛诗正义》，十三经注疏标点本，李学勤主编，北京大学出版社1999年版，第262页。

② 孔颖达：《毛诗正义》，十三经注疏标点本，李学勤主编，北京大学出版社1999年版，第263页。

③ 孔颖达：《毛诗正义·序》，十三经注疏标点本，李学勤主编，北京大学出版社1999年版，第3页。

在孔颖达看来，“诗缘政”正是《毛诗正义序》中所说的“诗理”，有了这样的诗学旨向，诗歌就成为政治的晴雨表，诗人可以把诗歌作为评价政治得失的工具，政治兴则歌颂赞美，政治衰则讥讽刺过。诗不再是政治的附庸或点缀，而是要发挥其积极的、民主的战斗精神。这一点是孔颖达对汉儒解诗的一个重大突破。《毛诗正义·诗大序》中说：

> 诗人既见时世之事变，改旧时之俗，故依准旧法，而作诗戒之。虽俱准旧法，而诗体不同，或陈古政治，或指世淫荒，虽复属意不同，俱怀匡救之意。
>
> 《尚书》之三风十愆，疾病也。诗人之四始六义，救药也。若夫疾病尚轻，有可生之道，则医之治也用心锐……诗人救世，亦犹是矣。①

在孔颖达看来，“诗缘政”的目的就是匡时救世，把诗歌作为治疗国家的良药，通过诗歌来治疗政治的伤病，孔颖达把诗歌比作救世的良方，又用“诗人救世”来说明诗人的匡时济世的责任和诗的社会功用。将诗人匡谏之心比作医者之心，大夫的责任在救人，病人若有生还的机会，则需要用心救治。若不可救治，只能哀叹，表达哀叹之情。诗人的责任也像医生一样，必须看清时事，要了解时代的弊病，要有敏锐的时代责任感，要有匡时济世的怀抱和情怀。

在其理论建构过程中，孔颖达是通过“风雅”这一独特话语方式来表达自己的审美理想和政治理想诉求，正是在唐代独特的历史文化语境中，只有用上古的“风雅”之诗才能重构自己心目中理想化的社会。从理论渊源的角度来看，“风雅”概念并不是孔颖达独创，可以上溯到《诗》的优秀艺术精神传统。“雅”是指高雅、雅正、清正、美正的美学规范，《周礼·春官·大师》：“大师……教六诗，曰风、曰赋、曰比、曰兴、曰雅、曰颂，以六

① 孔颖达：《毛诗正义》，十三经注疏标点本，李学勤主编，北京大学出版社1999年版，第16页。

德为之本，以六律为之音。”郑玄注曰：“雅，正也，见今正也以为后法。”雅为正统，通过雅来规范人的行为，所以成为后世学习的榜样。《毛诗序》云：“言天下之事，形四方之风，谓之雅。雅者，正也，言王政之所由废兴也。政有小大，故有小雅焉，有大雅焉。”在这里，把“雅”看成一种文体，是“六义”之一，虽然《毛诗序》把《周礼》的“六诗”改头换面，其实为新瓶装旧酒，还是沿袭了“六诗”的诗教精神，还是依托《诗》来达到政教风化的政治目的。真正把“风雅”作为审美规范引入文学领域的是刘勰，刘勰就认为风、雅相通，都涉及作品的意蕴情性，如所谓“雅与奇反”（《体性》），“丽词雅义，符采相胜”“孟坚两都，明绚以雅赡”（《诠赋》），“颂惟典雅，辞必清铄”（《颂赞》），“雅丽黼黻，淫巧朱紫”（《体性》），“商周丽而雅”（《通变》）。在《文心雕龙》①中，多次“风雅”并举，刘勰提出“圣文之雅丽”，强调作品意蕴的雅正。在“六义”说中，又提出“风清而不杂”“文丽而不淫”，认为“盖风雅之兴，志思蓄愤，而吟咏情性，以讽其上，此为情造文也”，“而后之作者，采滥忽真，远弃风雅，近师辞赋”（《情采》）。在《风骨》篇中他又说：“诗有六义，风冠其首，斯乃化感之本源，志气之符契也。是以怊怅述情，必始于风；沉吟铺辞，莫先于骨。”这里，刘勰显然打破了《毛诗序》所提出的“风”具有风化、教化的意思，而立论“风”必须表现作者的“情志”，这样才能有感人的力量，骏快爽朗。另外还要体现时代精神，表现社会风气，并发挥其审美教化功能和感化作用。与刘勰同时代的钟嵘在《诗品》中，把诗人按照不同文学风格归结为三种：《国风》《楚辞》《小雅》三派，又称《古诗》“其体源出于国风”，曹植“其源出于国风”，阮籍“其源出于小雅。……洋洋乎会于风雅，使人忘其鄙近，自致远大，颇多感慨之词”②。又用“风力”“风骨”来评价建安诗歌，这也正是对《诗》中风雅艺术精神的传承，也表现了钟嵘新的审美价值观。“他要通过诗派的组合排列，形成新的理论秩序，并指出一个符合其审美理想

① 以上《文心雕龙》引文皆出自周振甫：《文心雕龙注释》，人民文学出版社 1986 年版。

② 周振甫：《诗品译注》，中华书局 1992 年版，第 14 页。

的创作动向。"①

孔颖达继承前人思想并加以审美超越，鲜明地提出"风雅之诗，缘政而作"的命题，廓清了"风雅"的概念和内涵。孔氏在《诗大序》正义中说："一国之政事善恶，皆属于一人之本意，如此而作诗者，谓之风。言道天下之政事，发见四方之风俗，如是而作诗者，谓之雅。言风、雅之别，其大意如此也。"②非常明确地提出了诗人要反映客观问题，诗歌要揭露现实的问题，"风雅"概念已经接触到文学作品的典型性了。首先，"风雅"之诗是与社会现实紧密联系在一起的，特别是时政、国政，现实性也就成了风雅的主要特征；其次，从诗歌的社会功能来看待"风雅"，正所谓"若政遇醇合，则欢娱朝野；时当惨黩，亦怨刺形于咏歌"。这样"风雅"之诗不但具有审美、欢娱、歌颂的功能，还要肩负着批判现实、针砭时弊的责任。

另外，孔颖达"诗缘政"的这一诗学命题，还要放在"诗述民志"的语境中来理解。孔颖达在《诗大序》正义中说："诗述民志，乐歌民诗，故时政善恶见于音也。"③在此，孔颖达表达了一个重要的理论创见，就是把传统"诗言志"的"志"理解为"民志"，风雅之诗要表现"民"的真情实感，要代表民意，"时政善恶"能激发民的真情实感，同时也表现了人民的真情实感，所以"述民志"的风雅之诗和"歌民诗"的乐要表现"时政善恶"的真实情况。这正是孔氏对《毛传》《郑笺》充分理解后，对《诗》作出的更高层面的解释。现代西方阐释学的立论基础则是文本的意义最终要超越作者，"本文的意义超越它的作者，这不是暂时的，而且永远如此的。因此理解就不只是一种复制的行为，而始终是一种创造的行为"④。

孔颖达"诗缘政"的诗学命题影响着有唐一代的诗学理论和诗歌创作，

---

① 张伯伟：《钟嵘诗品研究》，南京大学出版社 1999 年版，第 116 页。

② 孔颖达：《毛诗正义》，十三经注疏标点本，李学勤主编，北京大学出版社 1999 年版，第 16 页。

③ 孔颖达：《毛诗正义》，十三经注疏标点本，李学勤主编，北京大学出版社 1999 年版，第 9 页。

④ [德]伽达默尔：《真理与方法》上卷，洪汉鼎译，上海译文出版社 2004 年版，第 383 页。

而对"风雅"的审美追求也就成了唐代诗学的主要倾向之一，体现着士大夫文人的审美情趣，表现了士人的审美理想和价值取向。如陈子昂《与东方左史虬修竹篇序》："风雅不作，以耿耿也"；李白《古风》："大雅久不作，吾衰竟谁陈""大雅思文王，颂声久崩沦"；杜甫《戏为六绝句》："别裁伪体亲风雅，转益多师是汝师"；高仲武：《中兴间气集序》"保安区宇，国风雅颂"；柳冕《谢杜相公论房杜二相书》："于是风雅之文，变为形似，比兴之体，变为飞动"，《答杨中丞论文书》："逮德下衰，风雅不作，形似艳丽之文兴，而雅颂比兴之义废"；元结《箧中集序》："风雅不兴，几及千岁，溺于时者，世无人哉?"李益《诗有六义赋》："所谓政于内系一人之本，动于外形四方之风。如于风，成于雅"。这些"风雅"合称的独特话语方式，都是对孔颖达《毛诗正义》中"风雅"理论内涵的认同、继承和发展。

白居易作为唐代批判写实主义诗学的典型代表之一，其理论源头主要来自孔颖达《毛诗正义》"诗缘政"的诗学命题。白居易诗歌和诗学思想有其现实性的一面，生逢安史之乱，战争频繁，民不聊生，政治格局四分五裂，整个社会动荡不安。知识分子如何督促统治者改革政弊呢？只有通过"诗歌"这一武器。他在《与元九书》中说"补察时政，泄导人情"的积极社会作用。诗人通过诗歌来促进统治者的政治改革，把诗歌看成"为民请命"的工具，强调诗歌积极干预社会的作用。诗歌的最终目的是"为君、为臣、为民、为物、为事而作，不为文而作"①。因此白居易把诗学理论核心就放在了"文章合为时而著，歌诗合为事而作"上面。讲求诗歌的风容，为时而著，为事所作，注重诗歌的"风雅比兴"和批判现实精神。反对形式主义，反对为文作文。白香山把"救济人病，裨补时阙"的批判写实精神作为诗歌创作的标准，讲求"六义"、重"讽谏"，都可以说明他深受《毛诗正义》的影响。

孔颖达"情志"并举的同时，囿于唐初的政治和文化格局，在对《诗》的

① 郭绍虞主编：《中国历代文论选》第二册，上海古籍出版社 2001 年版，第 108 页。

剔罗爬抉中，提出“诗缘政”的诗学命题，把文学与政治作了嫁接，使唐代的诗学和诗歌具有一种强烈的批判精神，开启了唐代诗歌批判写实的风格特征。孔氏多次提出这一富有时代烙印的诗学命题：“风、雅之诗，缘政而作，政既不同，诗亦异体”①，“诗者缘政而作，风、雅系政广狭，故王爵虽尊，犹以政狭入风”②，“以诗本缘政而作，臣无庆赏威刑之政，故不得言诗”③等。孔颖达认为诗歌(文学)是社会政治的表征，诗歌应该是审美和王政教化的完美结合。文学之于政治，王政成则歌颂赞美，衰微弛废则讥刺匡救。在他看来，诗歌是政治的晴雨表，诗人可以把诗歌作为评价政治得失的工具，诗不再是政治的附庸或点缀，而是要发挥其积极的、民主的战斗精神。“诗缘政”的命题昭示着士大夫的审美理想，以及恪守现实文化秩序和主流意识形态共存的二元结构，表现了士人的审美情趣和价值取向。如此一来，孔颖达把诗歌的审美价值性与政治教化性统一起来，为唐代的批判写实主义诗学打下了坚实的理论根基。

第二节 “体用”论文化视域下的古典诗歌创作论

一、“体用”论的哲学话语体系的文化嬗变

“体用”论作为中国哲学本体论中最为重要的范畴之一，集中体现了中华民族理论思维的方式和特点。关于“体用”论，追本溯源应始于先秦道家，在中国哲学史上，老子首次以“道”为哲学本体，对“体用”范畴从体用一源、即体即用作了广泛而深刻的阐述，说明其在道家哲学本体论重要意

① 孔颖达：《毛诗正义》，十三经注疏标点本，李学勤主编，北京大学出版社1999年版，第12页。

② 孔颖达：《毛诗正义》，十三经注疏标点本，李学勤主编，北京大学出版社1999年版，第251页。

③ 孔颖达：《毛诗正义》，十三经注疏标点本，李学勤主编，北京大学出版社1999年版，第545页。

义。老子认为万物的本体存在之“道”是极玄妙的：“道可道，非常道；名可名，非常名。”①“道之出口，淡乎其无味，视之不足见。听之不足闻，用之不足即。”②“道”不可以用普通的感觉知觉来把握，也不可以作任何规定性界定，它是超验的，然而它却是无时无处不存在的，《老子》非常玄妙地描绘了这种存在：“道之为物，惟恍惟惚，惚兮恍兮，其中有象，恍兮惚兮，其中有物。”③“道”的存在与普遍万物之存在是不能等同的，虽有其实而无有其形，故《老子》曰：“常无，欲以观其妙；常有，欲以观其徼。”至此，老子为了说明“道”的实存性与超验性，引入“有”与“无”这样两个哲学范畴，在中国哲学史上，他是首创。所以，冯友兰说：“故道兼有无而言；无言其体，有言其用。”④老子不仅用“道”来说明了中国传统哲学本体的基本特征，而且在阐释“道”的过程中彰显了“体用”同源的思想。在“用”的层面上，老子说：“冲而用之或不盈。渊兮似万物之宗。”这种形而上学的超验之道，却具有创造天地万物的功能，旨在强调道体之虚状及其作用之无穷。《老子》多处隐性地谈到了道的“体”“用”，从形而上的道的“体用”一直到现象层面的“体用”，如第十一章中说：“三十幅，共一毂，当其无，有车之用。埏埴以为器，当其无，有器之用。凿户牖以为室，当其无，有室之用。故有之以为利，无之以为用。”老子认为无和有、虚和实之间有一种辩证关系，“有无相生”，但“有”生于“无”，以“无”为本，而人们又可以从“有”去体认和领悟“无”的境界。他以车轮、陶器，房屋作比喻，就是要说明“无”和“有”是相互依存的。这样，“道”与万物成为一物之两面，互为因果，相质为用，显示出了“道”的“体用”观念。所以，老子隐性地提出“道”的体、用问题，其后由王弼加以显化，而提出“以无为体”“以无为用”等重要命题，标志着中国哲学本体论思维模式的正式建立。

① 王弼：《老子道德经注》，楼宇烈校释，中华书局2011年版，第2页。
② 王弼：《老子道德经注》，楼宇烈校释，中华书局2011年版，第91页。
③ 王弼：《老子道德经注》，楼宇烈校释，中华书局2011年版，第55页。
④ 冯友兰：《中国哲学史》上册，人民出版社2005年版，第136页。

“体用”论作为一个真正的显性哲学范畴始于玄学家王弼。王弼发挥了《老子》“无”的理念，建立起全新的以“无”为“体”的思想体系，他主为“体”和“用”皆是“无”的一体两面。“无”既是体，也是用。他说：“虽盛业大富而有万物，犹各得其德，虽贵以无为用，不能舍无以为体也。”①在这里，“体”作为现象的本体存在，“用”作为本体之功用，统一于有形的自然界中，离开了“体”，“用”便丧失其存在之依据。“木、埴、壁所以成三者，而皆以无为用也。言无者，有之以为利，皆赖无以为用也。”②而同时，作为“体”的“无”，即表现于万物之“用”上，它“道不违自然乃得其性。法自然者，在方而法方，在圆而法圆，与自然无所违也”③。“有”以不独“有”，因“无”而“有”；“无”以不独“无”，因“有”而“无”，“有”和“无”相辅相承乃可为用，体有一如，方成万物。对于王弼的阐述，陈鼓应指出：“依王弼的注是：‘有’所带给人的便利，只当它和‘无’相配合时才显示出它的用处来。”④另一方面，王弼解释《周易》卦爻辞也包蕴着丰富的“体用”观念，如解《乾》九四爻：“去下体之极，居上体之下，乾道革之时也”⑤；《乾文言》九三句“处一体之极，是至也”，“居下体之上，在上体之下，明夫终敝，故不骄也”。又《周易略例》谓：“寻名以观其吉凶，举时以观其动静，则一体之变，由斯见矣”，“凡《彖》者统论一卦之体者也”⑥。此拟象之卦体皆代表具体的事物，这与其《老子道德经注》中的体用观念是完全一致的。“如果用王弼的体用观念来考察六十四卦，就可知卦体、卦形、卦爻辞等形而下的有形的部分相当于体，而它所包含的意义，卦义、义理等形而上的无形的侧面则相当于用。”⑦魏晋南北朝虽说是玄学兴盛的时代，但从思想史的角度来看，其实佛玄同构、儒道兼综恰恰构成那个时

① 王弼：《老子道德经注》，《诸子集成》第三册，中华书局1954年版，第24页。
② 王弼：《老子道德经注》，《诸子集成》第三册，中华书局1954年版，第6页。
③ 王弼：《老子道德经注》，《诸子集成》第三册，中华书局1954年版，第15页。
④ 陈鼓应：《老子注译及评介》，中华书局1984年版，第103页。
⑤ 王弼：《周易注》，中华书局2011年版，第13页。
⑥ 王弼：《周易注》，中华书局2011年版，第301页。
⑦ ［韩］林采佑：《略谈王弼体用范畴之原义》，《哲学研究》1996年第11期。

代思想的整体面貌和占据了那个时代的精神领地。所以，汤用彤说：“魏晋以迄南北朝，中华学术界异说繁兴，争论杂出，其表面上虽非常复杂，但其所争论实不离体用观念。而玄学、佛学同主贵无贱有。以无为本，以万有为末。本末即谓体用，《般若》之七宗十二家，咸研求此一问题，而所说各异。”①玄学讲“体用”，佛学也讲“体用”，各有所资而交相融摄，使这一观念逐渐由隐而显，熔铸成了一对较为固定的哲学范畴，影响后来的刘勰、韩康伯、孔颖达、崔憬乃至宋明理学，从哲学世界渗透到文艺世界，自此以后，“体用”论才正式地进入了中国思想世界的殿堂。

儒道互补、体用结合的深刻文化背景构成了魏晋南北朝时期的文化之整体面貌。刘勰所处的时代，正是儒道佛玄融合并行的时代。而玄学调合儒道、折衷“体用”的学风给刘勰以很大的启发，培育了他兼容并蓄的治学态度及调和折衷的研究方法，故其曰：“擘肌分理，唯务折衷。”②可以说，中国诗学思想史上刘勰第一次把哲学“体用”论用在了对文学、美学的研究上。刘勰在《文心雕龙》中兼采儒道，将人生与艺术、现象与本质的两极熔铸为一体，建构了一个“体大虑周”的文学理论体系。郭绍虞指出：“《文心雕龙》的道有两种意义，《原道篇》所说的道，是指自然之道，《宗经篇》所说的道，是指儒家之道。”③《文心雕龙·序志》：“位理定名，彰显大易之数，其为文用，四十九篇而已。”④可见刘勰在建构《文心雕龙》文学理论体系时，从《原道》到《序志》五十篇，是深受《周易》之影响的。正如王元化所说：“我认为《原道篇》就是所谓‘其一不用’的那个‘一’。它是体，不是用。一切用的都是从这个本体(道)那里派生的。”⑤在体大虑周的文学理论体系中，刘勰为文一方面要“寻根”“索源”，探讨文学之本，故有道家自然之道；另一方面又要“致用”“赞圣”，发挥文章之用，故有儒家圣人之道。

① 汤用彤：《汉魏两晋南北朝佛教史》，中华书局 1983 年版，第 236 页。
② 周振甫：《文心雕龙注释》，人民出版社 1981 年版，第 536 页。
③ 郭绍虞：《照隅室古典文学论集》下，上海古籍出版社 2009 年版，第 35 页。
④ 周振甫：《文心雕龙注释》，人民文学出版社 1981 年版，第 535 页。
⑤ 王元化：《文心雕龙讲疏》，广西师范大学出版社 2004 年版，第 331 页。

在这种"体用"论观念指导下，刘勰必然要"斟酌乎质文之间，而隐括乎雅俗之际"①，在《原道》篇中将道家的自然之道与儒家的圣人经典结合起来，构筑"道—圣—文"的逻辑结构缜密的文学理论体系。再者，刘勰把《原道》篇中道"体"儒"用"思想运用到创作论中，便形成了"道体儒用"的创作原则。道家哲学属于艺术哲学，对艺术创作心理不乏独到的见解，如神思、虚静、养气等，而儒家哲学则是偏重于实用主义的生活哲学，强调艺术的内容、构成问题，如情采、文德、文用等。"如果说道家哲学契合了艺术构思之'神'(指创作中的艺术心态)，那么儒家哲学则包含了艺术作品之'理'(指作品中的内容与形式等问题)，而刘勰则本着'体用'结合的原则，兼采儒道，神理共契。"②所以，刘勰认为构思以虚静为本体，文章因情采成而能用。刘勰以儒道互补的方式，在艺术创作论中建立起从虚静、情感到文章的艺术创作原则。这样，《文心雕龙》既标举"自然"，又把"原道""征圣""宗经"三位于一体作为"文之枢纽"，这与玄学家将"自然"与"名教"统一起来完全是一脉相承的。

二、孔颖达"体用"论的理论内涵

唐继隋后，再度统一华夏，使南北文化得到进一步地融合。唐太宗及其后继者都极其推崇儒学，重用儒士和选拔、培养儒学人才，比如注疏和颁布五经定本就是最好的例子，以至于在唐初出现"儒学之盛，古昔未之有也"③。同时，唐初也表现出兼蓄并包的文化环境——容纳、信奉甚至尊崇佛、老二教，在这种自由、活泼而又浓厚的思想文化氛围中，儒、道、佛迎来了合流。由孔颖达主撰的《五经正义》正是在儒道佛合流，相互渗透、影响的格局下而完成的，一方面迎合了主流意识形态需要；另一方面，在儒道佛文化合流的背景下，其也是为争取儒家政治地位以及权力做的一次文化"角力"。《五经正义》在义疏过程中把"体用"论思想相互贯通，

① 周振甫：《文心雕龙注释》，人民文学出版社 1981 年版，第 289 页。
② 李平：《论〈文心雕龙〉的体用之道》，《安徽师大学报》1995 年第 4 期。
③ 宋祁等：《新唐书·儒学传序》，中华书局 1975 年版，第 4930 页。

建构庞大的义疏系统，下面我们就来分别列述孔疏“体用”论思想的理论内涵。

孔颖达于《周易正义·论易之三名》中说：

> 故《系辞》云：“形而上者谓之道。”道即无也。“形而下者谓之器。”器即有也。故以无言之，存乎道体；以有方之，存乎器用。①

从上述中我们可以看出，《易》理即备包“有”“无”，即“有”之以为用而“无”之以为体，“无”“有”即为体用，很显然孔氏继承了王弼的理论观点，但要比他走得更远，其在中国思想史发展的关节上首次明确提出了“以道为体，以器为用”的思想观念。

接下来孔颖达疏解释乾、坤之义，顺此思路，张衍“即用见体”的观念在《周易正义》之《乾》卦辞中云：

> 此卦本以象天……此既象天，何不谓之天，而之乾者？
>
> 天者定体之名，乾者体用之称，故《说卦》云：“乾，健也。”言天之体，以健为用。
>
> 圣人作《易》，本以教人，欲使人动法天之用，不法天之体，故名乾，不名天也。
>
> 天之健者为用者，运行不息，应化无穷，此天之自然之理，故圣人当法此自然之象而施人事，亦当应物成物，云为不已，终日乾乾，无时懈倦，所以因天象以教人事。②

这是整套《易》理的基础之所在，彰显“用”义。《乾卦》象天之用，推而言

① 孔颖达：《周易正义》，十三经注疏标点本，李学勤主编，北京大学出版社1999年版，第7页。

② 孔颖达：《周易正义》，十三经注疏标点本，李学勤主编，北京大学出版社1999年版，第1页。

之，《周易》六十四卦及显天地的大用。孔颖达申述以“用”为核心的体用论，于《周易正义·系辞》亦云：

> 子曰“夫《易》何为”者，言《易》之功用。其体何为，是问其功用之意。“夫《易》开物成务，冒天下之道，如斯而已”者，此夫子还自释《易》之体用之状，言《易》能开通万物之志，成就天下之物，有覆冒天下之道。斯，此也，《易》之体用如此也。①

指明“功用”涵盖《易》体，讲用则体摄其中。说体，则旨归于用，这就是“因用见体”。孔氏在《系辞》中还云：

> “显诸仁”者，言道之为体，显见仁功，衣被万物，是“显诸仁”也，“藏诸用”者，谓潜藏功用，不使物知，是“藏诸用”也。②

道体因其“仁功”而得以彰显，“仁功”乃天道的践履。天道即天之体，用之以“顺”则功著，反是则乱。在《乾·文言》中孔疏云：

> 但乾之为体，是天之用。凡天地变化，自然而尔，因无而生有也，无为而自为。天本无心，岂造“元亨利贞”之德也？天本无名，岂造“元亨利贞”之名也？但圣人以人事托之，谓此自然之功，为天之四德，垂教于下，使后代圣人法天之所为，故立天“四德”之设教也。③

---

① 孔颖达：《周易正义》，十三经注疏标点本，李学勤主编，北京大学出版社1999年版，第286页。

② 孔颖达：《周易正义》，十三经注疏标点本，李学勤主编，北京大学出版社1999年版，第271页。

③ 孔颖达：《周易正义》，十三经注疏标点本，李学勤主编，北京大学出版社1999年版，第12页。

孔颖达表明仁功之顺成，是取天地“自然之道”。此自然是“无为而自为”之自然。孔颖达绾合《老子》“自然”“无为”之理，引玄入儒，充分表明唐初兼蓄并包的文化观念，显示了三教合流文化观念在义疏中的表征，也拓展了“体用”论的文化义涵。

另外，孔颖达认为天地之体自生自成，用天地之道，取效天地以为用，自须讲求“通变”，变是《易》义。《系辞》“曲成万物而不遗”孔疏云：

> 言圣人随变而应，屈曲委细，成就万物，而不有遗弃细小而不成也。①

“随变而应”指通变之道，孔子为大圣，因为是“时之圣者”。“时”是考虑和实践“用”的关键。在《豫·彖辞》孔疏又云：

> 夫立卦之体，名象其时，时有屯夷，事非一揆，故爻来适时，有凶有吉。人之生世，亦复如斯，或逢治世，或遇乱时，出处存身，此道岂小？故曰“大矣哉”也。然时运叶多，大体不出四种者：一者治时，“颐养”之世是也；二者乱时，“大过”之世是也；三者离散之时，“解缓”之世是也；四者改易之时，“革变”之世是也。故举此四卦之时为叹，余皆可知。言“用”者，谓适时之用也。虽知居时之乱，此事不小，而未知以何而用之耳。故坎、睽、蹇之时宜用君子，小人勿用。用险取济，不可为常，斟酌得宜，是用时之大略。举险难等在卦，余从可知矣。②

入世则必须注意时运，更要讲求“适时之用”。孔颖达概括四类时运，反映

① 孔颖达：《周易正义》，十三经注疏标点本，李学勤主编，北京大学出版社1999年版，第267~268页。

② 孔颖达：《周易正义》，十三经注疏标点本，李学勤主编，北京大学出版社1999年版，第84页。

四种政情。针对不同的政情时态，运用恰当的策略，若“斟酌得宜”，则可化险为夷、转危为安；若“用险取济”，不循正道，必令情况更为恶化。

《易》理的“体用”是“适时顺用”，那么“礼”在孔颖达看来则是“量时设教”。“礼”之理恰恰是《易》理的实践。“量时设教”透过礼制来实现，礼制是礼的“体用”起点。《礼记正义》开篇云：

> 周公摄政六年，制礼作乐，颁度量于天下。但所制之礼，则《周官》《仪礼》也。郑作序云：“礼者，体也，履也，统之于心曰体，践而行之曰履。”郑知然者，《礼器》云：“礼者，体也。”《祭义》云：“礼者，履此者也。”《礼记》既有此释，故郑依而用之。礼虽合训体、履，则《周官》为体，《仪礼》为履，故郑序又云：“然三百三千虽混同为礼，至于并立俱陈，则曰此经礼也，此曲礼也。或云此经文也，此威仪也。”是《周礼》《仪礼》有体、履之别也。所以《周礼》为体者，《周礼》是立治之本，统之心体，以齐正于物，故为体。贺玚云：“其体有二。一是物体，言万物贵贱高下小大文质各有其体。二曰礼体，言圣人制法，体此万物，使高下贵贱各得其宜也。”其《仪礼》但明体之所行践履之事，物虽为体，皆同一履，履无两义也。于周之礼，其文大备，故《论语》云：“周监于二代，郁郁乎文哉！吾从周也。”①

从上述疏文中我们可以看出，郑玄主张《周礼》《仪礼》为周公所作，持不同观点者代有其人。孔颖达则从郑说发挥体、履之说，以《周礼》为体，《仪礼》为履。礼的关键是“践履”，孔颖达于《仲尼燕居》“子张问政”章强调：“为礼之体，不在于几筵、升降，酬酢乃谓之礼，但在乎出言、履践、行之谓之礼也。”②在孔颖达看来，“几筵、升降、酬酢”等仪礼容节，是《仪

① 孔颖达：《礼记正义》，十三经注疏标点本，李学勤主编，北京大学出版社1999年版，第3页。

② 孔颖达：《礼记正义》，十三经注疏标点本，李学勤主编，北京大学出版社1999年版，第1391页。

礼》构成的主张，孔氏不在乎这些，称《仪礼》为履，是在高出礼容之上的“出言、践履、行之”的履义。

在《礼运》“仁者，义之本也，顺之体也，得之者尊”章，孔疏又云：

> 礼所以与义合者，礼者，体也。统之于心，行之合道，谓之礼也。义者，宜也，行之于事，各得其宜，谓之义也。是礼据其心，义据其事，但表里之异，意不相违。①

义和礼的“行之合道”，履即义，义则履，二者互文。处事得宜谓之义，也是履的宗旨。“出言、履践、行之”得宜，行之合道，方为履义宗趣。则礼之用，在义与不义。《礼记正义·序》中的“量时设教”“须用则行”，正是得宜之谓。“行之合道”，是礼义的核心要素。那么，“道”是何指呢？孔颖达《曲礼》疏文谈到“道”跟《仪礼》之为“体用”有内在的关系。《曲礼》题下孔疏云：

> 《曲礼》篇中含有五礼之义。……《曲礼》之与《仪礼》，其事是一。以其屈曲行事，则曰《曲礼》；见于威仪，则曰《仪礼》。但曲之与仪礼相对。《周礼》统心为号，若揔而言之，则《周礼》亦有曲名，故《艺文志》云：“帝王为政，世有损益，至周曲为之防，事为之制，故曰经礼三百，威仪三千。”是二礼互而通者，皆有曲称也。②

于《曲礼》中见意，无异于《仪礼》中述旨，因二礼履行的是相同的五礼。孔颖达特别提到《周礼》的“统心”，乃提示《曲礼》所蕴含《仪礼》的践履体用义。因此《曲礼》疏所述的“道”，是“行之合道”的道，道理彰明则礼仪兴。

---

① 孔颖达：《礼记正义》，十三经注疏标点本，李学勤主编，北京大学出版社1999年版，第710~711页。

② 孔颖达：《礼记正义》，十三经注疏标点本，李学勤主编，北京大学出版社1999年版，第6页。

孔颖达以义适之，化民成俗，功莫大焉。

通过对《周易正义》《礼记正义》"体用"义诠旨的考察，我们知道，前者营构的"体用"论既蕴含了玄学之《老子》的自然观，又彰显《易传》的"自强不息"之义，兼用儒、道两家的智慧，从而建立起一套入世济世的《易》理；后者则是"量时设教"、履礼践道方能大德为用的儒家淑世情怀。究其本源，孔颖达并非强力去描述一种现实世界的表象，而是树立效法天则的经世态度，这才是孔颖达"体用"论的真正内涵之所在。在《毛诗正义》中孔颖达更是张衍救世、直谏、民本的体用义观念，建立了体用并包的诗歌创作理论体系，也为唐代写实主义诗歌和诗学理论奠定了写作范式，下面我们就对《毛诗正义》"体用"义涵及诗歌创作方法论进行辨析。

三、"体用"论文化视域下的诗歌创作方法论

孔颖达将《易》学"体用"观的思维方法自觉地运用到对《诗》的疏解。把"体用"观的理论方法运用到诗学实践中去，解决了"六义"的内涵、诗歌创作方法、篇章结构等问题。所以有论者指出，"体用之思对于中国诗学的重大意义，乃在于诗学理论与创作实践不可分离"①。孔颖达把形而上的"体用"观念与《诗》之"六义"结合起来，形成了系统的诗歌创作诗学，为唐代的诗歌创作乃至后代的诗歌创作有着莫大的启发意义。

在中国《诗》学史上，对于《诗》的分类，从《周礼》称"六诗"到《毛诗序》称"六义"，看似简单的问题，由于历史文化语境的不同，其阐释的结果却莫衷一是。孔颖达在前人基础之上，提出的"三体三用"说，以彰显其诗歌创作的"体用"论。《诗序》疏云：

> 然则风、雅、颂者，诗篇之异体；赋、比、兴者，诗文之异辞耳，大小不同而得并为六义者，赋、比、兴是诗之所用，风、雅、颂

① 易闻晓：《自然与工力：中国诗学的体用之思》，《文学评论》2010 年第 3 期。

是诗之成形，用彼三事，成此三事，是故同称为义，非别有篇卷也。①

孔颖达在这里界定了“三体三用”之说，他认为“六义”可以分为“体”和“用”(或称“体”和“辞”)两大类别。风、雅、颂是诗的不同的体式，而赋、比、兴是诗的不同表现手法。其次，“体”“用”互为作用，统一起来达成“义”事——《正义》所谓四始、六义为救世之针药等；最后，进一步表明，赋、比、兴不是单纯的“诗”，没有单独完整的篇卷体式。接下来又孔颖达引用郑玄答张逸疑问，进一步阐述“体用”论之意涵：

张逸问：“何诗近于比、赋、兴?”答曰：“比、赋、兴，吴札观诗已不歌也，孔子录《诗》，已合风、雅、颂中，难复摘别。篇中义多兴。”逸见风、雅、颂有分段，以为比、赋、兴亦有分段，谓有全篇为比，全篇为兴，欲郑指摘言之。郑以比、赋、兴者直是文辞之异，非篇卷之别，故远言从本来不别之意。言“吴札观诗已不歌”，明其先无别体，不可歌也。“孔子录《诗》，已合风、雅、颂中”，明其先无别体，不可分也。元来合而不分，今日“难复摘别”也。言“篇中义多兴”者，以毛传于诸篇之中每言兴也。以兴在篇中，明比、赋亦在篇中，故以兴显比、赋也。若然，比、赋、兴元来不分，则唯有风、雅、颂三诗而已。《艺论》云“至周分为六诗”者，据《周礼》“六诗”之文而言之耳，非谓篇卷也。②

此段疏文中，孔颖达认为季札观乐之时已没有歌赋、比、兴了，孔子录《诗》时，风、雅、颂中就早已融入了赋、比、兴，因此“先无别体”，今日“难复摘别”。最后，以《毛传》于诸篇之中每言兴，说明赋、比、兴在诗篇

① 孔颖达：《毛诗正义》，十三经注疏标点本，李学勤主编，北京大学出版社1999年版，第12~13页。

② 孔颖达：《毛诗正义》，十三经注疏标点本，李学勤主编，北京大学出版社1999年版，第13页。

中，没有完整体式，居从属地位。这一点正说明囿于时代历史语境的不同，以“声”为体的《诗》向以“义”为体的《诗》的过渡，朱自清曾说：“郑玄注《周礼》‘六诗’，是重义时代的解释。风、赋、比、兴、雅、颂似乎原来都是乐歌的名称，合言‘六诗’，正是以声为用。《诗大序》改为‘六义’，便是以义为用了。”①所以说，孔颖达用“体用”观念的科学精神来疏解“六义”，解决了《诗》学史上诗体和创作方法不分的难题。并“运用思辨的眼光，将‘六义’二分，看到了‘风雅颂’作为体式和‘赋比兴’作为写作方法之间有大小，即主与次、本与末、形质和功用、本质与现象、根本原则和具体方法的关系，从而将形而上的‘体用’与《诗经》‘六义’结合起来，终于找到合理的哲学依据”②。

在“体用”观念下导引下，孔颖达分别就“三体”和“三用”的审美内涵进行阐释，在孔颖达看来，“风”“雅”“颂”三者本是政教之名，是“臣下感政作诗”，因此取政教之名以为作诗之目的。《正义》还说：“风、雅之诗，缘政而作，政既不同，诗亦异体。”③由此，“‘体因政而异’成了《毛诗正义》辨析‘风’、‘雅’、‘颂’之体最核心的观念”④。关于“风”体的审美阐释，孔颖达在《毛诗正义》中说：“其作诗者，道己一人之心耳。要所言一人之心，乃是一国之心。诗人览一国之意，以为己心，故一国之事系此一人，使言之也。但所言者，直是诸侯之政，行风化于一国，故谓之风，以其狭故也。”⑤他认为“风”之为体的特征是，《诗》所陈述的内容是关于某一诸侯国的政教之事，其所体现的政治教化之道只能够在某一诸侯国内实施。对于“雅”体审美阐释，《毛诗正义》云：“言天下之事，亦谓一人言

① 朱自清：《诗言志辨》，华东师范大学出版社1996年版，第79页。

② 韩宏韬：《孔颖达对〈诗经〉“六义”问题的贡献》，《理论月刊》2012年第6期。

③ 孔颖达：《毛诗正义》，十三经注疏标点本，李学勤主编，北京大学出版社1999年版，第12页。

④ 刘挺颂：《试论〈毛诗正义〉对“四始”“六义”的再阐释》，《铜仁学院学报》2010年第2期。

⑤ 孔颖达：《毛诗正义》，十三经注疏标点本，李学勤主编，北京大学出版社1999年版，第16~17页

之。诗人总天下之心，四方风俗，以为己意，而咏歌王政，故作诗道说天下之事，发见四方之风。所言者，乃是天子之政，施齐正于天下，故谓之雅，以其广故也。”①孔氏认为“雅”之为体的特征是，诗人所陈述的内容涉及天下四方之政治、风俗，所歌咏的皆是天子的王政废兴之事，所以，其体现的教化之道可以传播至天下。而“雅”有小雅和大雅之分，在孔颖达看来，两者的分别正在于“政”的差异。其云：

> 王者政教有小大，诗人述之亦有小大，故有小雅焉，有大雅焉。小雅所陈，有饮食宾客，赏劳群臣，燕赐以怀诸侯，征伐以强中国，乐得贤者，养育人材，于天子之政，皆小事也。大雅所陈，受命作周，代殷继伐，荷先王之福禄，尊祖考以配天，醉酒饱德，能官用士，泽被昆虫，仁及草木，于天子之政，皆大事也。诗人歌其大事，制为大体；述其小事，制为小体。体有大小，故分为二焉。②

从上述疏文可见，同是陈述天子之政事废兴，其事关则有大、小之别，如《小雅》的《车攻》《采薇》《鹿鸣》等篇章所陈述的燕飨、征伐、施教之事，其事关王政者小。而《大雅》的《绵》《皇矣》《生民》《公刘》等篇所陈述的受命伐殷、祭天拜祖、贤官用士之事，其事关王政者大，故孔氏认为“诗人歌其大事，制为大体；述其小事，制为小体。体有大小，故分为二焉”。另外，孔颖达在谈到“雅”体时，还特别谈到“体”与诗歌风格的之间的关系。《小大雅谱》云：

> 此为随政善恶，为美刺之形容以正物也。所正之形容有小大，所以为二雅矣。故上以盛隆为大雅，政治为小雅，是其形容各有区域。

① 孔颖达：《毛诗正义》，十三经注疏标点本，李学勤主编，北京大学出版社1999年版，第17页。

② 孔颖达：《毛诗正义》，十三经注疏标点本，李学勤主编，北京大学出版社1999年版，第17~18页。

> 善者之体，大略既殊，恶者之中，非无别矣。详观其叹美，审察其讥刺，大雅则宏远而疏朗，弘大体以明责；小雅则躁急而局促，多忧伤而怨诽。①

孔颖达认为大小雅表现的内容是随着“政治”的善恶来改变的，即其“形容各有区域”。大雅的“宏远而疏朗”和小雅的“躁急而局促”都是诗歌作品的声音品格风貌，而“弘大体以明责”和“多忧伤而怨诽”则指诗人的情志，诗人情志的不同，体现出不同的政治效果。孔疏还说：

> 小雅唯有称王后事，曾无言其谥者，又所论多称王以前之事，知不先慰问团为小雅、后作为大雅者，以六诗之作，各有其体，咏有歌政而兴，体亦因政而异，王政有巨细，诗有大小，不在其作之先后也……但作者各有所拟，述大政为大雅之体，述小政为小雅之体。体以政兴，名以体定。体既不同，雅有大小，大师审其所述，察其异体，然后分而别之。②

在孔氏看来，“体”与声情，皆可以互文。风、雅、颂三体是三类声情，都是不同政治情态下的心声。“此声情的体，是诗心所在。《毛诗正义》贯彻以心为统的体义，与《易》《礼》的体用论相通。”③

对“颂”体的审美阐释，孔颖达直承《毛诗序》“颂者，美盛德之形容，以其成功告于神明者也”之说，他认为“万物本于天，人本于祖，天之所命者牧民也，祖之所命者成业也。民安业就，须告神使知，虽社稷山川四岳

① 孔颖达：《毛诗正义》，十三经注疏标点本，李学勤主编，北京大学出版社1999年版，第551页。

② 孔颖达：《毛诗正义》，十三经注疏标点本，李学勤主编，北京大学出版社1999年版，第542页。

③ 邓国光：《经学义理》，上海古籍出版社2011年版，第353页。

河海皆以民为主，欲民安乐，故作诗歌其功，遍告神明，所以报神恩也”①。《毛诗正义》认为“颂”之为体讲述的多是王者谟天祭祖、告神明述恩德、保民安乐之事。按照“颂”体所述的内容，孔氏还提出“颂体不一”的观点，《周颂谱》云：“然鲁颂之文，尤类小雅，比于《商颂》，体制又异，明三颂之名虽同，其体各别也。”②与汉儒“六义”不分、简单并列不同，孔颖达是对《诗经》文学文本意识的加强——颂之为体的诗歌其内容的丰富性和多样性，表现出与汉儒不同的《诗》学观念，借“体用”来建构自己的诗学体系。

除上述之外，孔颖达通过对《诗》体文本差异的辨析，即“体各有声”是指国风、大小雅、颂各体之间具有不同的声调、不同的音乐风格，辨别和总结出风、雅、颂三体的重要特征，因此大师可以听声得情而知其本意。《毛诗正义》中又特别指出：

> 诗体既异，乐音亦殊。国风之音，各从水土之气，述其当国之歌而作之。雅、颂之音，则王者遍览天下之志，总合四方之风而制之，《乐记》所谓“先王制雅、颂之声以道之”，是其事也。诗体既定，乐音既成，则后之作者各从旧俗。“变风”之诗，各是其国之音，季札观之，而各知其国，由其音异也。小雅音体亦然。正经述大政为大雅，述小政为小雅，有小雅、大雅之声。王政既衰，变雅兼作，取大雅之音，歌其政事之变者，谓之“变大雅”；取其小雅之音，歌其政事之变者，谓之“变小雅”，故其变雅之美刺，皆由音体有小大，不复由政事小大也。③

① 孔颖达：《毛诗正义》，十三经注疏标点本，李学勤主编，北京大学出版社1999年版，第18~19页。

② 孔颖达：《毛诗正义》，十三经注疏标点本，李学勤主编，北京大学出版社1999年版，第1273页。

③ 孔颖达：《毛诗正义》，十三经注疏标点本，李学勤主编，北京大学出版社1999年版，第18页。

孔颖达在这里说明了“风雅”之诗体与音乐的关系，“诗体既异，乐音亦殊”。孔氏认为“国风”所配的音乐采自不同诸侯国之音，自然会有地方性色彩；“雅颂”所配音乐是两周王朝的统治者收集四方之音乐加以整合、规范后产生的。这就从一个全新的视角彰显了风、雅、颂三种诗体产生之初与音乐的密切关系及其以不同形态的方式存在。而“诗体既定，乐音既成，则后之作者各从旧俗”，则又进一步呈显了在“诗体”“乐音”成熟确定之后对于“后之作者”创作诗歌的影响，也即“变风”之诗，各是其国之音。“取大雅之音，歌其政事之变者，谓之变大雅，取其小雅之音，歌其政事之变者，谓之变小雅”，后来的诗人接受以及创作“变风”“变雅”之诗的过程中所依据的亦是前人的“正风”“正雅”之乐，所以说，对音乐接受的差异导致了诗歌体式的差异。同时，孔氏还指出，“大雅”“小雅”和“正雅”“变雅”的区分标准也是由“音体有小大”来决定的，而不是像汉儒所说的在于“政之大小”，可见孔颖达在继承儒家传统《诗》教同时，并不是一味地追求《诗》的政治功利价值，而是基于个人对《诗》文本的理解以及对诗歌性质的再认识，客观地重新确认《诗》与音乐的关系，从而表现出了相当可观的诗歌创作方法论。①

关于赋、比、兴“三用”，孔氏对赋、比内涵的理解与前人并没有龃龉，而在“兴”的审美阐释上，在前人基础上对其进行了审美超越。朱自清曾说：“赋比兴的意义，特别是比兴的意义，却似乎缠夹得多。”②但是关于“兴”的阐释，在孔颖达之前都还只停留在表面，对“兴”审美内涵还没有作出系统的阐释。因为“除了音韵、节奏等形式要素之外，诗歌还特别要求把主观思想感情客观化、物象化，使主观思想感情与想象、理解相融合，从而塑造出主客观统一、物我相谐、情景相生的诗歌艺术形象。‘兴’正是从诗歌艺术的这种内在规律上体现了我国诗歌艺术的本质要求，集中

① 王长华、易卫华：《孔颖达〈诗〉学观论略》，《河北师范大学学报》(哲学社会科学版)2010年第1期。

② 朱自清：《诗言志辨》，华东师范大学出版社1996年版，第48页。

了我国诗歌艺术的重要美学特征”①。孔颖达融合了刘勰“比显而兴隐”和钟嵘“文已尽而意有余”的思想内涵，发掘出“兴”的审美特征、规律，并在自己的文艺美学思想架构中提炼出“兴象”的美学范畴。他认为“兴象”有着缜密的审美结构和理论维度，在《毛诗正义》中多次提出“兴必取象”“兴喻名异而实同”“兴必以类”的诗学观念。他认为，“兴象”是创作主体与外物接触时，受外物感召，导致的主观情志的外显，正所谓“情缘物动，物感情迁”②——由物到意、文的一整套的诗歌创作过程，亦是心与物交融的艺术形象思维。

从“体用”观念出发，孔颖达十分重视“用”的诗歌创作理论实践，他认识到诗歌的语言艺术形式的作“用”，在对《诗经》文本细读的审美阐释过程中，廓清了《诗经》文本内部字、句、章内部结构的形式逻辑和诗理特征。如《毛诗正义·关雎》：

> 句者联字以为言，则一字不制也。以诗者申志，一字则言蹇而不会，故《诗》之见句，少不减二，即“祈父”、“肇禋”之类，三字者，“绥万邦”、“娄丰年”之类也。四字者，“关关雎鸠”、“窈窕淑女”之类也。五字者，“谁谓雀无角，何以穿我屋”之类也。七字者，“如彼筑室于道谋”、“尚之琼华乎而”之类也。八字者“十朋蟋蟀入我床下”、“我不敢效我友自逸”是也。其外更不见九字、十字者。……句字之数，四言为多，唯以三三七八者，将由言以申情，唯变所适，播之乐器，俱得成文故也。③

① 赵沛霖：《兴的源起——历史积淀与诗歌艺术》，中国社会科学出版社 1987 年版，第 1 页。

② 孔颖达：《〈毛诗正义〉序》，十三经注疏标点本，李学勤主编，北京大学出版社 1999 年版，第 2 页。

③ 孔颖达：《毛诗正义》，十三经注疏标点本，李学勤主编，北京大学出版社 1999 年版，第 28 页。

上述疏文中我们可以看出，孔氏全面总结了《诗经》句式由二字到多字变化的各种情况，提出“一字不制”、“一字言蹇而不会”的现象，道出了中国汉字双音为节的组合规律和构词规范，这种解释完全符合以汉字为媒介的中国诗歌在音节组成上的历史情况。但其理论价值并不仅仅在于总结归纳了《诗经》的句式规律，更在于孔颖达明确指出句式的各种变化都只不过是为了“申志”、“申情”而“唯变所适”，也就是说诗歌的句式变化都是出于“抒情言志”和“诗之大体”的需要。

接下来，孔颖达又对篇章结艺术结构作了深入的阐释和解析。“句必联字而言，句者局也，联字分疆，所以局言者也。章者明也，总义包体，所以明情者也。篇者遍也，言出情铺，事明而遍者也”。① 他认为，诗歌若要成篇章，要铺陈与感情有关的人物、事物和景物，可见篇作为最大的结构形式同样是抒情叙事的必要表达手段。“章者，积句所为，不限句数也，以其作者陈事，须有多少章总一义，必须意尽而成故也。”篇由章组成，章是由句组成的，基于句、章、篇的内在逻辑机理，孔颖达又进一步总结了篇章的基本情况和特征。

> 累句为章，则一句不可，二句得为之，《卢令》及《鱼丽》之下三章是也。其三句则《麟趾》《甘棠》《驺虞》之类是也。其多者，《载芟》三十一句，《閟宫》这三章三十八句，自外不过也。篇之大小，随章多少。风、雅之中，少犹两章以上，即《驺虞》《渭阳》之类是阤。多则十六以也，《正月》《桑柔》之类是也。唯《周颂》三十一篇，及《那》《烈》《玄鸟》，皆一章者。以其风、雅叙人事，刺过论功，志在匡救，一章不尽，重章以申殷勤，故一章而已。《鲁颂》不一章者，《鲁颂》美僖公之事，非告神之歌，此则论功颂德之诗，亦申殷而重章也。虽云盛德所用，《鲁颂》实不及制，故颂体不一也。高宗一人，而《玄鸟》一章，

① 孔颖达：《毛诗正义》，十三经注疏标点本，李学勤主编，北京大学出版社1999年版，第28页。

《长发》《殷武》重章者，或诗人之意，所用不同；或以武丁之德，上不及成汤，下又逾于鲁僖。论其至者，同于太平之歌；述其祖者，同于论功之颂。明成功大小，其篇咏有优劣。采立章之法，不常厥体，或重章共述一事，《采苹》之类；或一事叠为数章，《甘棠》之类；或初同而末异，《东山》之类；或首异而末同，《汉广》之类；或事讫而更申，《既醉》之类；或重章而事别，《鸱》之类；《何草不黄》，随时而改色；《文王有声》，因事而变文；“采采芣苢”，一章而再言；《宾之初筵》，三章而一发。或篇有数章，章句众寡不等；章有数句，句字多少不同，皆由各言其情，故体无恒式也。①

孔颖达总结了风、雅、颂三体的篇章形式，并且对风、雅、颂三体由章成篇的规律与政治体制作了嫁接，确实表现了儒家注经的保守影子和过渡诠释的一面，但其理解也在《诗经》文本的义涵阈限之内。风、雅、颂三体在两周的历史的现场多为庙堂歌颂之辞，只不过风雅之篇的相对较少，而颂的篇数就相对要多一些。颂体才是真正的“赞歌”，所以内容上须庄重典雅，但在诗歌形式而略显滞涩。风雅二体更能追求诗人情感的抒发，所以极尽婉转之能事。孔颖达说风雅系“一章不尽，重章以申殷勤”，为了达到“殷勤”而深化抒情目的，必须要“指事造形，穷情写物”。②

另外，《诗经》“重章迭句”的形式最具中国传统诗歌的特色，咏之则一唱三叹，为后世诗人所模拟和效法。孔氏以诗章《甘棠》《东山》《既醉》《鸱鸮》《宾之初筵》《苤苡》等经典篇为例，总结全面的概括了《诗经》中重章迭句的不同形式，对各种类型形成的原因的分析归纳都比较科学和客观。难能可贵的是其在毛传、郑笺的基础之止，他还进一步指出诗歌的任何结构形式都应该根据其言情和诗“体”需要来安排，绝不可一概而论。重视言情的诗歌内容对于艺术形式的决定意义，所以强调“各言其情，体无恒式”。

① 孔颖达：《毛诗正义》，十三经注疏标点本，李学勤主编，北京大学出版社1999年版，第29页。

② 周振甫《诗品译注》，中华书局1998年版，第19页。

《诗经》的艺术形式特征之一就是具有音韵美，读之朗朗上口，成为后世诗歌的学习典范。孔氏在《诗经》的审美阐释中，认为诗歌与音乐的韵律结奏不同的是，诗歌是靠很多语气助词来完成押韵的，并大胆地给出定论和总结。

> 诗之大体，必须依韵，其有乖者，古人之韵不协耳。之、兮、矣、也之类，本取以为辞，虽在句中，不以为义，故处末者，皆字上为韵。之者，“左右流之”、“寤寐求之”之类也。兮者，“其实七兮”、“迨其吉兮”之类也。矣者，“颜之厚矣”、“其自口矣”之类也。也者，“何也”、“必有与也”之类也。《著》“俟我于著乎而”，《伐核》“且涟待”之篇，此等皆字上为韵，不为义也。然人志各异，作诗不同，必须声韵谐和，曲应金石，亦有即将助句之字，以当声韵之体者，则“彼人是栽，子曰何其”，“不思其反，反是不思，亦已焉哉”，“是究是图，直其然乎”，“其虚其徐，既亚只且”之类是也。①

孔氏在上述疏文中提出“诗之大体，必须依韵”的诗歌艺术形式的本质特征，中国诗歌不仅与音乐保持紧密联系之外(我们后面专章还要谈论孔疏中音乐与诗歌的互动关系)，还在自身语言结构与诗歌内涵的平衡中追求和谐的音韵之美，正所谓“然人志各异，作诗不同，必须声韵谐和，曲应金石”。孔疏中还把《诗经》用字分为两类：一是“然字之所用，全取以制义，‘关关雎鸠’之类也。”②这类是实词，诗中用其义。一类是语气助词，“此等皆字上为韵，不为义也”，其目的是“和韵”。孔颖达甚至在《毛诗正

① 孔颖达：《毛诗正义》，十三经注疏标点本，李学勤主编，北京大学出版社1999年版，第28-29页。

② 孔颖达：《毛诗正义》，十三经注疏标点本，李学勤主编，北京大学出版社1999年版，第28页。

义·周南·汉广》中大胆地提出“诗之大体，韵在辞上”①的诗学命题，对声韵的重视程度超过文辞，这在孔氏之前的序、传、笺中是绝无仅有的。单凭此一点也可以说明，自魏晋六朝一直延续到初唐以来中国诗歌追求声律的理论和实践在孔疏中的遗响。

综上所述，孔颖达《五经正义》中有一整套的“体用”观念的义疏系统，且相互渗透，彼此影响，主张“体用”并举，强调“用”的实用理论观念，彰显了唐代的文化精神。孔颖达把“体用”理论积极运用到《诗》学实践，建构了系统的诗歌创作诗学，为唐代的诗歌创作及后来的诗学理论建构有着巨大价值和意义。

① 孔颖达：《毛诗正义》，十三经注疏标点本，李学勤主编，北京大学出版社1999年版，第54页。

第六章 《毛诗正义》“情志”诗学论

纵观中国文学理论史、美学史时就会发现，中国古代的许多诗学命题、美学范畴都是在对“经典”的阐释或接受过程当中形成的。因此，对“经典”的阐释也就成了当今的学术热点问题。然而在中国古代文学理论和美学研究领域，往往被著名理论著作所垄断。正如钱锺书先生所言：“在中国古代的诗、词、随笔里，小说、戏曲里，乃至谣谚和训诂里，往往无意中三言两语，说出了精辟的见解，益人神智；把它们演绎出来，对文艺理论很有贡献。”①唐初孔颖达编撰的《毛诗正义》也正如钱先生所说的那样，有着精辟的文艺理论见解，但长期以来，对《毛诗正义》研究主要集中在阐述诗旨、训诂、剖析音韵等方面，而对孔颖达及《毛诗正义》诗学、美学思想的研究还比较薄弱。有论者指出，“孔颖达的文学思想，除了这里对抒情文学表现方法的总结之外，还有关于诗歌的起源，‘诗言志’的实质，诗、乐、舞的关系，诗与政治、道德理性的关系等等方面的论述，散见于《五经正义》之中。他的理论自成体系，其深度、广度可谓前无古人……可惜的是各种《文学批评史》或《文学批评通史》里，都只是对他的论述偶加摘引，而没有专章评论。这不能不是一个深深的遗憾”②。而“情志”说作为孔颖达诗学、美学思想的核心，包含着丰富的理论内涵，尤其是对诗歌的本质与起源问题、诗歌与音乐关系问题作了深入细致的阐发，对中国诗学、美学的建构有着极大的启发性意义。本书主要就“情志”说的

① 钱锺书：《七缀集》，上海古籍出版社 1994 年版，第 33 页。

② 王文生：《论情境》，上海文艺出版社 2001 年版，第 191 页。

美学嬗变、“情志”与诗歌的起源、“情志”的诗学理论内涵这几个方面来窥见孔颖达诗学思想之一斑。

第一节　从“诗言志”“诗缘情”到“情志一也”的美学嬗变

“诗言志”的提出，最早见于《尚书·尧典》：“诗言志，歌永言，声依永，律和声，八音克谐，无相夺伦，神人以和。”①从这段话可以看出，它记载了中国上古时期朴素的美学思想。朱志清先生说“诗言志”是中国诗论的开山纲领，这个观点得到了后人的普遍认同，② 对中国美学、诗学有着长期的影响。首先在中国上古朴素的农业时代，先民们对自然看法还很模糊，没有阶级、没有意识形态。人们只有通过自己的本能——思想感情或者是“志”，再通过“志”的外在表现的“诗”来认识世界客观事物，而这个时期的人们对“志”的认识还是笼统的、模糊的。其次，在上古时期，志、诗、乐、舞是紧密联系在一起的，朱光潜先生说：“诗歌与音乐、舞蹈是同源的，而且在最初是一种三位一体的混合艺术。”③最后，“诗言志”主要目的是“教化”，“志”既然是人的思想感情，在“言志”的时候必须从思想感情上影响人和对人进行伦理教化规范，所以帝才叫“夔”去教“胄子”，可以说，“诗言志”的教化目的已初露端倪。

“诗言志”真正作为人的行为规范、伦理教化的工具是在孔子时代。孔子生活的时代是中国“礼乐”文化较为盛行的时期，他对礼乐的关注，亦是对诗的关注，也是对人的思想的关注，主要着眼于人的伦理道德规范。因此，他在论诗时，提出“兴于诗，立于礼，成于乐”④。《诗》在孔子的时代不是一部严格意义上的文学作品，他把《诗》放在封建道德伦理场或是在其

---

① 转引自郭绍虞主编：《中国历代文论选》第一册，上海古籍出版社 2001 年版，第 1 页。

② 朱志清：《诗言志辨》，华东师范大学出版社 1996 年版，第 4 页。

③ 朱光潜：《诗论》，生活·读书·新知三联书店 1984 年版，第 10 页。

④ 杨伯峻：《论语译注》，中华书局 1980 年版，第 81 页。

创立的原儒中进行处理。可以说，“兴于诗，立于礼，成于乐”是原儒诗论的宣言。然而，他对“诗言志”是有扬弃的，在“情”和“礼”的二元对立模式中，作了一番理性的理解。按照他的思想进行逻辑推理，纯粹抒发自然情志而无道德理性节制的“淫诗”不能教导人们正确表达“情志”，只有道德的规范之下才会“乐而不淫，哀而不伤”。可以说，在孔子的时代，“诗言志”是情与礼冲突的产物。

汉代，把“诗言志”与“诗言情”并提的是《毛诗序》：

> 诗者，志之所之也，在心为志，发言为诗。情动于中而形于言，言之不足故嗟叹之，嗟叹之不足故咏歌之，永歌之不足，不知手之舞之、足之蹈之也。①

《诗大序》在继承了前代思想的基础上，更深层次地阐明了“诗言情”的本质特征和诗、乐、舞的关系。把“志”与“情”的关系更加明朗化了，“在心为志，发言为诗”与“情动于中而形于言”是两个方面，但又是紧密联系的整体。进一步提出了“情”的美学观念，揭示出诗歌的抒情本质，其理论意义是不容忽视的，但它把诗言志、诗言情与政治教化、礼义道德联系起来，又很难跳出孔子原儒思想体系中“诗言志”观念的牢笼，在谈到诗歌的本质特征是“言情”时，又提倡“发乎情，民之性也；止乎礼义，先王之泽也”。这样就完全形成了儒家诗论伦理教化的观点。“这一观点，具有积极和消极的两重意义，从积极方面看，它深刻指出了艺术是情感的表现，但这种情感必须具有社会理性的，合乎于善的要求的情感，而不是动物式的、无理性的、本能的情感。要求情感的表现与伦理道德的善统一，堵塞了把艺术引向反理性、反社会的道路……可是这个观点同时又有着消极的作用，因为它用儒家的礼仪束缚了艺术对情感的表现，使得几千年中礼仪成了中

① 转引自郭绍虞主编：《中国历代文论选》第一册，上海古籍出版社 2001 年版，第 63 页。

国许许多多艺术家不敢跨越的界限。”①《毛诗序》还把诗乐舞与政治联系在一起，诗乐舞要为政治服务，在中国文艺学史上从此表明了诗歌(文学)的政治教化论。

魏晋六朝时期，社会动乱，政治极为黑暗，格局四分五裂，紧随着中国思想史上人的第一次觉醒，文学进入自觉时代。宗白华先生说：“汉末魏晋六朝是中国政治上最混乱、社会最苦痛的时代，然而是精神史上极为自由、极解放，最富于智慧、最浓于热情的一个时代。因此也就是最富有艺术精神的一个时代。”②这个时期的艺术家们，认识到自己在自然中的独立地位，为了避开政治的灾难，他们纵情山水，或归隐田园，用“情”去追求自己的独立人格，出现了如文人五言诗、汉乐府等大批主情的文学作品。“‘情’为‘志’的观念已压倒了‘意’为诗‘志’的观念。尽管‘诗言志’的说法仍不时被采用，思想家们大都在实质上‘以情释志’，或旗帜鲜明地宣称情为诗质了。”③陆机在《文赋》中提出：“诗缘情而绮靡。”是中国文艺学史上大胆宣称“诗缘情”的第一人。他强调情感在文学创作中的作用，确立了文学表情论的地位。“遵四时以叹逝，瞻万物而思纷；悲落叶于劲秋，喜柔条于芳春。”表明了文以情生，情因物感，才是文学创作过程的核心。也充分表明了当时人们已不再甘愿拘束于传统的观念与思想之中，而要打破这个传统，彻底抒发自己的感情，追求一个完全属于自我的人性自由，强烈的激情是艺术创作的原动力。钟嵘《诗品序》：“气之动物，物之感人，故摇荡性情，形诸舞咏。”他们都认为文学创作皆是由“情”而出。萧统的《文选》是中国现存最早的诗文选集，以他纯文学的标准来确立文学的独立地位。但是，他在《文选序》中仍然采用《毛诗序》的说法：“诗者，盖志之

① 李泽厚、刘纲纪主编：《中国美学史》第一卷，中国社会科学出版社1984年版，第577页。

② 宗白华：《美学散步》，上海人民出版社1981年版，第208页。

③ 王文生：《诗言志——中国文学思想的开山纲领》，台湾“中央研究院”《中国文哲研究集刊》1993年第3期，第264页。

所之也，情动于中而形于言。”①他一方面标举“诗言志”的旧说，一方面又不能逆时代潮流而动，只能很隐晦地表达出“诗缘情”的主张。朱自清先生对这一现象提出了精辟见解：“六朝人论诗，少直用‘言志’这个词组的。他们一方面表明诗的‘缘情’作用，一方面又不敢无视‘诗言志’的传统；他们没有胆量全然撂开‘志’的概念，径自采用陆机的‘缘情’说，只得将‘诗言志’这句话改头换面，来影射‘诗缘情’那句话。”②

唐初，孔颖达在《左传正义·昭公二十五年》中说：“此六情志，《礼记》谓之六情。在已为情，情动为志，情志一也。”③孔颖达在总结前人思想的基础之上，对“情”与“志”作了生命体验和审美体验的升华，对传统诗学本质观作了一次大胆的解构，提出了“情志一也”这一诗学命题。在他看来，“情”与“志”是二而为一，“‘情’是诗的本质属性“‘诗言志’在实质上就是‘诗言情’”④。“六情”在内心是平静的，而在“物”的扰动下，就打破了内心的平静，正是客体之物的感召和触动，主体之“情”和“志”才能生发，并且通过诗歌的形式表现出来。孔颖达的“情志一也”命题已经脱去了传统“诗言志”作为教化工具的外衣，是一种自然之情、审美之情。受孔颖达的影响，自此以后中国文艺家对“诗言志”就是“诗缘情”这个问题达成了一种普遍的共识。后来的白居易提出：“诗者：根情，苗言，华声，实义。”⑤更是彻底地道出了“情”的本质。正如徐复观先生所言：“就一般情形而讲，抒情诗应当发生在叙事诗的前面，并且抒情诗更是诗之所成其诗的本色，而《诗》里主要正是抒情诗。因此，大家公认最早说明诗的来源的

---

① 萧统：《文选序》，据郭绍虞主编：《中国历代文论选》第一册，上海古籍出版社 2001 年版，第 329 页。

② 朱自清：《诗言志辨》，华东师范大学出版社 1996 年版，第 37 页。

③ 孔颖达：《春秋左传正义》，十三经注疏标点本，李学勤主编，北京大学出版社 1999 年版，第 1455 页。

④ 王文生：《诗言志——中国文学思想的开山纲领》，台湾“中央研究院”《中国文哲研究集刊》1993 年第 3 期，第 257 页。

⑤ 白居易：《与元九书》，据郭绍虞主编：《中国历代文论选》第二册，上海古籍出版社 2001 年版，第 96 页。

‘诗言志’(《尚书·舜典》)的志，乃是以感情为基底的志，而非普通所说的意志的志。普通所说的意志的志，可以发而为行，并不一定发而为诗。发而为诗的志，乃是由喜怒哀乐爱恶欲的七情，蓄积于衷，自然要求以一发为快的情的动向。情才是诗的真正来源，才是诗的真正血脉。”①

总之，从《尚书》中笼统的“诗言志”到孔子儒家思想体系的教化之志，再到《诗大序》中“情”“志”并举，六朝时代“诗缘情”的提出，最后到孔颖达“情志一也”诗论命题的确立，可以清晰地看“情志”的审美的嬗变。“三千年的文学思想和实践充分证明了，作为精神活动的综合的‘诗言志’的‘志’，不是以‘知’和‘意’为中心的理性活动，而是以‘情’为主的感情活动。”②

第二节 “情志”说与诗歌的起源

孔颖达在《毛诗正义·序》中说：

> 夫《诗》者，论功颂德之歌，止僻防邪之训，虽无为而自发，乃有益于生灵。六情静于中，百物荡于外，情缘物动，物感情迁。若政遇醇和，则欢娱被于朝野，时当惨黩，亦怨刺形于咏歌。作之者所以畅怀舒愤，闻之者足以塞违从正。发诸情性，谐于律吕，故曰“感天地，动鬼神，莫近于《诗》”。③

这段话是孔颖达揭橥其诗学理论的宣言，充分说明了诗歌的起源是“六情静于中，百物荡于外，情缘物动，物感情迁”——“情志”萌生的结果。诗

① 徐复观：《中国文学精神》，上海书店出版社2004年版，第21页。

② 王文生：《诗言志——中国文学思想的开山纲领》，台湾“中央研究院”《中国文哲研究集刊》1993年第3期，第268页。

③ 孔颖达：《毛诗正义》，十三经注疏标点本，李学勤主编，北京大学出版社1999年版，第3页。

由情生，情因物动，物因时当，充分地说明诗歌创作与起源的理论问题。在《毛诗正义·诗谱序》中说：

> 上皇之时，举代淳朴，田渔而食，与物未殊。居上者设言而莫违，在下者群居而不乱，未有礼义之教，刑罚之威，为善则莫知其善，为恶莫知其恶，其心既无所感，其志有何可言，故知尔时未有诗咏。①

孔颖达说："诗者，人志意之抽之适也；虽有所适，犹未发口，蕴藏在心，谓之为志；发见于言，乃名为诗。"②诗歌是人们"感物而动""感于外物"，出于"情志"的结果。在上古时期，人们生活纯朴，田猎泽渔，与大自然相亲相合。"其心既无所感，其志有何可言，故知尔时未有歌咏。"对自己的"知""情""意"没有感知，所以也就不可能出现诗歌。那么上古时期的先民是怎么表达自己情感的呢？在孔颖达看来，是通过"乐"和"舞"来实现的。《毛诗正义·诗谱序》还说：

> 大庭，轩辕疑其有诗者，大庭以还，渐有乐器，乐器之音，逐人为辞，则是为诗之渐，故疑有之也……。二者相推，则伊耆、神农并与大庭为一。大庭有鼓籥之器，黄帝有《云门》之乐，至周尚有《云门》，明其音声和集。既能和集，必不空弦，弦之所歌，即是诗也。但事不经见，故总为疑辞。案《古史考》云"伏牺作瑟"，《明堂位》云"女娲之笙簧"，则伏牺、女娲已有乐矣。郑既信伏牺无诗，又不疑女娲有诗，而以大庭为首者，原夫乐之所起，发于人之性情，性情之生，斯乃自然而有，故婴儿孩子则怀嬉戏抃跃之心，玄鹤苍鸾亦合歌

① 孔颖达：《毛诗正义》，十三经注疏标点本，李学勤主编，北京大学出版社1999年版，第4页。

② 孔颖达：《毛诗正义》，十三经注疏标点本，李学勤主编，北京大学出版社1999年版，第6页。

舞节奏之应，岂由有诗而乃成乐，乐作而必由诗？然则上古之时，徒有讴歌吟呼，纵令土鼓、苇籥，必无文字雅颂之声。故伏牺作瑟，女娲笙簧，及蒉桴、土鼓，必不因诗咏。如此则时虽有乐，容或无诗。郑疑大庭有诗者，正据后世渐文，故疑有尔，未必以土鼓、苇籥遂为有诗。若然，《诗序》云“情动于中而形于言，言之不足乃永歌嗟叹。声成文谓之音”，是由诗乃为乐者。①

《礼记正义·乐记》中亦说：

言音所以起于人心者，由人心动则物音起，人心所以动者，外物使之然也。“感于物而动，故形于声”者，人心既感外物而动，口以宣心，其心形见于声。夫民声善恶，本由民心而生，所感善事则善声应，所感恶事，则恶事则恶声起。②

孔颖达详细地阐述了上古乐歌产生的原因、创作过程、表现形式。上古时期，先民们已经制乐，“人心所以动者，外物使之然也”，“原夫乐之所起，发于人之情性，性情之生，斯乃自然而有”。乐的产生是与人的“性情”“情志”密不可分的，音乐是人的“感情”的抒发，也是人的心理情感状态的表现，这些心理状态都是通过音乐的形式喷发出来的，先人制乐是通过音乐的感情来感化人。《毛诗正义·诗序》中说：

嗟叹之不足，故长引而歌之。长歌之犹嫌不足，忽然不知手之舞之、足之蹈之。言身为心不使，不自觉知举而舞身、动足而蹈地，如是而后得舒心腹之愤，故为诗必长歌也。圣王以人情之如是，故用诗

① 孔颖达：《礼记正义》，十三经注疏标点本，李学勤主编，北京大学出版社1999年版，第4~5页。

② 孔颖达：《礼记正义》，十三经注疏标点本，李学勤主编，北京大学出版社1999年版，第1104页。

于乐，使人歌咏其声，象其吟咏之辞；舞动其容，象其舞蹈之形也。具象哀乐之形，然后得尽其心术焉。①

孔颖达清楚地说明了诗、乐、舞三者的关系，诗、乐、舞都根植于人的“情志”。在他看来，情感活动产生的“声”即情感外化的“直言”模式，这种情感的模式并不都是“诗歌”，因为这种“直言”未能表达主观的“情志”，而情感扰动到了一定的强度，才能“申其志”，这样就自然而然有了吟诵之音，接着手舞足蹈，感情到达极致，诗歌也就“自然”地表达出来了。

由此可知，原始诗歌确实是由乐而来的，乐先于诗歌，乐是诗歌的“滥觞”。孔颖达后来又谈到诗歌(严格意义上是文学上所指的诗歌)发展成熟以后，又反作用于音乐。《毛诗正义·诗序》中是这样分析的：

原夫乐之初也，始于人心，出于口歌，圣人作八音以文之，然后谓之音，谓之为乐。乐虽逐诗为曲，仿诗为音。②

总之，孔颖达对“情志”与诗歌起源的关系作了详细的论述，由上古时的乐本“民心而生”，到后来的“乐器之音，逐人为辞”，诗歌乃成，再到诗歌发展成熟以后，则“逐诗为辞，仿诗为音”，反作用于音乐。这充分地表明了我国古代的艺术是在诗、乐、舞一体的艺术形式基础之上把“情”和“志“统一起来的。这样，就能更准确地把握诗歌的抒情本质。至此，孔颖达把诗歌美学推向了一个新的境界，启发后人更多地从抒情的性质、音乐的韵律角度来理解诗歌及其理论内涵，进而运用这些特征来创造诗歌和评价诗歌。从另一方面也说明孔颖达的“情志”诗论对我国诗歌理论的突破性意义。

① 孔颖达：《礼记正义》，十三经注疏标点本，李学勤主编，北京大学出版社1999年版，第6页。

② 孔颖达：《礼记正义》，十三经注疏标点本，李学勤主编，北京大学出版社1999年版，第11页。

第三节 “情志”说的理论内涵

《毛诗正义·诗序》中云：

> 诗者，人志意之抽之适也；虽有所适，犹未发口，蕴藏在心，谓之为志；发见于言，乃名为诗。言作诗者，所以舒心志愤懑，而卒成于歌咏，故《虞书》谓之“诗言志”也。包管万虑，其名曰心；感物而动，乃呼为志。志之所适，外物感焉，言悦豫之志则和乐兴而颂声作，忧愁之志则哀伤起而怨刺生。①

孔颖达给“情志”下了定义，也给“诗”下了定义。“感物而动，乃呼为志，志之所适，外物感焉”，这是给“志”下的定义，“志”也就是“悦豫”“哀伤”之类的“情”。“外物”则是激起“悦豫”“哀伤”之情的客观事物，包括自然景物和社会生活。他所说的“颂声作”是来说明《诗经》中的“美”诗的；他所说的“怨刺生”，是指《诗经》中的“刺诗”。他所说的“外物”是在陆机、刘勰、钟嵘等“感物”说的基础上作了审美超越，是与“政教善恶”相联系的社会生活中的重大问题。“在孔颖达看来，诗之本体非单一的刺怨讽诫，也不是非此即彼的善恶二元，而是包蕴有讽谏、缘情、感物、审美等诸多层次的多元体。”②既然如此，那么“诗言志”的“志”就不是纯主观的东西，也不是纯客观的东西，是“情”与“物”的结合，是主体之情与客体之物相结合的产物。

孔颖达所说的“志之所适，外物感焉”的“志”要有真情实感。“诗言志”就是表现这种真情实感。那么，是不是有不真实的情感呢？答案是有

① 孔颖达：《毛诗正义》，十三经注疏标点本，李学勤主编，北京大学出版社1999年版，第6页。

② 高林广：《〈五经正义〉诗乐思想管窥》，《内蒙古师范大学学报》（哲社版）2001年第4期。

的。《毛诗正义·诗序》中说：

> 声能写情，情皆可见。听音而知治乱，观乐而晓盛衰，故神瞽有以知其趣也。设有言而非志，谓之矫情，情见于声，矫亦可识……取彼歌谣，播为音乐，或辞是而意非，或言邪而志正，唯达乐者晓之。……若徒取辞赋，有达其声音，则身为桀、纣之行，口出尧、舜之辞，不可得而知也。①

孔颖达着重指出了“设有言而非志，谓之矫情”。“言而非志”，这是“情志”的对立面。接着孔氏举了一个“言而非志”的例子：“身为桀纣之行，口出尧舜之言。”表现在诗歌创作方面，那就是“辞是而意非”。作诗而“言而非志”，出于“矫情”，就不可能真实地表现“外物”。所以，孔颖达阐释“诗言志”的定义从正反两方面作了深刻的论述，从而强调了诗歌必须表现真实情感，必须真实地表现“外物”，来不得半点“矫情”。正如钱锺书先生所言：“于诗与乐之本质差殊，稍能开宗明义。意谓言词可以饰伪违心，而音声不容造作矫情，故言之诚伪，闻音可辩，知音乃所以知言。盖音声之作伪较言词为稍难，例如哀啼之视祭文、挽诗，其由衷立诚与否，差易辨识。”②

作为审美主体的人如何去表达内心的情感呢？在孔氏看来，“兴象”是主体宣泄“情志”的最好方法，这样孔颖达就把创作主体内心的复杂的，看不见摸不着的情感诗意化、立体化了。如《毛诗正义·周南·樛木》云：“何者？以兴必取象，以兴后妃上下这盛，宜取木之盛者，木盛莫如南土，故言南土也”；《毛诗正义·豳风·鸱鸮》中又说：“以兴为取象鸱鸮之子，宜喻属臣之身，故以室喻官位土地也”；《毛诗正义·小雅·裳裳者华》中

① 孔颖达：《毛诗正义》，十三经注疏标点本，李学勤主编，北京大学出版社1999年版，第7页。

② 钱锺书：《管锥编》第一册，中华书局1986年版，第62页。

还说：“喻取其象既以黄色，兴明王德纯，故以异色喻其不纯”。① “情志”与“兴象”结合，给了审美物象一个独立美学意义。“将诗兴与易象结合，不啻是孔颖达在诗学上的重大创见。”②比如说“政教”的“善恶”，这些抽象化的事物，在孔颖达看来，也有具体的形状容貌。他在《毛诗正义·诗序》中云：《易》称“圣人拟诸形容，象其物宜”，则形容者，谓形状容貌也。作《颂》者，“美盛德之形容”，则天子政教，有形容也。可美之形容，正谓道教周备也。③ 说“政教”也有“形状容貌”，这自然指的是“政教”的“善”或“恶”在客观世界的具体表现。诗人不论是歌颂“政教”之“善”，还是讽刺“政教”之“恶”，都要用“兴象”的形象思维方式写出“政教”的“善”或“恶”在现实生活中的具体表现，通过具体的物象表达出来。

孔颖达提出的这种通过“兴象”的方式来宣泄创作主体的“情志”与西方的“移情”说有点相似。“移情”说的创立者费肖尔从心理学角度分析移情现象，把移情作用称作“审美的象征作用”，这种象征作用即通过对每个对象的人化方式来灌注生命于无生命的东西之中，他认为审美感受的发生就在于主体与对象之间实现了感觉和情感的共鸣。他的这种思想得到后来的立普斯的创新和发展，立普斯的“移情”说更是强调主体情感作用。他说：“一当我将自己的力量和奋斗投射到自然事物上面时，我也就将这些力量和奋求在内心激起的情感一起投射到自然之中。这就是说，我也将我的骄傲、勇气、顽强、轻率、幽默感、自信心和心安理得等情绪移入到自然中去了，只有这时候，向自然作感情移入才变成了真正的审美移情作用。”④立普斯的这种“移情”说与孔颖所说的“予观古人之象，日、月、星辰、山、

① 孔颖达：《毛诗正义》，十三经注疏标点本，李学勤主编，北京大学出版社1999年版，第41-42页，第514页，第861页。

② 邓国光：《唐代诗论抉原：孔颖达诗学》，见罗宗强主编：《20世纪学术文存·古代文学理论研究》，湖北教育出版社2002年版，第294页。

③ 孔颖达：《毛诗正义》，十三经注疏标点本，李学勤主编，北京大学出版社1999年版，第18页。

④ 转引自滕守尧：《审美心理描述》，中国社会科学出版社1985年版，第67~68页。

龙、华虫，作会”作为宣泄主体“情志”的意象，可以达到一种自然的偶合。把主体的“情志”移入客观事物，把“情志”与“兴象”结合，人与物达到互相感应的关系，物象就具有了多重启发性以及外指向性的品格，不仅可以承载审美主体的情感，还有一种审美鉴赏的作用。

孔颖达对诗义进行阐释和总结，然后对“情志”说作更深层发掘，从理论到批评实践，建构了一整套的诗学体系框架。正是在这种诗学精神、诗歌批评观念结构下体现出的权力话语，潜移默化地影响了唐代诗学和诗歌创作。如王昌龄《诗格》关于意境的论述，“思若不来，即须放情却宽之，令境生。然后以境照之，思则便来，来即作文”①。在这里王昌龄所说的“境”也就是诗歌创作的客体，与诗人相联系的重大客观物象世界，诗歌创作必须在意与境结合的情况下进行构思，只有意与外境融为一体，创作者方能开动想象的快车，做到文思泉涌。其实王少伯所说的“境”与孔颖达“外境”说如出一辙。追本溯源，在中国文论史上孔颖达是把“境”范畴与中国文艺理论相结合的第一人。

白居易也深受孔颖达“情志”理论的浸淫，他提出“诗者：根情，苗言，华声，实义”②。说明“情”乃诗之本质，无情则无诗，这是诗之至理。诗的作用是泄导人情，通过诗歌来宣泄自己的情绪。正如罗根泽先生所言：“因为诗是‘根情、苗言、华声、实义’的，所以有‘感人心’力量，但‘感人心’的力量善用之可以感人为善，不善用之也可以感人为恶，所以必须实之以义。”③这一点正说明了“情志”的表达对于读者的移情作用。另外，韩愈“不平则鸣”说作为文学创作的原动力，可以上溯到孔子、屈原、司马迁、刘勰，那么深有理论建树的孔颖达的功劳更是不能忽视的。孔颖达的“情志”论从诗歌本质、诗歌创作，再到诗歌创作的动力，成为一个完整而

① 王昌龄：《诗格》，据张伯伟主编《全唐五代诗格汇考》，凤凰出版社 2005 年版，第 162 页。

② 白居易：《与元九书》，据郭绍虞主编《中国历代文论选》第二册，上海古籍出版社 2001 年版，第 96 页。

③ 罗根泽：《中国文学批评史》，上海书店出版社 2001 年版，第 361 页。

富有理论的诗学命题，仅凭此一点，亦足以在中国诗学史上占据重要的地位。

综上所述，孔颖达的“情志”说，旨在说明诗歌(文学)创作过程是充满生命活力的人的复杂情感的体现，表达了审美主体的主观能动作用，对后世的文学创作和审美鉴赏都有重大的启发意义。

第七章　经典阐释与儒家音乐美学思想的重构

孔颖达面对唐初复杂的政治、思想、文化语境使得儒家“经学”复归一统，在对《诗》《书》《礼》《易》《春秋》进行剔罗爬抉式的阐释过程中，把散见于《五经》中零散、繁杂而不成系统的音乐美学思想材料加以梳理、整合和提炼，重新建构了儒家音乐美学思想理论体系，为后世理解儒家礼乐文化和音乐美学思想开启了一扇门。

第一节　“礼乐相须”：儒家音乐美学思想阐释的逻辑起点

从文化人类学的角度来看，华夏礼乐文明可以追溯到中华文明发轫期的原始巫教时期，原始巫教礼仪通过诗、乐、舞三位一体的诗性方式呈现出来，经皋陶、伊尹、周公的承续一直沿袭至两周时期。《礼记·明堂位》云：“武王崩，成王幼弱，周公践天子之位，以治天下。六年，朝诸侯于明堂，制作礼乐，颁度量，而天下服。”①在周代的礼乐文化制度中，“礼乐”相连，乐内礼外交相使用，把外在的制度礼仪与内在的“乐”的生命节奏融为一体，使得刻板的制度礼仪与审美的艺术相互渗透，最终实现了礼仪制度的艺术化，迎来了灿烂的周代礼乐文明。春秋以降，以“礼崩乐坏”

① 孔颖达：《礼记正义》，十三经注疏标点本，李学勤主编，北京大学出版社1999年版，第934页。

为标志的中国轴心期的文化裂变，打破了周公奠定的生命伦理节奏模式，以至于孔子发出“人而不仁，如礼何？人而不仁，如乐何？”①的喟叹，并提出“郁郁乎文哉吾从周”振兴周代礼乐文化的口号，倡导“兴于诗，立于礼，成于乐”②的伦理道德规范，其目的是想回到两周时代和谐的、符合生命伦理节奏的理想国。经孔子之手一直到儒学兴盛的两汉，原儒的“礼乐文化”由“文”化经典逐步演绎为“政教”经典，将经典政治哲学与文化艺术融合起来。魏晋六朝，玄学横世，士人们摆脱了儒家经学的束缚后，从音乐本体的特殊性和内部规律着眼，强调社会复归自然，追求个性自由，彰显玄淡恬美、超尘绝俗的审美意识和审美趣味，在这种文化背景下，政治伦理化的儒家礼乐文化很自然地就被解构了。

至唐代，天下初定，百废待兴，统治者对于“以史为鉴，可知兴替”深信不疑。李世民对刚刚建立的政权能否长治久安心存忧虑，瞻顾历史之后，他认为唐帝国政权要想强大，必须发展儒学，统一思想。李世民对儒学思想有着非常鲜明地立场，《贞观政要》云：“朕今所好者，惟在尧舜之道，周孔之教，以为如鸟有翼，如鱼依水，失之必死，不可暂无耳。”③他认为，崇儒兴教，礼乐制度规范则是根本，礼乐是整饬封建统治秩序的必要手段之一。贞观二年，李世民诏魏徵、房玄龄、孔颖达等制定《贞观新礼》，并且“与朝贤修订《五礼》，所有疑滞，咸咨决之”④，并在贞观七年“十一月丁丑，颁新定《五经》”，至此正典得以确定，经学复归一统，儒学思想体系及其话语权力的重构恰恰是借着孔颖达主撰的《五经正义》而得以完成，《五经正义》也就顺理成章地成为唐代钦定的儒家经典注疏和帝制国学的统一教材。孔氏作为唐代礼乐文化制度的顶层设计者和见证者之一，更是带着政治理论命意和复兴儒家礼乐文化的政治理想，借着对《五经》及

① 杨伯峻：《论语译注》，中华书局1980年版，第24页。

② 杨伯峻：《论语译注》，中华书局1980年版，第81页。

③ 吴兢撰，裴汝诚译注：《贞观政要译注》，上海古籍出版社2006年版，第195页。

④ 刘昫：《旧唐书·孔颖达传》，中华书局1975年版，第2602页。

其权威性阐释，把零散、繁杂而不成系统的音乐美学思想材料加以梳理、整合和提炼，建构成相对完整的音乐美学思想体系。

孔颖达对音乐问题的审美阐释，是在对儒家礼乐文化充分理解和认识的前提下展开的。在孔颖达的世界观及知识视野里，礼乐文化制度的建设是一个国家施政的主要着力点之一。《礼记·乐记》云："礼节民心，乐和民声，刑以防之。礼、乐、刑、政，四达而不悖，则王道备矣。"孔颖达疏曰："广明礼乐相须之事。"①他认为只有把外在规范的理性的"礼"与内在的审美化的"乐"二者相互作用，再辅之以"刑政"手段，则可以做到"王道备矣"，方能"制礼以教民"。"换言之，惟有制度之礼与精神之乐相互配合，共同作用，以礼规范人的行为，以乐感化人的心灵，才能使君臣上下各安其位，各得其所，各种社会政治关系实现和谐。"②在接下来的审美阐释中，孔颖达把礼乐相须的问题上升到哲学高度。他提出"'礼者，天地之序也'，礼明贵贱，是'天地之序也。''乐由天作'者，乐生于阳，是法天而作也。'礼以地制'者，礼主于阴，是法地而制，言法天地也。"③孔氏认为礼乐法于天地，是人类模仿天地的产物，礼乐象天法地，一动一静，凸显了宇宙固有的自然法则。

在"礼乐相须"的音乐美学观念基础上，孔颖达在《礼记正义》中还提出了"礼乐兼有，所以为美"的美学命题：

> "乐胜则流，礼胜则离"者，此明虽有异同，而又有相须也。胜，犹过也。若乐过和同而无礼，则流漫，无复尊卑之敬。若礼过殊隔而无和乐，则亲属离析，无复骨肉之爱。唯须礼乐兼有，所以为美。故

① 孔颖达：《礼记正义》，十三经注疏标点本，李学勤主编，北京大学出版社1999年版，第1085页。

② 张鸿：《儒家礼仁之治施政方略的主要命题及其思维方式》，《江苏社会科学》2012年第2期。

③ 孔颖达：《礼记正义》，十三经注疏标点本，李学勤主编，北京大学出版社1999年版，第1090页。

《论语》云“礼之用，和为贵”，是也。①

孔氏认为“礼乐相须”还要做到二者并重，不能偏倚，否则“无复尊卑之敬”，“无复骨肉之爱”。“礼乐兼有，所以为美”的目的是“和”，亦是“和乐”。“和乐”是正声感人、正气勃兴的产物，它体现了“天地之和”“高低尊卑”“骨肉相亲”，它能调和等级森严的“礼”的规范，亦能给“礼”注入和谐的元素，使“民无怨争，则君上无为，但揖让垂拱，而天下自治，其功由于礼乐”②。孔颖达重点阐明“礼乐相须”“礼乐兼有，所以为美”的主旨，可以说是对儒家传统“礼乐相济”“美善相乐”和谐思想及美育理论的重新发扬和光大，在他看来，正是“礼乐相从”和内外交融，共同构成儒家和谐审美理想境界的两大路径。诚如南宋郑樵在《通志·乐略》中说：“礼乐相须以为用，礼非乐不行，乐非礼不举。”③道出了儒家礼乐文化中“礼”与“乐”的相辅相成的社会属性和审美属性，也更进一步地说明了儒家音乐美学思想和孔颖达音乐美学的理论基础对后世的典范意义。

第二节 “诗乐同其功”：儒家音乐美学思想阐释的审美价值

孔颖达从“礼乐相须”的音乐美学思想基点出发，进一步提出“诗乐同其功”的美学命题，他在《毛诗正义》中云：

《孝经》言乐能移风俗者，诗是乐之心，乐为诗之声，故诗、乐同其功也。然则诗、乐相将，无诗则无乐。周存六代之乐，岂有黄帝之

---

① 孔颖达：《礼记正义》，十三经注疏标点本，李学勤主编，北京大学出版社1999年版，第1086页。

② 孔颖达：《礼记正义》，十三经注疏标点本，李学勤主编，北京大学出版社1999年版，第1087页。

③ 郑樵：《通志·乐略·乐府总序》，商务印书馆1933年版，第28页。

> 诗？有乐而无诗，何能移风俗？斯不然矣。原夫乐之初也，始于人心，出于口歌，对人作八音之器以文之，然后谓之为音，谓之为乐。乐虽逐诗为曲，仿诗为音，曲有清浊次第之序，音有宫商相应之节，其法既成，其音可久，是以昔日之诗虽绝，昔日之乐常存。乐本由诗而生，所以乐能移俗。歌其声谓之乐，诵其言谓之诗，声言不同，故异时别教。①

在孔颖达看来，“诗乐相将，无诗则无乐”，诗与乐是相伴相生的一体两面，辞为诗，声即乐。人心受外物而感，通过语言表达出来，“情缘物感，物感情迁”即而成诗，其高下疾徐的宫商节奏，则是音，亦是乐。乐随诗而成，故诗为乐之本。然而乐一旦形成，即为独立之体，自有其功能，为诗所不能代替。诗之所以能移俗，在于以情相感，然而也有其局限。以语言表达情感，较为精确而具体，局限性亦较大。当初感人至深的诗，时过境迁，未必能依然动情。乐则不然，乐摆脱了语言的束缚与客观事物的制约，直接诉说人的情感。只要人仍有其喜怒哀乐之情，古之乐亦如今之乐，依然可以感动世人，可以移风易俗，所以孔氏说“其法既成，其音可久，是以昔日之诗虽绝，昔日之乐常存”。清人李光地理解此处颇为详切，其《榕村语录》云：“乐内即包《诗》、礼，声音以详其耳，《诗》也；采色以养其目，舞蹈以养其脉，礼也。兴《诗》，止举其辞而已；立礼，止习其数而已；至乐，则融通浃洽到熟的地位。故自古学校之内，皆以乐名官，唐虞时为典乐，夏殷为乐正，周为大司乐。其‘歌永言’者，即诗也；‘直、温、宽、栗’者，即礼也。”②乐包诗、礼，乐摆脱了“辞”与“数”的束缚，直接与听众以声气相感互通，潜移默化于不知不觉间。所以孔颖达说“乐

① 孔颖达：《毛诗正义》，十三经注疏标点本，李学勤主编，北京大学出版社1999年版，第11页。

② 李光地：《榕村语录》卷三，中华书局1995年版，第40页。

本从民心而来，乃成于乐，故感动人深也……故先王立乐官，以乐教化也。”①元儒许谦曾说：“养人性情，言养于平日，以为应事之本也。邪秽者，物欲之染，渣滓者，气质之偏。兴诗立礼，则消物欲而变气质矣。有未能净尽者，又因乐以荡涤消融之，而全入于中和也。”②所以神气流行，天与地交感，是为乐的中和境界。普罗大众在此境界中，浑然忘掉一切利害关系，胸中渣滓邪念消融无作而与天地合流。

儒家之教，以诗为先，诗必合乐(即弦且歌)，诗与乐原不分离。《诗》之所以为始教，原本不在“温柔敦厚”之旨，主要原因在于以音闻人，令人感兴而起善心。要使善心生生不息，又不可勉强为之，最好的方法便是浸润于中正平和之音中，所以若欲诗教必先济之以乐教，其根由在此。待至义纯仁熟之后，则是内心一片安宁和谐，精神心灵得以安放，与万物交感而不隔，儒家德化之教，于是而成。此即乐的境界，故孔子曰云“成于乐”。

孔颖达在《礼记正义·经解》中又云：“《诗》有好恶之情，礼有政治之体，乐有和谐性情，皆能与民至极，民同上情，故《孔子闲居》云‘志之所至，《诗》亦至焉。《诗》之所至，礼亦至焉。礼之所至，乐亦至焉’是也。”③孔氏将礼、乐、诗三者统一起来，继承并发扬了孔子提出的“兴于诗，立于礼、成于乐”的“乐化”的宗旨。他认为乐的本质不是外在的声音和文采，本质在于：一曰乐(悦乐之“乐”)，二曰和。孔子曾自述云：“饭疏食饮水，曲肱而枕之，乐亦在其中矣。不义而富且贵，于我如浮云。”④则对颜回曰：“贤哉，回也！一箪食，一瓢饮，人不堪其忧，回也不改其乐。”⑤从孔、颜师徒的论对中可以看出，他们的整个身心俨然与道或仁融

① 孔颖达：《礼记正义》，十三经注疏标点本，李学勤主编，北京大学出版社1999年版，第1103页。

② 许谦：《读四书丛说》，中华书局1985年版，第186页。

③ 孔颖达：《礼记正义》，十三经注疏标点本，李学勤主编，北京大学出版社1999年版，第1369页

④ 杨伯峻：《论语译注》，中华书局1980年版，第70~71页。

⑤ 杨伯峻：《论语译注》，中华书局1980年版，第59页。

为一体，目的是要达到“安于贫乐于道”，不论处于困厄之时或显达之境，都要内心平和悦乐。所以早期儒家的“乐教”目的正基于此，正是要上升到“和乐”的人生境界。可见“儒家乐教思想视野中的‘乐’从来都不仅仅是艺术，而是具有政治、伦理意义的艺术；儒家乐教思想视野中的审美从来都不仅仅是感官愉悦，而是内涵着政治、伦理等社会性内涵的情感愉悦”①。

孔颖达在《礼记正义·乐记》中还云：

> 自此以下，至“可谓盛矣”，名为“乐化”。言乐能化人，始至于善，故名“乐化”。……“致乐以治人，则易、直、子、谅之心，油然生矣”者，致谓深远详审，易谓和易，直谓正直，子谓子爱，谅为诚信。言能深远详审此乐以治正其心，则和易、正直、子爱、诚信之心，油油然从内而生矣。……四善之心，则令人和乐。②

乐化的结果，是仁爱和平之情自内汩汩而出，用孔颖达的话来说，就是“正声感动于人，而顺气来应，既闻顺声，又感顺气，二者相合而成象，则和乐兴，若周室太平颂声作也”③。乐可“正声感人”、合德化育，使人追求内心的安宁和谐，与万物交感而不隔，与天地同流而不息，儒家德性之教于此而成，此即“和乐”的和谐审美境界。通过以上我们可以看出，孔颖达所盛赞的“和乐”，其审美价值已被早期儒家推崇备至，可以说至少从《乐记》的时代开始已成为中国音乐美学的经典范畴之一。

在孔颖达看来，音乐能“正声感人”，关乎民生国计，起着合德化育的作用，而通过观乐还能窥见时政的兴衰善恶。他在《左传正义·襄公二十九年》中说：

---

① 祁海文：《儒家乐教论》，河南人民出版社2004年版，第228页。

② 孔颖达：《礼记正义》，十三经注疏标点本，李学勤主编，北京大学出版社1999年版，第1139~1140页。

③ 孔颖达：《礼记正义》，十三经注疏标点本，李学勤主编，北京大学出版社1999年版，第1109页。

> 先儒以为季札所言，观其诗辞而知……长歌以申其意也。及八音俱作，取诗为章，则人之情意，更复发见于乐之音声。出言为诗，各述己情。声能写情，情皆可见。听音而知治乱，观乐而晓盛衰。神瞽、大贤师旷、季札之徒，其当时以知其趣也。①

在这里孔颖达指出了诗歌、音乐的抒情本能，不仅强调了诗乐皆能表达抒情主体情志的功能作用，而且认为回归到现实社会层面，“听音”“观乐”还可以进一步地了解时政的兴衰善恶。孔颖达亦在《礼记正义》中说：“乐由音生，先审识其音，然后知乐。政由乐生，先审识其乐，可以知政。”②再一次强调音乐与政治之间的关系，政和则声音安乐，政乖则声音怨怒，这恰恰是对《乐记》“声音之道，与政通”非常恰当的注脚。

在《毛诗正义·诗大序》中，孔颖达对音乐与政治关系作了更为详细的阐释，并且提出“时政善恶见于音”的美学命题。孔氏云：“诗述民志，乐歌民诗，故时政善恶见于音也。”③孔颖达在这里把“音”分为两类，其一就是“治世之政教和顺民心，民安其化，所以喜乐。述其安乐之心而作歌，故治世之音亦安以乐也”④。喜乐，即我们前述的“和乐”，《小雅》中的《湛露》《天保》等所歌之至是也。另一种便是孔氏所谓“淫乐”：“淫恣之人，肆于民上，满志纵欲，甘酒嗜音，作为新声，以自娱乐，其音皆乐而为之，无哀怨也……彼乐得其欲，所以谓之淫乐。”⑤淫乐与和乐是对立的，

① 孔颖达：《春秋左传正义》，十三经注疏标点本，李学勤主编，北京大学出版社1999年版，第1096页。

② 孔颖达：《礼记正义》，十三经注疏标点本，李学勤主编，北京大学出版社1999年版，第1082页。

③ 孔颖达：《毛诗正义》，十三经注疏标点本，李学勤主编，北京大学出版社1999年版，第9页。

④ 孔颖达：《毛诗正义》，十三经注疏标点本，李学勤主编，北京大学出版社1999年版，第9页。

⑤ 孔颖达：《毛诗正义》，十三经注疏标点本，李学勤主编，北京大学出版社1999年版，第9页。

不合礼法，表现情感失度，不利于个体的品德修养，对社会风气起着负面的影响。《巷伯》《十月》《大东》等诗章所表现的哀思亡国之音皆来自于政治的废弛无度。“时政之善恶”导致“人能变乐”，音乐有敦促统治者改良政治的积极作用，因此孔颖达就把音乐看成了衡量政治好坏的一个重要标尺。另外，孔颖达还能理性地看到“乐能变人”的本质特征，孔氏云：“是王者采民情制礼乐之意。礼乐本出于民，还以教民，与夫云出于山，复雨其山；火生于木，反焚其木，复何异哉！”①音乐通过其和谐的节奏、动静相变的审美功能来感化、调节人的情性，使其趋善去恶，至于平和，恰恰“凸显了音乐艺术与审美主体之间作用与反作用的关系，体现了一种辩证的色彩”②。孔颖达的这一艺术主张在唐代得到了后世的普遍响应，特别是白居易、元稹、刘禹锡、皮日休等大力倡导恢复采诗制度以及观风知政的新乐府运动，使得中国传统的乐教精神在唐代一度达到了高潮。

第三节　“诗是乐之心，乐为诗之声”：诗乐关系论

关于诗、乐关系，我们多还沉浸在“诗”国的高潮里，从《诗》、楚辞到唐诗宋词，以“诗性”接受着诗所传达的情感方式，而忽略了“乐”的本体因素，从艺术起源来看，早期的诗、乐、舞是三位一体的。在孔颖达的思想世界里，其在儒家礼乐教化思想基础之上，正是把诗、乐作为一体来看待的，在《五经》注疏的诸多材料里皆投射出这种审美意识。我们把他的音乐美学阐释思想放置在诗乐关系中来加以比较，更能启示和理解儒家之“乐”的真谛。朱光潜先生说：“诗歌、音乐、舞蹈原来是混合的。它们的共同命脉是节奏。在原始时代，诗歌可以没有意义，音乐可以没有‘和谐’，舞蹈可以不问姿态，但是都必有节奏。后来三种艺术分化，每种均保存节奏，但于节奏之外，音乐尽量向‘和谐’方面发展，舞蹈尽量向姿态方面发

① 孔颖达：《毛诗正义》，十三经注疏标点本，李学勤主编，北京大学出版社1999年版，第10页。

② 乔东义：《孔颖达美学思想研究》，复旦大学2008年度博士学位论文。

展，诗歌尽量向文字意义方面发展，于是彼此距离遂渐其远了。”①朱光潜先生道出了诗、乐、舞关系的真味，也就是说三者最后走向成熟而渐分离，“华夏文化的其它艺术类型同样体现了‘乐’的特性：韵律、节奏与飞动”②。孔颖达在《礼记正义·经解》中说：

> 《诗》为乐章，《诗》《乐》是一，而教别，若以声音、干戚以教人，是《乐》教也；若以《诗》辞美刺、讽喻以教人，是《诗》教也。此以政为教民，故有六经。③

又在《左传正义·襄公二十九年》中云：“《诗》为《乐》章，琴瑟必以歌诗。”④从这些诗乐观念来看，孔颖达充分强调了华夏文明中作为艺术的诗和乐之间相互依存的“诗乐是一”的关系，即诗以独特的表意功能充当了音乐的灵魂，而音乐又以其特殊节奏的韵律表现形式为诗的传播和艺术内涵的充分表达提供了合理的载体，二者相辅相成，共同完成了抒情言志或移风易俗的审美功能。

对古代艺术诗、乐、舞三位一体的独特艺术情感表现方式和美学特征，孔颖达有较为充分的认识。其在《毛诗正义·诗序》中云：

> 情谓哀乐之情，中谓中心，言哀乐之情动于心志之中，出口而形于言。初言之时，直平言之耳。平言之而意不足，嫌其言未申志，故咨嗟叹息以和续之。嗟叹之犹嫌不足，故长引声而歌之。长歌之犹嫌不足，忽然不知手之舞之、足之蹈之。言身为心使，不自觉知举手而

① 朱光潜：《诗论》，广西师范大学出版社2004年版，第8页。

② 易存国：《乐神舞韵：华夏艺术美学精神研究》，黑龙江人民出版社2002年版，第206页。

③ 孔颖达：《礼记正义》，十三经注疏标点本，李学勤主编，北京大学出版社1999年版，第1069页。

④ 孔颖达：《春秋左传正义》，十三经注疏标点本，李学勤主编，北京大学出版社1999年版，第819页。

> 舞自、动足而蹈地，如是而后得舒心腹之愤，故为诗必长歌也。圣王以人情之如是，故用诗于乐，使歌咏其声，象其吟咏之辞也；舞动其容，象其舞蹈之形也。具象哀乐之形，然后得尽其心术焉。“情动于中”，还是“在心为志”，而“形于言”，还是“发言为诗”，上辨诗从志出，此言为诗必歌，故重其文也。①

在孔氏的审美阐释中，生动地说明了诗、乐、舞三者的关系，在他看来，诗、乐、舞都根植于人的内在情感，当情感扰动到了一定的程度，就自然有“嗟叹长歌”之音，当情感达到极致，则不自觉地手舞足蹈，哀乐之情尽显，“然后得尽其心术焉”。所以说，“音乐的最终目的是，通过乐音及其节奏，比最好的演说家还好地引起各种激情”②。这就充分说明了音乐是能更好地表达情感和心灵状态的艺术，也凸显我国上古时代诗、乐、舞同出一源、互促互补的关系。

尽管孔颖达认同“诗是乐之心，乐为诗之声”“诗乐同其功”，但也理性地诠释了二者的不同以及中国美学史上的诗、乐分途。他在《毛诗正义·诗序》中说：

> 原夫作乐之始，乐写人音，人音有小大高下之殊，乐器有宫、徵、商、羽之异，依人音而制乐，托乐器以写人，是乐本效人，非人效乐。但乐曲既成，规矩先成，后人作诗，谟摩旧法，此声成文谓之音。若据乐初之时，则人能成文，始入于乐。若据制乐之后，则人之作诗，先须成乐之文，乃成为音。声能写情，情皆可见。听音而知治

---

① 孔颖达：《毛诗正义》，十三经注疏标点本，李学勤主编，北京大学出版社1999年版，第6~7页。

② ［奥］爱德华·汉斯立克：《论音乐的美——音乐美学的修改刍议》，杨业治译，人民音乐出版社1980年版，第23~24页。

乱，观乐而晓盛衰，故神瞽有以知其趣也。①

孔氏在这里对原始音乐创作和后人因“乐”写“诗”作了深入的辨析。首先在作乐之始，乐写人音。夫物感而心动，心动而言形，言形而声作，杂比而成音，音和而成乐。人音有小大、高下之殊，乐律有宫、徵、商、羽之异，乐律仿人，乐拟人音，喜怒哀乐之情由乐器传达出来。这样依人音而制乐，托乐律以写人情，乐律所蕴含之情受之于人心，是“乐本效人，非人效乐”之谓。其次，乐典既定，规矩章法先成，后人则依乐而作诗，依声而为词，此同样为音，同样为乐。先是人能成文，按文制乐，乐传人情，然后才是依乐作诗，以诗入乐，诗、乐相配和谐成音。

此外，后人依乐作诗，亦有诗辞可变而乐声不变的情况。孔颖达在《左传正义·襄公二十九年》中云：

诗人观时政善恶，而发愤作诗。其所作文辞，皆准其乐音，令宫商相和，使成歌曲。乐人采写其诗辞，以为乐章，述其诗之本音，以为乐之定声。其声既定，其法可传。虽多历年世，而其音不改。今此为季札歌者，各依其本国歌所常用声曲也。由其各有声曲，故季札听而识之。言本国者，变风诸国之音各异也。②

从孔疏的审美阐释中，更深层地揭示出诗、乐之间“辞变而声恒(音恒、乐恒)”的独特历史现象，从而进一步说明了诗与乐之间尽管相须、同功，但不能否认二者的艺术独特性和独立性，在历史环境和文化突变的情况下相互分离，并形成相对独立的艺术门类。

① 孔颖达：《毛诗正义》，十三经注疏标点本，李学勤主编，北京大学出版社1999年版，第7页。

② 孔颖达：《春秋左传正义》，十三经注疏标点本，李学勤主编，北京大学出版社1999年版，第1096页。

从诗、乐的相对独立特性入手，孔颖达又进一步论证二者的区别，孔氏从《乐记》“唯乐不可以为伪”这个观点出发，他在《毛诗正义·诗序》中云：“设有言而非志，谓之矫情，情见于声，矫亦可识。若夫取彼素丝，织为绮縠，或色美而材薄，或文恶而质量，唯善贾者别之。取彼歌谣，播为音乐，或辞是而意非，或言邪而志正，唯达乐者晓之。”①按汉代扬雄《法言·问神》：“故言，心声也；书心画也。声画形，而君子小人见矣。”②言固然可以为心声，然亦有言不由衷者，则不能谓心声。书亦可为心画，然书可以伪情矫饰，亦不能称心画。致使后来金代元好问在《论诗绝句三十首》中发出“心画心声总失真，文章宁复见为人”③的反诘。所以诗以言志，则言为心声，诗而非志，则心声蒙垢失真而沦为矫情。文学的语言可以饰伪，而音声不可能作假，就如言有谎言而眼睛可以传其神。正如《乐记》云：“其哀心感者，其声噍以杀。其乐心感者，其声啴以缓。其喜心感者，其声发以散。其怒心感者，其声粗以厉。其敬心感者，其声直以廉。其爱心感者，其声和以柔。”④从上述中我们可以看出，皆是情之所感而入于乐，以声见情。若是强取文词而不达于音声，则焉知不是作伪呢？诚如钱锺书先生在《管锥编》中说：“按精湛之论，前谓诗乐理宜配合，犹近世言诗歌入乐所称‘文词与音调之一致’；后谓诗乐性有差异，诗之‘言’可‘矫’而乐之‘声’难‘矫’。”⑤钱锺书的阐述深得其义，道出了诗乐关系的真谛，也即孔氏所谓的“情见于声，矫亦可识”。

---

① 孔颖达：《毛诗正义》，据十三经注疏标点本，李学勤主编，北京大学出版社1999年版，第7~8页。

② 郭绍虞主编：《中国历代文论选》第一册，上海古籍出版社2001年版，第97页。

③ 郭绍虞主编：《中国历代文论选》第二册，上海古籍出版社2001年版，第449页。

④ 孔颖达：《礼记正义》，十三经注疏标点本，李学勤主编，北京大学出版社1999年版，第1075页。

⑤ 钱锺书：《管锥编》第一册，中华书局1979年版，第60页。

第四节　“声”“音”“乐”：音乐本体的审美构成及逻辑体系

前面我们谈到儒家音乐的审美功能、诗乐关系。此外，孔颖达还从声、音、乐的逻辑体系论及儒家音乐的本体、原义和音乐的审美构成，他在《礼记正义》中说：

> “感于物而动，故形于声”者，人心既感外物而动，口以宣心，其心形见于声。心若感死丧之物而兴动，于口则形见于悲戚之声，心若感福庆而兴动，于口则形见于欢乐之声也。“声相应，故生变”者，既有哀乐之声，自然一高一下，或清或浊，而相应不同，故云生变。变，谓不恒一声，变动清浊也。“变成方，谓之音”者，方，谓文章。声既变转，和合次序，成就文章，谓之音也。音则今之歌曲也。“比音而乐之，及干戚、羽旄，谓之乐”者，言以乐器次比音之歌曲，而乐器播之，并及干戚、羽旄，鼓而舞之，乃“谓之乐”也。是乐之所起，由人心而生也。注“宫商”至“曰声”。正义曰：言“声”者，是宫、商、角、徵、羽也。极浊者为宫，极清者为羽，五声以清浊相次。云“杂比曰音”者，谓宫、商、角、徵、羽清浊相杂和比谓之音。云“单出曰声”者，五声之内，唯单有一声，无余声相杂，是“单出曰声”也。然则初发口单者谓之声，众声和合成章谓之音，金石干戚羽旄谓之乐，则声为初，音为中，乐为末也，所以唯举音者，举“中”见上、下矣。①

孔颖达从“感物”说出发，以成其说，其在《毛诗正义·诗序》也提出“感物而动，乃呼为志。志之所适，外物感焉，志之所适，外物感焉，言悦豫之

① 孔颖达：《礼记正义》，十三经注疏标点本，李学勤主编，北京大学出版社1999年版，第1074~1075页。

志则和乐兴而颂声作，忧愁之志则哀伤起而怨刺生”①。他给“物”的定义以明确界说，《礼记正义》中说：“物，外境也。言乐初所起，在于人心感外境也。”②“感物”说并非孔氏首创，他在继承《礼记·乐记》、陆机、刘勰、钟嵘等“感物”说的理论基础之上作了大胆的审美超越，在他看来“外物”“外境”不仅是激起“悦豫”“哀伤”之情的自然景物和社会生活，还是与“政教善恶”相联系的社会生活中的重大问题。他把音乐起源归功于创作主体与客体的心物关系的产物，人心外感“悦豫之志”而颂声作，遇“忧愁之志”则哀声起，故“人心既感外物而动，口以宣心，其心形见于声”。随着“死丧”“福庆”等外物的不同，在创作主体内心会有不同的情感反应，创作主体就会发出“悲戚”或“欢乐”之“声”。乐的产生恰恰与人所感外物而产生的“情志”密不可分。“声相应，故生变”，音乐正是人的感情的抒发，也正是人的心理情感状态外化的表现。

接下来，孔氏对“声、音、乐”的审美层次进行递进推阐，孔颖达认为“五声之内，唯单有一声，无余声相杂”，“单出曰声，杂比曰音”即物理属性的自然之声响，也可以理解为人声，它是属于音乐的第一层级。“变成方”，即把“单出”的“宫、商、角、徵、羽”之“五声”按照宫、商、角、徵、羽的韵律的排比变化，形成高低抑扬式的音调，这种高级的艺术活动只有人才能完成，而禽兽等自然界的其他动物却是做不到的。“和合次序，成就文章，谓之音也”，也就是音乐的第二层级，“此处之‘音’指艺术加工的产物，即艺术之声，‘声’指未经加工的自然之声”③。也可以称之为狭义的乐，即我们今天所称的音乐。由“声”到“乐”的审美转变是“方”，即“文章”，亦是由“单出之声”组合成“五声”韵律谐和、五彩斑斓的“音”，由“单声”而“和合次序”，“变转”为“众声”之“音”，即所谓“众声和合成

① 孔颖达：《毛诗正义》，十三经注疏标点本，李学勤主编，北京大学出版社1999年版，第7页。

② 孔颖达：《礼记正义》，十三经注疏标点本，李学勤主编，北京大学出版社1999年版，第1076页。

③ 蔡仲德：《中国音乐美学史》，人民音乐出版社2004年版，第139页。

章谓之音”。最后，第三层级的“金石干戚羽旄谓之乐”，孔氏诠释为“言以乐器次比音之歌曲，而乐器播之，并及干戚、羽旄，鼓而舞之，乃‘之乐’也。是乐之所起，由人心而生也”。干即盾，其与斧系武舞所执，而羽是翟羽，旄是牛尾，亦为文舞所执，它们皆是舞者手持之道具，至舞者持干戚羽旄进行表演的“乐”，即广义的“乐”，也就是今天的舞台艺术——乐舞，其是一门综合性的艺术，“具有完整的音乐旋律、包含丰富思想内容的‘艺术品’(借用今天的术语)了。‘乐’已经不是‘自然’之物，而是‘人文’之物了”①。从孔氏审美阐释中，我们可以看出声、音、乐三者有一个由浅入深不断提升、不断深化和复杂化的过程。它们具有不同层次和不同的内涵，能通达政治伦理，并且在社会生活中发挥着重要的作用，所以孔颖达说，“乐得则阴阳和，乐失则群物乱，是乐能通伦理也”②。只有德行高尚的君子方能懂得乐，正可谓“王者能使礼乐皆得其所，谓之有德之君，所以名为德者，得礼乐之称也”③。我们也可以说，达到乐的至高境界，便与礼相融，也与政治伦理相通了。

孔颖达除了从音乐的本体对声、音、乐的概念、构成作了界定以外，还从“声成文”的角度谈到了儒家音乐的审美规律及审美本质。他在《毛诗正义·诗序》中云：

> 情发于声，谓人哀乐之情发见于言语之声，于时虽言哀乐之事，未有宫、商之调，唯是声耳。至于作诗之时，则次序清浊，节奏高下，使五声为曲，似五色成文，虽在人在器，皆得为音。下云治世之谓乐音，则此“声成文谓之音”亦为乐之音也。原夫作乐之始，乐写人音，人音有小大高下之殊，乐器有宫、徵、商、羽之异，依人音而制

① 杜书瀛：《论礼记乐记的贡献》，《南都学坛》2012 年第 4 期。

② 孔颖达：《礼记正义》，十三经注疏标点本，李学勤主编，北京大学出版社 1999 年版，第 1081 页。

③ 孔颖达：《礼记正义》，十三经注疏标点本，李学勤主编，北京大学出版社 1999 年版，第 1077 页。

> 乐，托乐器以写人，是乐本效人，非人效乐。但乐曲既成，规矩先成，后人作诗，谟摩旧法，此声成文谓之音。若据乐初之时，则人能成文，始入于乐。若据制乐之后，则人之作诗，先须成乐之文，乃成为音。声能写情，情皆可见。①

从孔氏的疏解中我们可以看出，在由“声”到“音”及“乐”的转“变”过程中，“文”起着关键性的作用。关于“文”的审美观念的演变，可以追溯到上古时期的“纹饰”，汉代许慎在《说文解字》中解释：“文，错画也，象交文。”②文是线条交错形成花纹的形式。从甲骨文到金文、篆书的发展来看，“文”的产生与上古先民的纹身有关。那么上古先民为什么要文身呢？“因为文身是原始社会很多部落民族的常见习俗，它的用意并不在于妆饰、美化外形，乃是为了行使巫术与宗教的职能，即借助人体上的刻画的图形作为沟通天人的符号，以获得某种神秘的力量来充实其身，才是‘文’的真实原因。”③随着社会物质生活水平的提高，先民们的认识能力也随之增强，“文”的含义也逐渐扩大和丰富，色彩交错亦可引申为“文”，就有了后来《乐记》中说的“五色成文”的文化观念。更进一步地发展为《系辞》所说“物相杂，故曰文”。“任何事物的形式只要具有‘错画性’或修饰性，均可称之为‘文’。不仅自然事物有‘文’，社会事物亦有‘文’。政治礼仪、典章制度、文化艺术，均可称‘文’。人的服饰、语言、行为、动作，亦可为‘文’。这种宽泛的‘文’的概念在某种程度上与‘美’的概念接近的，是指事物一种美的形式。”④孔氏继承前人审美观念并作了发挥，他所作的理论贡献就是对“声文”进行了较为深入的释析。在他看来，“音”与“声”之不

---

① 孔颖达：《毛诗正义》，十三经注疏标点本，李学勤主编，北京大学出版社1999年版，第7页。

② 许慎：《说文解字》，中华书局2013年版，第182页。

③ 陈伯海：《“文”与“质”：中国诗学的文辞体性论》，《学术月刊》2006年第1期。

④ 张少康、刘三富：《中国文学理论批评发展史》上册，北京大学出版社1996年版，第12页。

同，关键是否“成文”，“音”乃是已成文的声，“声”则是“未成文”之音。孔颖达还进一步阐释了“成文”的理论内涵：

> 《乐记》云：“声相应，故生变。变成方，谓之音。”注云：“方犹文章也。”“乐之器，弹其宫则众宫应，然不足乐，是以变之使杂也。”引昭公二十年《左传》曰：“若以水济水，谁能食之？若琴瑟之专壹，谁能听之？”是解声必须杂之意也。此言“声成文谓之音”，则声与音别。《乐记》注云：“杂比曰音，单出曰声。”《记》又云：“审声以知音，审音以知乐。”则声、音、乐三者不同矣。以声变乃成音，音和乃成乐，故别为三名。对文则别，散可以通。季札见歌《秦》曰：“此之谓声。”《公羊传》云：“十一而税，颂声作。”声即音也。下云：“治世之音”，音即乐也。是声与音、乐名得相通也。①

孔颖达认为声、音、乐三者既有“相通”的一面，亦有“不同”的一面。用今语来说，三者皆是“声音”的种类，“音”与“乐”的不同也即成文之“人声”与成文之“器声”的区别。而“声”与“音”“乐”的不同在于：“声”是声音的未成文形式，“音”“乐”则是声音的已成文的形式。那么，有没有“未成文”呢？孔颖达还特别指出“未成文”的两种形式：其一是“专一”或“单出”，声“一”或者“单出”则“未成文”；其二是“散文”，即“声”“音”各“一”亦不能“成文”。那么，声而“不一”或音而“不一”即多种声音合在一起是否“成文”呢？答案是不能“成文”。只有“次序清浊，节奏高下，使五声为曲，似五色成文”的音律在和谐的审美性规律之下方能达到“以声变乃成音，音和乃成乐”，这也是“未成文”到“成文”的关键。清人翁方纲云：“《记》曰‘变成方谓之音’，‘方’者，音之应节也，其节即格调也；又曰

① 孔颖达：《毛诗正义》，十三经注疏标点本，李学勤主编，北京大学出版社1999年版，第8页。

‘声成文谓之音’，‘文’者，音之成章也，其章即格调也。”①其所解与孔颖达如出一辙，所以“‘不一’而‘不散’融在一起也就构成了音乐形式美的最基本构成规律的‘杂多统一’”②。这种音律的审美本质的构成还有一个必要的前提条件，那就是创作主体的“情感”，正所谓“情发于声，声成文谓之音”。“情感活动产生‘声’即情感外化的语言模式。情感扰动到一定的强度就产生了诗与歌，它的外在模式是‘音’。‘音’与‘声’的区别在于‘文’。”③所以说，从音乐的概念、创作角度来看，音乐的本质乃是以感情为基底的，情感是音乐的真正来源，是音乐的真正血脉。

综上所述，孔颖达带着政治理论命意以及对儒家礼乐文化的充分理解和认识，将《五经》及其权威性的阐释建构成相对完整的音乐美学理论体系，在唐帝国的政治、文化、艺术空间中传播。如此一来，孔颖达既重构了儒家音乐美学理论，也为建构自己的美学思想体系打下坚实的基础，为后世理解儒家礼乐文化及音乐美学思想提供了重要的文本依据。

---

① 翁方纲：《格调论》上，光绪刻本《复初斋文集》卷八，台湾文海出版社影印手稿本 1974 年版，第 256 页。

② 刘方喜：《“文”辨：汉语古典诗学形式范畴系统研究》，《人文杂志》2005 年第 5 期。

③ [美]宇文所安：《中国文论：英译与评论》，王柏华、陶庆梅译，上海社会科学院出版社 2003 年版，第 44 页。

第八章　规谏、教化、救世：《毛诗正义》诗歌功用论

《毛诗正义》继承了孔子以及《毛诗大序》以来的传统儒家的文艺观念和诗学主张，重视诗歌的社会功用价值。孔颖达在《毛诗正义·诗大序》中云：

> 臣下作诗，所以谏君，君又用之教化，故又言上下皆用此上六义之意（笔者案，六义指《诗大序》中所提到的风、赋、比、兴、雅、颂）。在上人君用此六义，风动教化；在下，人臣用此六义以风喻箴刺君上。其作诗也，本心主意，使合于宫商相应之文，播之于乐，而依违谲谏，不直言君之失，故言之者无罪。①

诗歌所表现出来的政治功能可分为三种：一种是由下而上，即由臣民反映下情，对在上的君主所作出的"规谏"；另一种则是由上而下，乃君主对臣民所施行的"教化"；最后就是文人士大夫的治世理想：救世。以下我们试从这几个方面着眼，对《毛诗正义》中有关诗歌功能的观念稍作论述。

---

① 孔颖达：《毛诗正义》，十三经注疏标点本，李学勤主编，北京大学出版社1999年版，第13~14页。

第一节　规谏

《毛诗正义序》开篇即云：

> 夫《诗》者，论功颂德之歌，止僻防邪之训，虽无为而自发，乃有益于生灵。六情静于中，百物荡于外，情缘物动，物感情迁。若政遇醇和，则欢娱被于朝野；时当惨黩，亦怨刺形于咏歌。作之者所以畅怀舒愤，闻之者足以塞违从正。发诸情性，谐于律吕，故曰："感天地，动鬼神，莫近于《诗》"。此乃诗之为用，其利大矣。①

序文中详论《诗》之为用，对诗歌的社会功能和实用价值给予高度的肯定。"政遇醇和，则欢娱被于朝野；时当惨黩，亦怨刺形于咏歌。""政治醇和"和"时当惨黩"代表了统治者施政好坏与否，施政效果也恰恰通过"欢娱"和"怨刺"的诗歌表现出来。孔颖达确信诗歌能反映政治状态，也把诗歌作为衡量政治好坏的标尺。其对诗歌功用的理解也围绕着政治而展开。《毛诗正义·诗谱序》亦云：

> 此言孔子录《诗》，唯取三百之意。"弘福如彼"，谓如文、武、成王，世修其德，致太平也。"大祸如此"，谓如厉、幽、陈灵，恶加于民，被放弑也。"达而不用"，谓不用《诗》义；则"勤民恤功，昭事上帝"是用《诗》义也，互言之也。用《诗》则吉，不用则凶，"吉凶之所由"，谓由《诗》也。《诗》之规谏，皆防萌杜渐，用《诗》则乐，不用则忧，是为"忧娱之萌渐"也。此二事皆明明在此，故唯录三百一十一

① 孔颖达：《毛诗正义·序》，十三经注疏标点本，李学勤主编，北京大学出版社1999年版，第3页。

篇，庶今之明君良臣，欲崇德致治，克稽古于先代，视成败于行事。又疾时博士之说《诗》，既不精其研核，又不睹其终始，讲于乡党于皙，陈于朝廷不焕炳，故将述其国土之分，列其人之先后。①

“用诗则吉，不用则凶。”这里的吉凶并非泛指一般的祸福之类，而是专指文、武、成王，厉、幽、陈灵等君主在政治上的成功或失败。臣下可以透过诗歌去反映政治的善恶，君主由是便能认识到自己施政的效果，因此他们能够防微杜渐，达致太平；反过来说，假如臣民怨声载道而君主却不自知，那么最后他们必会招致灭亡。这段文字强调诗歌“规谏”的作用，正好补充了上述《毛诗正义·序》的说法。

诗歌的规谏功能主要表现在它的内容之中，有关诗歌的具体内容，《毛诗正义·诗谱序》中尝云：

彼《舜典》命乐，已道歌诗，经典言诗，无先此者，故言《诗》之道也。“放于此乎”，犹言适于此也。“放于此乎”，隐二年《公羊传》文。言放于此者，谓今诵美讥过之诗，其道始于此，非初作讴歌始于此也。……而云“情志不通，始作诗”者，《六艺论》云情志不通者，据今

① 孔颖达：《毛诗正义》，十三经注疏标点本，北京大学出版社1999年版，第9页。案：注疏是解释经传的著作，它有时会如本段引文般直接引述经传原文，然后才加以阐述。一般而言，注疏在征引原文后加以引申及阐释的文字，便是它对该段原文的理解，亦是我们处理《毛诗正义》诗学思想时的重要材料。云：“绿衣，卫庄姜伤己也。妾上僭，夫人失位而作是诗也。”疏曰：“作绿衣诗者，言卫庄姜伤己也。由贱妾为君所嬖而上僭，夫人失位而幽微，伤己不被宠遇，是故而作是诗也。”在这类材料中，注疏者虽然似乎没有直接地对原文提出意见，但我们亦可将这些材料视为注疏者的见解。正如伽达默尔所言：“翻译者就是证释者；翻译一种外语，只不过是一种关于疏离，以及如何克服这种疏离的难题，这是翻译学上的一个极端的难题。”而且原句与语译出来的句子之间总有一定程度的差异，如上引《绿衣序》原文仅谓“妾上僭”，而疏则曰“贱妾为君所嬖而上僭”，将妾为何能上前的原因说明；疏文又加上“贱”字，以带有负面而羞辱性意义的形容词来修饰“妾”。这些比原文多出来的文字，正是注疏者对原文的引申及理解。

诗而论，故云"以诵其美讥其过"。其唐虞之诗，非由情志不通，直对面歌诗以相戒勖，且为滥觞之渐，与今诗不一，故《皋陶谟》说皋陶与舜相答为歌，即是诗也。①

文中所谓"今诵美讥过之诗"，指的就是《诗经》的作品，因为下文"为戒者着明"句正义曰：

此论周室不存商之风、雅之意。风、雅之诗，止有论功颂德、刺过讥失之二事耳。党谓族亲。此二事，各于己之族亲。周人自录周之风、雅，则法足彰显，戒足著明，不假复录先代之风、雅也。颂则美代至美之诗，敬先代，故录之。②

"论功颂德"与"刺过讥失"是《诗经》的主要内容，传统的儒家经学家一般称前者为"美"，而后者则是"刺"。③ 美诗是歌功颂德、陈述善事之作，在《诗经》中数量不少。不过《毛诗·小序》并不会随意标出"美"字。《关雎序》"关雎后妃之德也"句正义云：

二南之风，实文王之化，而美后妃之德者，以夫妇之性，人伦之重，故夫妇正则父子亲，父子亲则君臣敬。是以诗者，歌其性情，阴阳为重，所以诗之为体，多序男女之事。不言美后妃者，此诗之作，直是感其德泽，歌其性行，欲以发扬圣化，示语未知，非是褒赏后妃能为此行也。正经例不言美，皆此意也。其变诗则政教已失，为恶者

① 孔颖达：《毛诗正义》，十三经注疏标点本，李学勤主编，北京大学出版社1999年版，第5页。

② 孔颖达：《毛诗正义》，十三经注疏标点本，李学勤主编，北京大学出版社1999年版，第6页。

③ 参见清代程廷祚《诗论十三·再论刺诗》中云："汉儒言诗，不过美刺两端。国风小雅为刺者多，大雅则美多而刺少，岂其本原固有者与？"据郭绍虞、王文生主编：《中国历代文论选》第一册，上海古籍出版社2001年版，第14页。

多，苟能为善，则赏其善事，征伐利玁狁，始见忧国之心；瞻仰昊天，方知求雨之切，意与正经有异，故序每篇言美也。①

“正经例不言美”，只有变诗才称美，因此虽然《周南·卷耳序》只说：“《卷耳》，后妃之志也，又当辅佐君子，求贤审官，知臣下之勤劳。内有进贤之志，而无险诐私谒之心，朝夕思念，至于忧勤也”，并无“美”字，但“《卷耳》四章章四句”至“忧勤”句正义则谓：

险诐者，情实不正，誉恶为善之辞也。私谒者，妇人有宠，多私举荐亲戚，故厉王以艳妻方煽；七子在朝，成汤谢过。妇谒盛与险诐私竭，是妇人之常态，圣人犹恐不免。后妃能无此心，故美之也。②

指出这是一首美诗。又《周南·螽斯序》云：“螽斯，后妃子孙众多也。言螽斯不妒忌，则子孙众多也。”正义亦谓：

此不妒忌，得子孙众多者，以其不妒忌，则嫔妆俱进，所生亦后妃之子孙，故得众多也。《思齐》云：“大姒嗣徽音，则百斯男。”传云“大姒十子，众妾则宜百子”是也。三章皆言后妃不妒忌，子孙众多。既言其多，因说其美，言仁厚、戒慎、和集耳。③

然而，正经也会有言美的情况。《召南·甘棠序》说：“《甘棠》，美召伯也。召伯之教，明于南国。”正义对此尝作以下的解释：

① 孔颖达：《毛诗正义》，十三经注疏标点本，李学勤主编，北京大学出版社1999年版，第5页。

② 孔颖达：《毛诗正义》，十三经注疏标点本，李学勤主编，北京大学出版社1999年版，第37页。

③ 孔颖达：《毛诗正义》，十三经注疏标点本，李学勤主编，北京大学出版社1999年版，第43页。

谓武王之时，召公为西伯，行政于南土，决讼于小棠之下，其教著时于南国，爱结于民心，故作是诗以美之。经三章，皆言国人爱召伯而敬其树，是为美之也。诸风、雅正经，皆不言美。此云“美召伯”者，二《南》文王之风，唯不得言美文王耳。召伯，臣子，故可言美也。《芣苢》言后妃之美，谓说后妃之美行，非美后妃也。《皇矣》言美周，不斥文王也。至于变诗，美刺各于其时，故善者言美，恶言刺。《豳》亦变风，故有美周公。①

引有关后妃的诗歌虽然都含有褒赏之意，但《小序》均不言美，因为它要凸显出值得赞美的是后妃之行，即受文王风化而有的德行，并不是后妃本人。由是可知《小序》不直接言美的诗歌，也有可能是美诗。

与上述情况不同的是颂，它本来就是歌功颂德的作品，性质相当明白，不必仔细辨析。《周颂谱》“于是和乐兴焉，颂声乃作”句下正义曰：

言颂声者，诗各有声，故《公羊传》曰“什一而税，颂声作”是也。此颂声由其时之君德洽于民而作，则颂声系于所兴之君，不系于所歌之主，故《周颂》三十一篇，左方中皆以为周公、成王之颂也。以其虽咏往事，显祖业，昭文德，述武功，皆令歌颂述之，以美今时，不为祖父之颂矣。但祖父之功，由此以显，显其父祖之功，所以颂子孙也。故《时迈》之等，尽为武王之事，要归颂声于周公、成王是也。若然，《清庙》祀文王，《执颂》祀武王，非文、武之颂。②

“咏往事，显祖业，昭文德，述武功”是《颂》的主要内容，它们都是“美今时”的诗歌。这些美诗背后也体现了“规戒”的重要作用。《毛诗正义·大

① 孔颖达：《毛诗正义》，十三经注疏标点本，李学勤主编，北京大学出版社1999年版，第77页。

② 孔颖达：《毛诗正义》，十三经注疏标点本，李学勤主编，北京大学出版社1999年版，第1272~1273页。

雅·崧高》中云：

其诗之意甚美大者，述其善事，令更增长，是美大也。君子之道，贵在谦虚，而言吉甫作诗自述，云甚美者，欲使前人听受其言，故美大以入之。令以为乐者，令使申伯常歌乐此诗，以自规戒也。如此言，则此诗之作，主美申伯而已。申伯有德，王能建之，美申伯亦所以美宣王，故为宣王诗也。①

申伯常歌乐此美诗“以自规戒”。这与刺诗的作用相同。《诗谱序》“然则诗之道放于此乎”句下正义云：

《益稷》称舜云：“工以纳言，时而飏之，格则乘之庸之，否则威之。”彼说舜诫群臣，使之用诗，是用诗规谏，舜时已然。大舜之圣，任贤使能，目谏面称，似无所忌，而云“情志不通，始作诗”者。《六艺论》云情志不通者，据今诗而论，故云“以诵其美讥其过”。其唐虞之诗，非由情志不通，直对面歌诗以相戒勖，且为滥觞之渐，与今诗不一，故《皋陶谟》说皋陶与舜相答为歌，即是诗也。《虞书》所言，虽是舜之命夔，而舜承于尧，尧已用诗矣，故《六艺论》云唐、虞始造其初，至周分为六诗。亦指《尧典》之文。谓之造初，谓造今诗之初，非讴歌之初。讴歌之初，则疑其起自大庭时矣。然讴歌自当久远，其名曰诗，未知何代。虽于舜世始见诗名，其名必不初起舜时也。名为诗者，《内则》说负子之礼云：“诗负之”，注云：“诗之言承也。”《春秋说题辞》云：“在事为诗，未发为谋，恬淡为心，思虑为志。诗之为言，志也。”《诗纬·含神务》云：“诗者，持也。”然则诗有三训，承也，志也，持也。作者承君政之善恶，述己志而作诗。为诗所以持人

① 孔颖达：《毛诗正义》，十三经注疏标点本，李学勤主编，北京大学出版社1999年版，第1217～1218页。

之行，使不失队，故一名而三训也。①

孔颖达在《毛诗正义》中指出讴歌的出现可能远在大庭之时，而像今诗般有“规戒”作用的诗歌，在尧时也已存在。当然，其时的诗歌并不如今诗一样，乃由于“情志不通”而作。现在《三百篇》中讥美颂德的诗歌，是诗人“承君政之善恶，述已志而作”的，它的目的是“持人之行，使不失队”。

我们再来看《毛诗正义·邶风·匏有苦叶》：

并为淫乱，亦应刺夫人，独言宣公者，以诗者主为规谏君，故举君言之，其实亦刺夫人也。故经首章、三章责公不依礼以娶，二章、卒章责夫人犯礼求公，是并刺之。②

诗人既然承君政而作诗，其诗的规谏作用自然主要是针对君主。至于所谓“情志不通”，以下两段疏文或许可以帮助我们说明一下。《周南·卷耳》中笺“此章”至“为乐”句下正义云：

诗本畜志发愤，情寄于辞，故有意不尽，重章以申殷勤。诗之初始有此，故解之。③

又《陈风·墓门》中笺“不义”至“自立”句下正义曰：

则弑君之后，恶师仍在。何则？诗者，民之歌咏，必恶加于民，民

① 孔颖达：《毛诗正义》，十三经注疏标点本，李学勤主编，北京大学出版社1999年版，第5页。

② 孔颖达：《毛诗正义》，十三经注疏标点本，李学勤主编，北京大学出版社1999年版，第137页。

③ 孔颖达：《毛诗正义》，十三经注疏标点本，李学勤主编，北京大学出版社1999年版，第39页。

> 始怨刺。陈佗未立为君，则身为公子，爵止大夫，虽则恶师，非民所恨。令作诗刺之，明是自立冬后也。戒之令去恶师，明是恶师未去也。①

上述《周南·卷耳》疏文中谓“诗本畜志发愤，情寄于辞”，《陈风·墓门》疏文又说：“必恶加于民，民始怨刺”，可见诗歌是人民郁于心而发诸外的结果。然则倘若情志通畅，作诗便有烦多之嫌。我们还来看《大雅·卷阿》中“君子”至“遂歌”句正义云：

> 毛以为成王实能用吉士，已致太平，但召公欲令守其成功，故自言作诗之意。言今君子贤者，来在王位。王赐之车马。其所赐君子之车既众，且又能多矣，所赐君子之马，既闲习于威仪，且又能驰矣，是王能用贤，不须规戒。令我陈作此诗，岂不多乎？言其实烦多也。正以中心不已，恐王惰慢，故作此诗，遂为乐人之歌，冀常求贤士，永为鉴戒，不损今日成功也。②

王能用贤似乎无须规戒。然而诗人担心王懈怠，所以作出此诗，以为鉴戒。他这样作诗并不算是烦多，因为他确然心有所虑，情志不通，而不是无的放矢。

由此可知，“刺诗”与“美诗”一样，都是希望达到规戒的作用，这是诗歌由下而上的规谏功能。

第二节　教化

在孔颖达看来，诗歌除了规谏的社会功能以外，尚有自上而下的“教

---

① 孔颖达：《毛诗正义》，十三经注疏标点本，李学勤主编，北京大学出版社1999年版，第448页。

② 孔颖达：《毛诗正义》，十三经注疏标点本，李学勤主编，北京大学出版社1999年版，第1137页。

化”作用。《关雎序》“风，风也，教也。风以动之，教以化之”句正义云：

上言风之始，谓教天下之始也。序又解名教为风之意。风训讽也，教也。讽谓微加晓告，教谓殷勤诲示。讽之与教，始末之异名耳。言王者施化，先依达讽谕以动之，民渐开悟，乃后明教命以化之。风之所吹，无物不扇，化之所被，无往不沾，故取名焉。①

上述疏文中，孔颖达直言以诗乐教化民众，以为“讽”与“教”都是王者的施化，不同的只是前者较为隐晦，而后者则较为明白晓畅而已。他认为国风之风，就像空气中流动的风一样，可以自然而然地化育万物，诗歌亦能潜移默化地起着育人的功能。在这里，实际上孔颖达继承了孔子、荀子、《诗大序》以来的诗学主张，希冀通过诗乐来化育万民，维护社会伦理道德体系，使社会群体关系趋向和谐。虽然“讽”与“教”两者的表现方式微有差别，但总的说，它们都倾向温情脉脉的一面。我们来看《诗大序》中笺“风化”至“直谏”正义云：

风者，若风之动物，故谓之“譬喻，不斥言也”。人君教民，自得指斥，但用诗教民，播之于乐，故亦不斥言也。②

这里的“不斥言”正是“微加晓告”和“殷勤诲示”的共同特点。诗歌的教化作用能像风般“无物不扇”，因为它是植根于人的心志的。

又《诗大序》中“正得失”句正义曰：

诗之道所以能有此三事者，诗者志之所歌，歌者人之精诚，精诚

① 孔颖达：《毛诗正义》，十三经注疏标点本，李学勤主编，北京大学出版社1999年版，第6页。

② 孔颖达：《毛诗正义》，十三经注疏标点本，李学勤主编，北京大学出版社1999年版，第14页。

之至，以类相感。诗人陈得失之事以为劝戒，令人行善不行恶，使失者皆得是诗，能正得失也。普正人之得失，非独正人君也。①

这里所说的“精诚之至”，最早语见于《庄子·渔父》：“真者，精诚之至。不精不诚，不能动人。”②《小雅·彤弓》中笺曰“王意殷勤于宾，故歌序之”句正义云：

笺以言王中心以贶之，是中心诚实，非饰貌矫情，是殷勤于宾也。由王如此，故复作诗歌而叙之，解此彤弓之意，以王中心之实，故歌之以示法耳。③

在孔颖达的审美阐释中，“中心诚实，非饰貌桥情”正可理解为“精诚之至”。诗歌体现了人们内心情感最真实的一面，因此就有感动人心，甚至改变人心的能力。于是，王者便利用诗歌这种力量去移风易俗和教化百姓。

关于教化的具体内容，《诗大序》中“先王以是经夫妇，成孝敬，厚人伦，美教化，移风俗”句下正义有非常详尽的说明：

上言诗有功德，此言用诗之事。“经夫妇”者，经，常也。夫妇之道有常，男正位乎外，女正位乎内。德音莫违，是夫妇之常。室家离散，夫妻反目，是不常也。教民使常，此夫归犹《商书》云“常厥德”也。“成孝敬”者，孝以事亲，可移于君；敬以事长，可移于贵。若得罪于君亲，失意于长贵，则是孝敬不成。故教民使成此孝敬也。“厚

① 孔颖达：《毛诗正义》，十三经注疏标点本，李学勤主编，北京大学出版社1999年版，第10页。

② 王夫之：《庄子解》，中华书局1985年版，第268页。

③ 孔颖达：《毛诗正义》，十三经注疏标点本，李学勤主编，北京大学出版社1999年版，第627页。

> 人伦”者，伦，理也。君臣父子之义，朋友之交，男女之别，皆是人之常理。父子不亲，君臣不敬，朋友道绝，男女多违，是人理薄也；故教民使厚此人伦也。“美教化”者，美谓使人服之而无厌也。若设言而民未尽从，是教化未美，故教民使美此教化也。“移风俗”者，《地理志》云：“民有刚柔缓急，音声不同，系水土之风气，故谓之风；好恶、取舍、动静，随君上之情欲，故谓之俗。”则风为本，俗为末，皆谓民情好恶也。缓急系水土之气，急则失于躁，缓则失于慢。王者为政，当移之使缓急调和，刚柔得中也。随君上之情，则君有善恶，民并从之；有风俗伤败者，王者为当易之使善。故《地理志》又云：“孔子曰：‘移风易俗，莫善于乐。’言圣王在上，统理人伦，必移其本而易其末，然后王教成。”是其事也。此皆用诗为之，故云：“先王以是。”以，用也。言先王用诗之道为此五事也。①

从上述疏文中，我们可以清楚地了解诗歌最大功能作用之一便是能够纠正人伦的诸种关系，改变风俗，并将这些“教化”的内涵深深渗透进百姓内心之中，使人们服之无厌。诚如刘若愚先生所言：“从西元前二世纪儒学建立为中国正统的意识形态开始，一直到二十世纪初，文学的实用概念实际上是一种神圣不可侵犯的，因袭，基本上相信其它概念的批评家很少胆敢公开拒绝它。……至于真正赞同实用概念者，他们的文学理论彼此不同，只在于重点而已，有些人强调文学的功用作用，或从统治者的观点，认为文学有助于统治，或从臣民的观点，认为文学批评和抗议的手段，另一些人则强调文学对于个人的道德影响。”②其实在中国古代社会或者受儒家思想影响的社会体系中，道德、伦理与政治很难划分开来，“教化”一旦通过文学实践表现出来并强调伦理、道德和教育功能时，实际上从个体修身甫一开始，目的是达到人格健全，以至于在群体的社会关系中趋向和谐，最

---

① 孔颖达：《毛诗正义》，十三经注疏标点本，李学勤主编，北京大学出版社1999年版，第10~11页。

② 刘若愚：《中国文学理论》，台北联经出版社1980年版，第238页。

后落脚点是要为社会政治服务，两者统一起来，表现出十分强烈的功利化色彩。所以说，"教化"一直在文艺与社会政治关系中充当着中介角色，在中国几千年的封建社会的文艺实践过程中，无论统治者还是儒家后学都屡试不爽，孔颖达也概莫能外。所以《关雎序》中"风之"至"国焉"句正义疏云：

> 序以后妃乐得淑女，淫其色，家人之细事耳，而编于《诗》首，用为歌乐，故于后妃德下即申明此意。言后妃之有美德，文王风化之始也。言文王行化，始于其妻，故用此为风教之始，所以风化天下之民，而使之皆正夫妇焉。周公制礼作乐，用之乡人焉，令乡大夫以之教其民也；又用之邦国焉，令天下诸侯以之教其臣也。欲使天子至于庶民，悉知此诗，皆正夫妇也。①

文王的美德能感化后妃，使她乐得淑女而不妒忌，这本来只是家庭生活中琐碎的事情而已，但是倘若天下百姓都能懂得此诗，那么诗中所描述的夫妇关系便能推而广之，使人人都能"正夫妇"了。夫妇是人伦之始，由功能的角度着眼，这首诗歌的作用是相当明显的。它能成为《三百篇》之首，原因亦在于此。

孔颖达在《毛诗正义·淇奥》中亦云：

> 序先言听谏自防，乃言入相于周者，以先说在国之德，乃言入相。经亦先言其德盛听谏，后陈卿士之车服为事次也。诸言美者，美所施政之教，此则论质美德盛，学问自修，乃言美其自身之德，故叙者异文也。②

① 孔颖达：《毛诗正义》，十三经注疏标点本，李学勤主编，北京大学出版社1999年版，第5页。

② 孔颖达：《毛诗正义》，十三经注疏标点本，李学勤主编，北京大学出版社1999年版，第215页。

上述疏文中，孔颖达正是通过歌颂武公之德——其“德”不光能做到“听谏自防”还要“学问自修”，方可入朝为相。孔氏所说的诸种“质美德盛”，正是后面诗章中赞美武公美德如玉、温文尔雅、节操高尚、内外兼美。晚年廉洁从政，宽容纳谏，百姓皆尊敬之，为民众树立了高尚的典范。民众在写《淇奥》之诗赞美武公时，口颂耳传，身感而心润，使得“教化”以成。所以，通过美典或榜样来德育化下不但是统治者的一种手段，而且也彰显和丰富了“美教化”的内涵。

在前述中《毛正义》在解释“移风俗”时，引《地理志》云：“民有刚柔缓急，音声不同，系水土之风气故谓之风；好恶、取舍、动静、随君上之情欲，故谓之俗。”风俗除了根据不同的水土而有不同的倾向外，人君的好恶取舍对其也具有相当大的影响力。像《大雅·棫朴》中“淠彼泾舟，烝徒楫之”句正义云：

> 文王既能官人，行其政令。言淠淠然顺流而行者，是泾水之舟船。此舟船所以得顺流而行者，乃由众徒船人以辑棹之故也。以兴随民而化者，是文王之政令也。此政令所以得随民而化者，乃由诸臣贤者以力行之故也。既有贤臣为王布政，故可以征讨有罪。周王往行征伐，则六师与之而俱进也。①

从上述疏文可以看出，文王有贤者的帮助，教令能随民而化，贤者的重要性由此可见。《大雅·抑》中“无竞”至“之则”句正义云：

> 言人君为国，无镇乎，维在得其贤人。若得贤人则国家强矣。所以得贤则强者，以此贤人有德，四方之俗有不善者，其可使此贤人教训之。此贤人可以教训者，此贤者有正直大德行，四方之民得其教

① 孔颖达：《毛诗正义》，十三经注疏标点本，李学勤主编，北京大学出版社1999年版，第999页。

化，其皆慕仰而顺之。四方皆顺，是为强也。又言施教之法，当豫大计谋，定其教命，为长远之道，而以时节告民，施之王之朝廷，又当敬慎其举动威仪，维与下民之为法则也。言王当如此，不得弃贤不用，使民无所法也。①

从上述的审美阐述中可以看出民风民俗由于不同的地域、水土而表现出不同的特色，不过这些特色能随着君主的教令而改变。君主有责任教导人民，使人民有所法。诗歌既然源于人心，有感人的力量，那么他们利用它来教化百姓，便也不难理解了。这正是诗歌由下而上的功能的集中体现。

第三节 救世

在孔颖达思想视野和审美的理想国中，诗歌除了具有教化与规谏的功能之外，还有“救世”之功效。《毛诗正义·诗大序》中尝言：“虽俱准旧法，而诗体不同，陈古政治，或指世淫荒。虽复属意不同，俱怀匡救之意。”②颖达以一“匡救”之语道出了诗人的赤子真心，也正是沿着郑玄在《诗谱序》中所说“刺过讥时所以匡救其恶”的诗学指向一路，突出了“匡救”归根结底乃为儒家诗用的核心，正是通过《诗》学阐释实践对《毛诗正义·序》中“《诗》之为用，其利大矣”③进行回应。在接下来《诗大序》的义疏中，孔颖达更是以“箴规意切”之心直接说出“诗人救世”之理论衍说，以“救世之针药”来比拟《诗》之为用的诗学阐释命题。

---

① 孔颖达：《毛诗正义》，十三经注疏标点本，李学勤主编，北京大学出版社1999年版，第1164页。

② 孔颖达：《毛诗正义》，十三经注疏标点本，李学勤主编，北京大学出版社1999年版，第16页。

③ 孔颖达：《毛诗正义序》，十三经注疏标点本，李学勤主编，北京大学出版社1999年版，第3页。

上举变风，下言先王，风、雅互见也。上言国史作诗，此言民之性，明作诗皆在民意，非独国史能为，亦是互见也。作诗止于礼义，则应言皆合礼。而变风所陈，多说奸淫之状者，男淫女奔，伤化败俗，诗人所陈者，皆乱状淫形，时政之疾病也，所言者，皆忠规切谏，救世之针药也。《尚书》之三风十愆，疾病也。诗人之四始义，救病也。若夫疾病尚轻，有可生之道，则医之治可用心锐。扁鹊之疗太子，知其必可生也。疾病已重，有将死之势，则医之治也用心缓。秦和之视平公，知其不可为也。诗人救世，亦犹是矣。典刑未亡，觊可追改，则箴规意切，《鹤鸣》《沔水》，殷殷而责王也。淫风大行，莫之能救，则匡谏之志微，《溱洧》《桑中》，所以咨嗟叹息而闵世。陈、郑之俗，亡形已成，诗人度己箴规必不变改，且复赋己之志，哀叹而已，不改望其存，是谓匡谏之志微。故季札见歌《陈》，曰："国无主，其能久乎！"见歌《郑》，曰："美哉！其细已甚，民弗堪也，是其先亡乎！"美者，美诗人之情，言不有先王之训，孰能若此，先亡者，见其匡谏意微，知其国将亡灭也。①

从上述的审美义疏中我们可以看出，孔颖达把时政的弊缺比喻成"疾病"，而把诗人比喻成身藏治世良方的"大夫"且"忠规谏切"的诗歌为药世的良方，孔氏以"诗人救世"解释诗人匡时济世的理想抱负和诗歌创作的天然责任的深切呐喊亦可谓警世钟鸣。在这里，孔氏用"救病"之喻把"发乎情"的"忠规谏切"式的"奸淫之状""男淫女奔"的《诗》与《毛诗大序》中儒家"止乎礼仪"的温柔敦厚的诗教原则做了一个平衡，解决了自汉以来的儒家诗学原则中"情"和"礼"的矛盾。医者仁心同为诗心，医者之志在于疗病救人于沉疴，诗人"匡谏之志"在于陈志渲情。倘若病人尚有生机，当急于救治，则用心急锐，诗人俱"四始六义"之诗陈述衷情，说明时政世事尚有希

① 孔颖达：《毛诗正义》，十三经注疏标点本，李学勤主编，北京大学出版社1999年版，第16页。

望和生机；反之，如果“疾病已重，将死之势”而无转寰之机，则用心必缓，诗人只能发出“莫之能救”的咨嗟叹息。“孔颖达以医者‘缓’‘锐’的心情形容诗人用世情怀的特色，真可以说善体诗心。所谓匡救，经过孔颖达的疏释，便注入了更深刻的意义。”①

另外，在孔颖达看来，“切谏”或“直谏”皆是“救世”之良方，要比《诗大序》中所言的“谲谏”的疗效好得多，鉴于此，孔氏反对谲谏，主张直谏，孔颖达态度之鲜明远越前代，其在《诗大序》义疏中说：“谲者，权诈之名，托之乐歌，依违而谏，亦权诈之义，故谓之谲谏。”②孔氏认为《诗大序》的“谲谏”乃是一种骑墙式权诈之术，并且是违心的表达，与士大夫理想中的“直谏”“切谏”是背道而驰的。孔颖达认为国家、臣民处于水火的危难之中，士大夫要敢于自觉地承担社会重任，如果为人臣者不敢直谏，婉娩避祸，“盖志士之所耻，愚夫之所贱也”。在孔疏的阐释实践中，渴望直谏殉道，去身成仁而实现士大夫的刚猛壮烈的情怀。在《周易正义·大过》中孔颖达亦说：

> “无咎”者，所以涉难灭顶，至于凶亡，本欲济时拯难，意善功恶，无可咎责。此犹龙逢、比干，忧时危辞，不惧诛杀，直言深谏，以忤无道之主，遂至灭亡，其意则善而功不成，复有何咎责！③

孔氏在疏文中盛赞了龙逢、比干以身殉国的“直言切谏”精神，殉国虽未能取得实际效果，却无愧于心，正是表现了诗人、士大夫“救世”的高贵人格和精神特质。他极力推崇“不惧诛杀”的“直言深谏”，这正是自屈原以后士

① 邓国光：《唐代诗论抉原：孔颖达诗学》，《唐代文学研究》第七辑，广西师范大学出版社 1998 年版，第 854 页。

② 孔颖达：《毛诗正义》，十三经注疏标点本，李学勤主编，北京大学出版社 1999 年版，第 14 页。

③ 孔颖达：《周易正义》，十三经注疏标点本，李学勤主编，北京大学出版社 1999 年版，第 128~129 页。

大夫已然缺失的思想内核和纯洁的灵魂，这无疑是对屈原直谏精神的追慕和企盼。正如有论者指出，“《正义》充分发掘《诗》中潜在的精神资源，竭力彰显切谏思想，业已冲破了温柔敦厚的传统《诗》学的束缚，将谏诤提高到最高的层次，也将《诗经》的谏诤作用发挥到极致。这是唐太宗贞观开明时代赋予的责任；这是孔颖达忠直敢谏，‘死不足惜’精神品格的凝铸；这也是初唐朝臣上下一心，共同致力于国家的繁荣思想的结晶”①。

在孔颖达看来，“诗人救世”并不是单纯的理论命题，不但要身体力行，更要付诸实践。为了达到匡时救世的诗心，诗人要省时夺势，对时局要有清晰的认识，才能掌握时局的变化，正所谓“歌谣文理，与世推移”。在《周易正义·豫》中孔颖达分析说：

> 时运虽多，大体不出四种者：一者治时，“颐养”之世也；二者乱时，“大过”之世也；三者离散之时，“解缓”之世是也；四者改易之时，“变革”之世是也。故举此四卦之时为叹，余皆可知。②

孔氏把时运分为治时、乱时、离散之时和改易之时，并作了细致的分析与概括，这正是其“诗人救世”命题的重要构成部分。正与《毛诗正义序》中“诗迹所用，随运而移。上皇道质，故讽谕之情寡。中古政繁，亦讴歌之理切”③的论述遥相呼应，道出了诗随政变的“诗理”，突出表现了“诗用”的规谏力量和诗论价值。

最后，孔颖达在对《诗》学阐释中通过诗学实践来证明“诗人救世”的诗学命题，并提出“文刺前朝，意在当代”的诗学话语，这既是对“诗人救世”

---

① 韩宏韬：《初唐儒者“诗人救世”思想》，《重庆文理学院学报》(社会科学版) 2009 年第 6 期。

② 孔颖达：《周易正义》，十三经注疏标点本，李学勤主编，北京大学出版社 1999 年版，第 84 页。

③ 孔颖达：《毛诗正义序》，十三经注疏标点本，李学勤主编，北京大学出版社 1999 年版，第 3 页。

理论的衍升，又是再次重申“诗之为用”可贵价值。孔颖达在《毛诗正义·抑》中说：

> 诗之作者，欲以规谏前代之恶，其人已往，虽欲尽忠，无所裨益。后世追刺，欲何为哉！诗者，人之咏歌，情之发愤，见善欲论其功，睹恶思言其实，献之可以讽谏，咏之可以写情，本愿申己之心，非是必施于谏。往者之失，诚不可追，将来之君，庶或能改。虽刺前世之恶，冀为未然之鉴，不必虐君见在，始得出辞，其人已逝即当杜口！《雨无正》之篇，郑为流彘后事，既出居，正不由己，虽欲箴规，亦无所及。……冀望远彼恶人，免其患祸，虽文刺前朝，实意在当代，故诵习此言，以自肃警。①

从上述所论中可以看出，孔颖达认为诗歌及诗人的责任在“规谏前代之恶”，但是“其人已往，无所裨益”，那么“后世追刺，欲何为哉?”虽然暴君其人已定，其事无还，但诗人可将其事写成诗章，使君以为警戒。正如后来朱熹指出《诗经》的接受意义的根本在于“善可为法，恶可为戒”②，读诗可以从诗学中获取教训。“虽文刺前朝，实意在当代”实际上说明了《诗经》对于接受者的作用和价值，其中包含着丰富的诗学阐释思想，为后人阐释和接受《诗经》指明了方向和路径。

综上所述，诗歌的规谏及教化、救世这三种功能，在《毛诗大序》中业已有隐晦的类似表述：

> 诗者，志之所之也。在心为志，发言为诗。情动于中而形言，言之不足故嗟叹之，嗟叹之不足故永歌之，永歌之不足，不知手之舞之，足之蹈之也。

① 孔颖达：《毛诗正义》，十三经注疏标点本，李学勤主编，北京大学出版社1999年版，第1162页。

② 黎靖德：《朱子语类》卷八十，中华书局1994年版，第18页。

情发于声，声成文谓之音。治世之音安以乐，其政和；乱世之音怨以怒，其政乖；亡国之音哀以思，其民困。故正得失，动天地，感鬼神，莫近于诗。先王以是经夫妇，成孝敬，厚人伦，美教化，移风俗。①

“治世”至“民困”这句话指出诗歌能反映政治状态，这与上引《毛诗正义序》中云“政遇醇和，则欢换被于朝野；时当惨黩，亦怨刺形于咏歌”的说法正好一致，是诗歌“箴刺”论得以成立的基本条件之一；“箴谏”的目的正是“救世”；而下文“故正得失”至“移风俗”则表现了诗歌的教化功能。不过，刘若愚认为《诗大序》这段说话“呈现出最显著的不合理论”及“矛盾”。他说这段话中“尽管‘故’字用得天真(或许很机巧)，可是对于个人感情的自然表现如何以及为何一定反映政治情况，或者如何以及为何这种表现能达到道德、社会和政治目的，并没有给予逻辑的解释”②。关于第一个问题，即“个人感情的自然表现”与“反映政治情况”的关系，至于第二个问题，即“个人感情的自然表现”“如何以及为何”“能达到道德、社会和政治目的”，《毛诗正义》中“治世”至“民困”句下，即《诗大序》中“故”字之前的疏文，或许能够为我们解答：

案《乐记》称“人心感于物而后动，先王慎所以感之者，故作乐以和其声，乐之感人深，其移风易俗。”……此言民能变乐，彼言乐能变人者，但兆民既众，贤愚不等，以贤哲歌谣，采诗定乐；以贤者所乐，教愚者为乐；取智者之心，变不智者之心。制礼之事亦犹是也。礼者，称人之情而为之节文，贤者俯而就之，不肖者企而发之，是下民之所行，非圣人之所行也。圣王亦取贤以教不贤，举得中以裁不中。……《乐记》又曰：“凡音之起，由人心生也。乐者，乐其所自

① 《毛诗大序》，见孔颖达：《毛诗正义》，十三经注疏标点本，李学勤主编，北京大学出版社1999年版。

② 刘若愚：《中国文学理论》，台北联经出版社1991年版，第256~257页。

> 生。”是乐之本意出于民也。《乐记》又曰：“夫物之感人无穷，而人之好恶无节，则是物至而人化物也，人化物也者，则灭天理而穷人欲者也。于是有悖逆诈伪之心，有淫佚作乱之事，故先王制礼作乐为之节。”是王者采民情制礼乐之意。礼乐本出于民，还以教民，与夫云出于山，复雨其山；火生于木，反焚其木，复何异哉?①

文中指出除“民能变乐”，即人民的心意能反映在音声里面之外，尚有“乐能变人”的情况：乐本根源于人心，有感人的力量，所以先王利用它来教导人民。这段文字虽然主要为乐而发，但由于古代诗、乐关系密切，而且《正义》说：“诗述民志，乐歌民诗，故时政善恶见于音也。”又说：“诗是乐之心，乐为诗之声，故诗乐同其功也。”②认为诗与乐在功能上有一致的地方，所以它同样是针对诗歌而言的。《正义》补充《诗大序》话语的不足，指出诗歌乃植根于人心，如上文所言“诗者，志之所歌；歌者，人之精诚；精诚之至，以类相感”。因此它有感动人心的力量。“个人感情的自然表现”之所以“能达到道德、社会和政治目的”，原因正在于此。《毛诗正义》相当重视诗歌在政治上的沟通功能，而教化与规谏、救世则是这类功能的三种不同方向的具体表现。这样以实用的态度对待诗歌，是通贯《正义》全书的原则之一，正确理解孔颖达这套“诗理”或“诗用”，对我们掌握整个《毛诗正义》诗学思想有相当大的帮助。

---

① 孔颖达：《毛诗正义》，十三经注疏标点本，李学勤主编，北京大学出版社1999年版，第9~10页。

② 孔颖达：《毛诗正义》，十三经注疏标点本，李学勤主编，北京大学出版社1999年版，第9页。

三十年来《毛诗正义》文艺思想研究述略

唐代著名经学家、美学家孔颖达编撰的《毛诗正义》自问世以来，在中国《诗经》研究史占据着重要的地位，一直是《诗经》研究史的关键点，被认为“完成了汉学各派的统一，成为《诗经》研究的第二个里程碑”①。然自宋代以降，对其研究多集中在阐述诗旨、发抒义理、训诂、校订文字、剖析音韵等方面。就此现象，王文生先生曾发出喟叹：“孔颖达的文学思想，除了这里对抒情文学表现方法的总结之外，还有关于诗歌的起源，‘诗言志’的实质，诗、乐、舞的关系，诗与政治、道德理性的关系等等方面的论述，散见于《五经正义》之中。他的理论自成体系，其深度、广度可谓前无古人。而且，随着《五经正义》的广泛传播，他的文学思想对后世的影响终绝不在《文心雕龙》《诗品》这些著名理论名著之下……可惜的是各种《文学批评史》或《文学批评通史》里，都只是对他的论述偶加摘引，而没有专章评论。这不能不是一个深深的遗憾。”②但从 20 世纪 80 年代来，这方面研究有所改观，特别是西方阐释学和接受美学被译介到国内，加之世纪末学术史思潮的推动，在国内掀起了“经典阐释”和中国阐释学研究的浪潮，国内外学者开始用文艺理论、美学的眼光来审视《毛诗正义》。30 年来，大致经历了三个阶段：开始阶段(1979—1990 年)，海内外《毛诗正义》文艺思想研究的著作和论文 9 种，中国大陆 6 种，美国、日本、中国台湾各1 种；

---

① 夏传才：《诗经研究史概要》，中州书画社 1982 年版，第 99 页。

② 王文生：《论情境》，上海文艺出版社 2001 年版，第 191 页。

发展阶段(1990—2000年)，随着研究深化，《毛诗正义》文艺思想方面的问题也越来越多，这个时期取得了一些突破性成果。大陆出现8种相关论文，海外1种、中国台湾2种、中国香港2种；高潮阶段(2000年至今)，这十余年来，《毛诗正义》文艺思想研究可谓硕果累，无论是整体研究，还是范畴研究，都取得很大的突破，特别是在研究方法上取得较大进展。据笔者不完全统计，这一时期中国大陆出现25篇论文，美国1篇、日本2篇、韩国1篇、中国台湾2篇、中国香港2篇。从以上数据来看，在文艺思想研究领域，《毛诗正义》俨然成为人们关注的焦点，并且取得了十分丰硕的成果。

一

20世纪80年代左右，对孔颖达《毛诗正义》文艺思想研究的第一人当属钱锺书先生，《管锥编·毛诗正义》是钱氏学术人生的扛鼎之作，其对《毛诗正义》的文艺批评，善于运用传统小学和阐释循环的治学方法，做到古今结合，中西互证。以缜密审思的语言总结出了《诗》创作诗学、鉴赏诗学以及《诗》审美经验方法，且在对《毛诗正义》细部的文艺批评阐释中揭示出《诗》的创作技巧、美学范畴，建构了《管锥编》特有的诗学批评和阐释学方法。钱锺书先生对《关雎》《陟岵》《蒹葭》等60篇进行疏解，其容量涵盖风雅颂三体，提出独到的文艺见解。如对《陟岵》的阐释中，提出“据实构虚，以想象与怀意融会而造诗境，无异乎《陟岵》焉”①的《诗》创作技巧。《蒹葭》批评中引用陈启源《毛诗稽古》：“夫说之必求之，然惟可见而不可求，则慕说益至。”“二诗所赋，皆西洋浪漫主义所谓企慕之情境也。”此后又说，“取象寄意，佥同《汉广》《蒹葭》。抑世出世间法，莫不可以‘在水一方’寓慕悦之情，示响往之境”②。钱氏大体举隅，又通过《古诗十九

① 钱锺书：《管锥编》，中华书局1979年版，第114页。

② 钱锺书：《管锥编》，中华书局1979年版，第123、124页。

首》、李白诗歌，提出"企慕情境"的创作诗学。另外，还提出"诗艺真实""意象""含蓄"的美学范畴，在《诗》的研究上要集中精力探寻《诗》的美学规律，并指出："我们的注意力常给名牌的理论著作垄断去了。不用说，《乐记》、《诗品》、《文心雕龙》、诗文话、画说、曲论以及无数挂出牌子来讨论文艺的书信、序跋等等是研究的对象。同时，一个老实人得坦白承认节性地表个态。……倒是诗、词、随笔里，小说，戏曲里，乃至谣谚和训诂里，往往无意中三言两语，说出了精辟的见解，益人神智；把它们演绎出来，对文艺理论很有贡献。"①以至于他在《关雎序》的批评阐释中，对孔颖达关于"诗乐异同"的观点发出感慨，"仅据《正义》此节，中国美学史即当留片席地与孔颖达。不能纤芥弗遗，岂得为丘山是弃之借口哉？"②钱锺书先生对《毛诗正义》的批评阐释，可谓居功甚伟，开启了《毛诗正义》研究的新视域。

1981 年霍松林先生发表《"诗述民志"——孔颖达诗歌理论初探》③，跟钱锺书如出一辙，霍松林先生从传统的"诗言志"观念出发，总结出孔颖达"诗述民志，乐歌民诗"的诗学观念，以文艺理论的视角，主要围绕孔颖达对"诗言志"的解释、"诗述民志，乐歌民诗"的诗学观念、对"赋比兴"的解释和其他相关的论诗言论展开论述，认为孔颖达体现在《毛诗正义》里的诗歌理论始终不脱离"诗述民志，乐歌民诗"这个基点，以发挥诗歌的积极作用为目的，具有强调表达民情、揭露弊政、批判现实等许多可贵的特点，值得重视。作者指出，孔颖达的诗歌理论体现着朴素的反映论观点，具有现实主义诗歌理论的主要特征，某些议论已经接触到了文艺作品的典型性问题。夏传才先生的《诗经研究史概要》以专章评述《毛诗正义》在《诗经》研究史上的地位，以史的角度间接地探讨《毛诗正义》的文艺思想，给

---

① 钱锺书：《七缀集》，生活·读书·新知三联书店 2002 年版，第 33 页。

② 钱锺书：《管锥编》第一册，中华书局 1979 年版，第 62 页。

③ 霍松林：《"诗述民志"——孔颖达诗歌理论初探》，《文艺理论研究》1981 年第 1 期。

后人研究《毛诗正义》以很大的启发。邹然的《唐代诗学撷英》①是从《诗经》诗学史的角度对《毛诗正义》进行评说，认为《毛诗正义》“融贯群言，包罗古义”，在诗学理论上提出了物、情、民诗、民志等精辟范畴和命题，涉及诗歌源起、功能等问题。

另外，有学者从诗、乐关系来研究《毛诗正义》，揭示出其《毛诗正义》诗学本质问题。李雄飞发表《孔颖达诗乐说初探》②，他认为“诗言志”作为中国诗学的民族传统，历代研究的聚讼焦点是诗乐关系，指出经学家离开诗乐来谈声情，以义理释诗的错误思想。进一步得出结论：孔颖达在诗乐一体前提下又把情与志统一起来，准确地把握了诗歌的抒情特征，强调声情比言情更为真实、声教比义理更为先的诗乐美学思想，这是孔颖达对诗歌理论的突破性贡献。高林广则从诗本体观点出发，指出《毛诗正义》诗乐思想是孔颖达为了迎合唐初主流识形态，认为诗是内部与外部、主体精神与事功意识的回归，也是时代诉求和诗歌格律化革新的产物和包蕴着讽谏、缘情、感物、审美的多元体，“孔颖达在言与声关系的论述中，揭示出‘矫情’的问题，显示出其敏锐的艺术感知力”③。

20世纪80年代以降，随着西方接受理论、阐释学纷纷被译介到中国形成研究热潮后，中国古代文论、诗学研究的视野也逐渐开阔起来。通过对中国典籍的整理、发掘、解读后，发现中国古代也有丰富的文学阐释思想和接受理论，通过中西互证、互识，以期达到中西文学理论的融通。在这方面，石云孙迈出了第一步，他从修辞学、解释学角度来评注孔颖达比兴观和注解体例、方法，并解释孔疏中兴与象之间的关系，并指出“比兴不仅取一象，巇且必须连类。‘象’为物象，‘类’为类似点。‘连类’是比兴构成的又一个重要理论”④。钟明立认为孔颖达创造性地发明了“对文”

---

① 邹然：《唐代诗学撷英》，《福州师专学报》（社科版）2000年第2期。

② 李雄飞：《孔颖达诗乐说初探》，《交响》1994年第2期。

③ 高林广：《〈五经正义〉诗乐思想管窥》，《内蒙古师大学报》（哲社版）2001年第2期。

④ 石云孙：《孔颖达修辞理论探》，《安庆师范学院学报》1985年第2期。

和“散文”来分析、解释经传词义，并举列大量例子说明孔氏运用“对文”和“散文”的方式、性质和作用，最后得出结论：“孔颖达《五经正义》的‘对文’和‘散文’，是一套分析古代词义，且主要是分析同义词的训诂术语。作者审视到经传中同义词相对使用时其义有别、单独使用时其义相通的特殊现象，并创造性地配合使用‘对文’和‘散文’来进行分析，开启了对同义词进行综合训诂的先河。”①白长虹的《〈毛诗正义〉串讲的体式和方法》②着重分析、说明孔颖达解释经传的方式是“串讲”，她认为孔颖达通过串讲的方式把传笺、词义、篇章主旨、诗歌排序、创作理由统一起来，从而有效地解释经传。彭公璞从语言哲学的视角认为孔颖达的“义疏”就是“再度诠释”，他指出“再度诠释”是语义实证和考据，在阐发中可以依经释注和破注，实际上是用自己的理解对经传作出创作性的诠释。③ 杨乃乔从比较诗学的角度出发，运用西文阐释学理论，并结合唐初政治、思想文化背景，认为《五经正义》在“疏不驳注”的阐释学方法和原则之下，对汉魏以来的经学阐释作进一步的清理，其目的在于实行经学的统一。另外，在对孔颖达注疏的考察中，认为孔氏对经典的阐释是在误读、过度诠释中的延伸，“疏必驳注”必然成为可能。最后得出结论：“唐代存在着两脉截然悖反的文学观念，一脉是在《五经正义》阐释学方法与原则的威压中复归先秦两汉的元文学观念，这是一脉官方在政治统治上所力图打造的国家文学观念；另一脉是完全悖立于《五经正义》阐释学方法与原则之外的世俗的唯美主义文学观念，在这脉文学观念中所生存的文学创作主体不仅有世俗的文人，还更有诸种政治层面的权力者，可见审美或唯美的文学无不是独立于国家

① 钟明立：《〈五经正义〉的“对文”和“散文”》，《江西师范大学学报》(哲社版)1999年第4期。

② 白长虹：《〈毛诗正义〉串讲的体式和方法》，《辽宁大学学报》(哲社版)2003年第5期。

③ 彭公璞：《简论汉唐经学中的语言哲学思想》，《武汉大学学报》(人文科学版)2008年第6期。

政治与权力之外的人性本色。”①邬国平从孔颖达释义“小序”“于经无所当”现象中发现《诗经》解释史上阐释者自由理解和阐释的自由问题，解释者通过“类比性释义”参与了《诗经》的再创造，实现作品意义跳跃和提升，并且成为中国文学批评的传统方法。② 乔东义从美学诠释学角度出发，通过对孔颖达的“疏不破注”“随文释义”“体无恒式”“注重文本语境”等诠释学方法的考察，认为“其特殊的思维方式和文化操作方式辐射到审美文艺领域，深入影响了中国封建社会中后期的美学理论和审美方式，在中国审美诠释史上有着极其重要的意义”③。笔者《从〈诗〉学到诗学——论孔颖达诗学阐释思想》④从诗学阐释学角度出发，重点分析了孔颖达“文势”“意象”“以经解经”等阐释方法以及对一些重要诗学概念进行论析，提出《毛诗正义》直接推动了《诗》的阐释史向前发展，一部《诗》的阐释史正是在理解、误解、过度阐释中向前延伸的，这也就形成历代《诗》的阐释和接受不同效果，形成了不同的效果史，形成了《诗》的阐释学和接受美学。完成了《诗》学到诗学的转变，展示了极其丰富的阐释学思想，建构了自己的诗学思想体系，同时也表现了士大夫的审美理想和意识形态共存的二元结构的哲学思考。

《毛诗正义》作为《诗》阐释史上一部巨著，有着丰富的阐释思想和文艺理论体系，对后世的《诗经》研究、诗歌创作和文艺理论有着很大的影响，特别是对唐代文艺发展浸润尤深。有学者就从《毛诗正义》的影响方面着手来探窥其学术价值和理论意义。张启成的《论〈毛诗正义〉与诗经学》对《毛诗正义》的阐释体例、特点、成书体例以及文学方面进行论述，认为《毛诗

---

① 杨乃乔：《唐代经学阐释学与两种文学观念的悖立——兼论〈五经正义〉的阐释学方法与原则》，《学术月刊》2009 年第 4 期。

② 邬国平：《论中国文学批评中的类比性释义——以〈诗经〉为例》，《学术月刊》2009 年第 10 期。

③ 乔东义：《由经学诠释到美学诠释——对孔颖达诠释学思想的一种考察》，《哲学动态》2009 年第 4 期。

④ 黄贞权：《从〈诗〉学到诗学——论孔颖达诗学阐释学思想》，《理论月刊》2010 年第 10 期。

正义》既是对汉魏六朝诗经学的总结，同时又对唐代及唐代以后的诗经学有着重要影响，充分肯定《毛诗正义》的价值和意义。① 王海英从文论角度来探讨《五经正义》与唐代文论之关系，通过对《五经正义》中表现儒家文论的政教传统、“情志一也”、文质等文论观点的辨析，认为这些是唐代文化的主要组成部分并对整个唐代文论、诗歌创作产生不可忽视的影响。② 值得称道的是，谢建忠发表过一系列论文集中研究关于《毛诗正义》对唐代诗歌及文论影响。他论述孔疏的“诗缘政作”“任贤使论”“兴必取象”“风雅”等文学观念在唐代文论及诗歌中的集中表现，且熔经学的政教论与诗学的艺术论为一炉所建构的特殊诗学理论，代表着唐代官方主流意识的诗学话语权威，深远地影响制约着唐代的诗论，特别是对陈子昂、李白、李益、白居易、韩愈等的诗歌创作影响很大。③ 李金坤也从“三体三用”“赋比兴释义”“六义排序”、用韵等诗学因素方面对《毛诗正义》作了评述，认为《毛诗正义》在中国诗学和经学史上有着里程碑的意义。④ 笔者亦对“情志一也”“兴象”“诗缘政”等诗学命题进行辨析和阐释，认为孔颖达的注疏对诗歌功用、创作方法及诗理见解精到，启蒙有唐一代的诗论和诗歌创作，有着鲜明的时代精神和重要的文学理论价值。⑤ 另外，何诗海撰文认为孔疏中有研究文体和文势等内容，对唐代文章学和文学理论影响很大，认为唐代的文章变革者是经学高涨的产物。⑥ 刘挺颂亦认为《毛诗正义》的《诗》学理论、《诗》学方法、《诗》学品格三个维度为宋代《诗》学的新变提供了

---

① 张启成：《论〈毛诗正义〉与诗经学》，《贵州文史丛刊》1998 年第 5 期。

② 王海英：《〈五经正义〉与唐代文论》，《中国文学研究》2001 年第 2 期。

③ 谢建忠：《论孔颖达与唐诗》，《文学评论》2007 年第 3 期。另有《论〈毛诗正义〉对李益诗歌的影响》《论〈毛诗正义〉与李白诗歌》《论经学对陈子昂诗文及诗论的影响》等论文见于《文学遗产》《时代文学》《贵州大学学报》等刊物，由于篇幅所限，兹不赘述。

④ 李金坤：《孔颖达〈毛诗正义〉对经学与诗学的贡献》，《江苏大学学报》（社科版）2007 年第 5 期。

⑤ 黄贞权：《〈毛诗正义〉与唐代诗学》，《船山学刊》2010 年第 2 期。

⑥ 何诗海：《唐代经学与文章之学》，《浙江学刊》2009 年第 1 期。

空间，在唐代《诗》学向宋代《诗》学演时中起着继往开来的作用。①

二

30 年来的《毛诗正义》文艺思想的研究，其重要的成果表现就是对《毛诗正义》的一些重要概念的阐释和梳理，而学术界对疏不破注、比兴、"文势"说、"情志"说尤为关注。这些问题可能并不是孔颖达《毛诗正义》文艺思想的全部，但对文艺理论、美学来讲，无疑是较为重要的，对这几个概念的理解和认识，可以略窥《毛诗正义》文艺思想之大要也。

(一)疏不破注

"疏不破注"作为唐代注经和解经的一个标准和原则，在中国学术思想史的发展上是不可逃避的话题和至关重要的环节。《毛诗正义》作为国家文化工程，对前人的注本，特别是魏晋以来的义疏竭泽而渔，对旧说披沙拣金、去粗取精、鉴别舍取，从而促进《诗》南北经学的融合。但出于"疏不驳注"的政教宗旨，后人对孔颖达《毛诗正义》诟病颇多，自清代以降，经儒们对其口诛笔伐，竞起喧议。然后在当代，学人们打破了这种看法，对"疏不破注"则是有着非常独道的见解和客观的理解。陈广恩重点考察了唐代"疏不破注"的思想文化背景，他认为《毛诗正义》编撰目的十分明确，即统一章句训诂，统一经学，以维护和巩固唐王朝的封建专制统治。这就要求编纂者根据先儒注文进行疏解，不能随意发挥，尽力维护注文的思想体系，从这方面疏不破"注"。但从语言学发展的角度来看，"'疏'在许多地方是突破、补充、发挥甚至违背了'注'。也正是因为如此，才使得传统训诂学在唐代有所发展，有所建树"②。童强亦赞同此观点，他认为《毛诗正

① 刘挺颂：《〈毛诗正义〉与宋代〈诗〉学新变——对唐宋〈诗〉学承变关系的初步考察》，《贵州文史丛刊》2011 年第 1 期。

② 陈广恩：《论"疏不破注"——以〈毛诗正义〉为例》，《宁夏大学学报》(哲社版)1999 年第 4 期。

义》对晋宋以来的注本搜罗殆尽，筛选标准极为严格，且崇尚平实学风，对前人的文字、地名、实物进行考辨、征引、校订，做到言之有据，并盛赞唐代客观求实的注疏之学，为宋代学术打下了坚实的基础。①

也有学者从注疏文本出发，来辨析传、笺、疏之异同，得出结论，认为“疏不破注”不是“疏不破传”，而是“疏不破笺”，并举例有六：《笺》标新立异处，(疏》极力圆通之；《笺》泥于诗序处，《疏》极力附会之；《笺)以兴为赋处，《疏》极力敷衍之；《笺》援礼入诗处《疏》极力申述之；《笺》误说章旨处，《疏》极力弥缝之；《笺》考释欠妥处，(疏》极力曲全之。② 此观点后来有人批评说：“《正义》虽然以传承毛郑为主，并不排斥他说，相对于前人而言，当时在《诗经》研究上的研究成果更为丰富，故在故训的取舍上范围更广，加之《正义》并非孔氏一人所撰，他不过是总编纂而已，所以能集前人注疏研究之大成。”③韩宏韬的《考论〈毛诗正义〉对〈毛传〉、〈郑笺〉的批评》从文学批评角度出发，立足文学文本，他认为《毛诗正义》对毛、郑批评内容相当深刻、广泛。在文献方面，指出毛、郑的知识性错误，在文学方面，指出揭示出毛、郑对声韵、比兴认识的不足。并说明孔疏不但坚持阐释原则，立足客观，还表现出阐释的多元性，已然触及了意象、典型等问题。“《正义》不仅丰富发展了经典的政教意义，而且深刻揭示了诗歌的文学本质，其贡献可谓大矣。”④其实，孔颖达对《毛诗正义》的阐释不但要符合官方政治的需要，还要剥去历代对《诗》阐释的陈垢，对《毛传》《郑笺》的接受作取舍，或重新阐释、或突破，从而达到一种折中、融合。正如霍松林先生所说，“疏不破注”只能是一个大体上的说法。事实上，“疏”只要不是“注”的翻译，就不免有所补充，有所发挥，有所突破。

① 童强：《从注疏之学看唐代的学术思想发展》，《江海学刊》2002 年第 4 期。

② 韩峥嵘、张利：《〈毛诗正义〉“疏不破注”考辨》，《吉林大学学报》2000 年第 4 期。

③ 喻述君：《“疏不破注”刍议》，《湖南城市学院学报》2007 年第 2 期。

④ 韩宏韬：《考论〈毛诗正义〉对〈毛传〉、〈郑笺〉的批评——兼驳“疏不破注”说》，《徐州师范大学学报》(哲社版)2008 年第 6 期。

《正义》之于《传》《笺》，情况正是如此。所以在中国《诗经》阐释史上，才形成了特有的《诗》阐释文化和接受史，也就注定了《诗经》恒有的文化生命力。

(二)“文势”说

“势”作为中国独特的文化因子，渗透到哲学、政治、历史、文艺等各个领域，在中国文化中一直延续和传承着。孔颖达《毛诗正义》正是通过“文势”来释诗，从文本客观实际出发，按照诗的内在逻辑结构，把作者的情志、思维和语言纳入其阐释体系中，既突破了《毛传》《郑笺》解诗的窠臼，也重铸了《诗》的文学文本意义。研究《毛诗正义》文艺思想，“文势”说自然是回避不了的话题，孙良明是大陆“文势”说研究的先行者，他在《古籍译注树立语境观的重要性——谈孔颖达“文势”说》中认为文势说是一种语境观，其功能主要是制约和解释，也就是说语言的使用和理解都是在语境在生存。并进一步说明语言的释义要注重语境，指出孔颖达的“文势”说的概括性和理论性在中国语言学史上的意义和价值。蒋方和张忠知《试论〈毛诗正义〉之“文势”说》是迄今最为深入、全面研究“文势”说的论文，文章对“文势”说的文化嬗变进行细致考察，并对其概念加以界定。他们认为文势与义势、事势并为三种，其目的是释《诗》，主要解决经、传、笺三者的扞格，着眼于诗旨、语表达形式、篇章结构的整体性意义，对后世解《诗》影响甚大。① 汪祚民认为“文势”是孔颖达解诗的标准和论断依据，指出“文势就是文章内部语句之间、前后文之间的语愈脉络和逻辑联系以文章整体呈现出的语意态势”②。后有韩宏韬、乔东义、杨金花等学者都承上述之观点对孔《毛诗正义》“文势”说进行阐发。

① 蒋方、张忠智：《试论〈毛诗正义〉之“文势”说》，《北方论丛》2003 年第 4 期。

② 汪祚民：《诗经文学阐释史：先秦至隋唐》，人民出版社 2005 年版，第 324 页。

（三）比兴

“比兴”作为《诗经》特有的表现形式和中国诗学独有的理论范畴，从春秋时代以来成为历代学者们所关注的对象和讨论热点。孔颖达在对《诗经》的审美阐释过程中，也把“比兴”作为解《诗》和建构自己诗学思想体系的一维。所以，对《毛诗正义》中对“比兴”的阐释和研究自然是跳不过去的一环，也是了解孔颖达文艺思想的通道。徐正英从先秦到唐“比兴”的演变、发展的三个阶段，总结出孔颖达明确区分了比兴和兴的双重意义及对文学创作的审美意义，“最值得注意是他借释兴对文学创作过程的较好揭示”①。李建国则全面地分析孔颖达对《诗经》诗歌艺术理论方面的贡献，他指出，孔颖达诗之“六义”的理论总结，超越了前人，达到空前的历史高度。“孔颖达的论述已经触及了比兴作为形象思维或者说诗性思维的本质特征，对今人仍然颇有启发意义。”②还有论者认为孔颖达是从“作文”角度对比兴的特点使用“人事”和“象”的重要概念，总结出比兴是两种审美表现方法。③ 王长亦认为，孔颖达总结了汉儒对“比兴”不分的局面，并且对比兴理论进一步细化，“孔颖达对‘六义’的细致疏解已经凸显出了明显的文体意识和对文学艺术表现技巧的清醒认识，这些对后人更加深入地认识《诗经》‘六义’的体用关系以及全面建构《诗经》文学性研究体系都产生了深远影响”④。孔颖达对比兴的阐释，从儒家经学美刺、教化的樊篱中超脱出来，赋予其文学观念、美学观念，并且在中国诗学史、美学史上第一次提出“兴象”的文艺美学概念，对后世的诗歌创作、艺术思维的发展作出了

① 徐正英：《先秦至唐比兴说述论》，《西北师范大学学报》（社科版）2003 年第 1 期。

② 李建国：《论孔颖达对〈诗经〉创作艺术的理论总结》，《贵州文史丛刊》2004 第 4 期。

③ 杨金花、韩田鹿：《论孔颖达比兴观》，《河南大学学报》（社科版）2006 年第 3 期。

④ 王长华、易卫化：《孔颖达〈诗〉学观论略》，《河北师范大学学报》（哲社版）2007 年第 1 期。

重大的贡献，表现了中华民族特有的审美方式和艺术表现方法。①

（四）情志

在中国诗歌理论发展史上，诗歌本质是什么？在唐代以前，皆论言情或言志，众说纷纭，纠缠不清，孔颖达在《毛诗正义》中直指诗歌本质为情志合一，从而也奠定了孔氏在中国经学、文艺理论史上的地位。“情志”作为文艺思想中的诗学命题，对后世诗歌创作影响尤深，对“情志”的研究自然成为一个热点，或各种版本的美学史都对其详加论说，或以单篇论文加以论说。霍松林先生把孔氏的诗歌理论总结为“诗述民志”，具有强调表达民情、揭露弊政、批判现实的客观特点，又强调情于自然的主观方面，是主、客观的结合物。叶朗先生则认为孔颖达把情志并举，一方面强调诗歌的抒情特性，另一方面强调外物对人心的感召，以至于后来形成了中国诗歌美学的传统，从而奠定了孔颖达在中国美学史上的地位。② 陈望衡亦认为孔颖达融情于志，情为本，志为用，而且将圣道之志与性情之志合二为一。③ 亦有论者指出，孔颖达情志并提，“这样，‘畅怀舒愤’的抒情功能与载道合德的功能同时结合在一起了。诗的载道之美亦可通过抒发自然情感来实现。应当说，这是孔颖达比一般道学通达的地方，它更接近诗美的本质”④。笔者也曾撰文对孔颖达“情志”诗论详加辨析，认为“情志”诗学命题已然脱离传统言志诗学的教化外衣，揭示出“情志”与中国诗歌、音乐的起源关系，“充分地表明了我国古代的艺术是在诗、乐、舞一体的艺术形式基础之上把情和志统一起来的”。⑤ 李建国则认为，孔颖达通过对“感物”说的引进、改造，对“诗人”身份的特殊处理来实现这一理论意图。他

① 黄贞权：《比兴的审美阐释——以孔颖达〈毛诗正义〉为例》，《名作欣赏》2007年第11期。

② 叶朗：《中国美学史大纲》，上海人民出版社1985年版，第258页。

③ 陈望衡：《中国美学史》，人民出版社2005年版，第230页。

④ 祁志祥：《中国美学通史》（第二卷），人民出版社2008年版，第11页。

⑤ 黄贞权：《“情缘物动，物感情迁”：孔颖达“情志”诗论》，《名作欣赏》2009年第6期。

用“感物”说解释“情志”的产生，又将“物”限定为政教善恶，从而使感物而生的“情志”被彻底束缚在“政教”这一核心之上，将抒情诗歌的情感本体彻底意识形态化。①

三

进入21世纪以来，在“文论失语”的争论背景下，学者们聚焦于重建中国文论话语，得出的两种入思式：本土化和西方化。前者倡导中国民族文论的张扬，藉中国古代文论的现代转换来重建中国文论话语，后者则主张和学习西方文化，以重建中国文论；另外，汤一介、成中英、洪汉鼎等学者提出的创建世界阐释学体系的“中国学派”，“创建中国阐释学”的声音一直在学术圈内回响。回顾中国对“经典”解释历史——特别的《诗》的阐释，要比西方久远得多，那么只有对《诗》的阐释理论、方法、话语等深入把握，才能建立中国特色的解释学思想体系。在这两股思潮的助推下，对经典的阐释、文论话语的梳理在学术界形成一个热潮。这时期人们纷纷把目光转向《毛诗正义》的研究，最值得称道的近十几年来高校硕博论文的选题，从不同的角度对其进行系统的研究，此时《毛诗正义》文艺思想研究热潮达到了空前的高涨，形成一个“毛诗正义”研究热。诚如夏传才先生曾赞叹道：“据我所知，有些博士学位论文已经有这样的选题，如《毛诗正义美学研究》等，都在开拓新的研究项目，同样表现出可贵的创新和探索精神。”②

据笔者调查，国内第一篇较为系统地研究《毛诗正义》文艺思想的论文是武汉大学李建国的《孔颖达诗歌理论研究》。此文主要从孔颖达的诗歌理论入手，以诗歌发生论、诗歌创论、诗歌功能论为纲，以“感物言志”“承君善恶”“情志”“兴象”“畅情舒愤”等范畴进行阐释发掘、阐释，既有宏观

① 李建国：《诗经汉学抒情本体论辨析——以孔颖达“情志”观为中心》，《三峡大学学报》(人文社科版)2009年第4期。

② 夏传才：《〈朱熹诗经诠释学美学研究〉序》，商务印书馆2004年版，第3页。

的理论性的总结，又有《诗经》具体细部的分析、阐释，其中不乏有自己独到的见解。“孔颖达对《诗经》形式艺术的强烈关注和全面总结，也是经学诗学传统中从来不曾有过的。这些都标志着《诗经》研究开始从经学向文学本位回归，使得孔颖达的诗歌理论显现出合乎历史发展的进步性。但是孔颖达毕竟还只是一个经学家，他的诗歌理论主要还是经学诗学的模式，《诗》对他来说还是经，而且他眼中也只有一部《诗经》与新兴的文学理论思潮相比，他对诗歌的理论认识在很多地方都显得保守和退步。”①笔者曾在2005年提交的硕士论文《孔颖达〈毛诗正义〉的文学阐释思想》主要以西方阐释学、接受诗学作为参照点。以文学的角度来审视《诗》和阐释《诗》，建构了自己的诗学体系，包含着丰富的美学思想和诗学思想。以《毛诗正义》的文学思想表现为着眼点，发掘孔颖达《毛诗正义》的文学阐释思想，对《诗》学到诗学的转变作系统的探讨，发现《诗》学向诗学的转变过程以及嬗变规律。②

21世纪以来的2005年至2008年可谓是《毛诗正义》研究季，以“毛诗正义研究”命名的博士论文达到7篇，正是这些系统的论文把《毛诗正义》文艺思想研究推向了高潮，形成《毛诗正义》研究的一大景观。南京大学白长虹的博士论文《〈毛诗正义〉的文学研究》③主要从文学批评角度，试图整理和探讨《毛诗正义》的文学观念和理论见解。作者从文献入手，先是考订《毛诗正义》的成书、编撰时间，继而辨析《毛诗正义》的编次观与辨体观，在此基础之上把《毛诗正义》的文学观念，诸如诗的本质、形式、韵律、辞章、情志等进行爬剔辨析，它在文献和文学批评方法上对研究《毛诗正义》文艺思想是很有意义的。谢建忠的《〈毛诗〉及其经学阐释对唐诗的影响》主要分析《毛诗正义》的经学地位对唐代诗歌创作的影响关系，从这个角度出发，谢建忠认为在唐代经学教学体制之下，《毛诗正义》对皇室以及士大夫的思想道德、政治生活、文艺思想产生重大影响。“诸如‘六义’、‘风

① 李建国：《孔颖达诗歌理论研究》，武汉大学2003年硕士论文。
② 黄贞权：《孔颖达〈毛诗正义〉的文学阐释思想》，暨南大学2005年硕士论文。
③ 白长虹：《〈毛诗正义〉的文学研究》，南京大学2005年博士论文。

雅'、'雅颂'、'美刺'、'比兴'、'讽谏'等所包含的经学观念，曾经对人们的诗学观念产生过广泛而深刻的影响制约，唐人也莫能外。"①基于这个观点，谢文对《毛诗》中的雅、丽的诗学观念对唐代诗人及诗歌创作的影响作了深入的辨析。另外，还用文献统计学方法对《毛诗正义》审美阐释建构下的意象、意境及诗歌韵律、形式对陈子昂、李白、杜甫、韩愈、白居易、李益等不同时期诗人的诗歌创作的浸润，影响了唐人的人文精神和奠定唐诗的价值。李金坤的《〈风〉、〈骚〉诗脉传承论——兼论〈毛诗正义〉经学话语对唐人诗心之激发》②则是从诗骚传统对中国诗歌的影响的角度来展开立论，他认为《诗》《骚》所代表的中国文学精神、艺术形式、表现手法在中国文学史上代承袭传，特别是《楚辞》的比兴艺术承传于《诗经》，但又将《诗经》比兴手法发展为比兴象征手法，使中国古典诗歌艺术思维第一次产生了巨大的飞跃。该文从风骚南北文学不同关系、体制异同论、比兴演进论、忧患意识论、自然生态意识论、梦幻描写论及《毛诗正义》经学阐释对唐人思维的影响几个部分别展开论述，以图说明《诗》《骚》艺术精神对唐代诗歌的浸润，并论及《毛诗正义》诗学阐释具有激发唐人诗心，滋润诗人心灵，增添诗歌养料，促进唐诗发展的重要意义。张立兵的博士论文《论〈毛诗正义〉的学术成就》③从经学史的角度来考察《毛诗正义》在《诗经》学史上的地位，论文分为《毛诗正义》的编撰成书、两汉《诗经》学的继承和发展、孔颖达《诗经》的编次观、《毛诗正义》的教化理论体系、孔颖达诗学观等几个部分来展开，通过文化批评方法和实证考据来评述《毛诗正义》在中国《诗经》学史、诗学史地位和价值。该文认为，围绕"教化"，孔颖达建立了自己完整的《诗经》理论阐释体系，提出"情教"的命题，并把它与诗乐紧密综合。论文以诗学立论，提出自己的独到的见解，发人之所不发。他认为

---

① 谢建忠：《〈毛诗〉及其经学阐释对唐诗的影响》，首都师范大学2006年博士论文。

② 李金坤：《〈风〉、〈骚〉诗脉传承论——兼论〈毛诗正义〉经学话语对唐人诗心之激发》，苏州大学2007年博士论文。

③ 张立兵：《论〈毛诗正义〉的学术成就》，扬州大学2007年博士论文。

“缘情”“缘志”统一在于二者都是将内心的情感用语言外化为诗，而孔氏的“情”受时代限制，是礼仪约束的“情”，并有“发愤”之情，正是诗歌创作的原始动力，从而揭示出诗歌本质，这是孔颖达《毛诗正义》达到理论水平高度的根本之所在。杨金花的论文《〈毛诗正义〉研究——以诗学为中心》①以西方阐释学为参照，探讨《毛诗正义》中以文学方法解诗的现象，分析解诗的原因和目的，并对诗学阐释方法的影响和价值作了考察和评述。文中分别对孔颖达《诗》的形式、以文逆意、比兴解诗等阐释方法进行辨析，作者认为“情志一也”“讴歌与今诗”二命题是从本体论、发生学的角度疏通了文学与经学的关系，从而影响了宋代《诗经》学和阐释方法，汉学向宋学的转变过程中，孔颖达的诗学阐释方法起到了重要意义。

前面几篇论著从不同的角度对《毛诗正义》文艺思想作了全面的研究，《毛诗正义》也成为学术的关注点，这一时期值得一提的就是韩宏韬的《〈毛诗正义〉研究》②，韩文立足文献，将问题置于经学史、文学史和初唐时代的文化背景中进行考察，把实证与理论相提，置文本与宏观并重。全文以“文献研究”和“经学研究”为主要框架，文献部分通过大量的实证材料、数据对《毛诗正义》的编撰、成书、体例及引书进行考辨，并融入大量的理论思辨。经学研究则入《诗经》文本的细部着手，对《毛诗正义》对汉学的统一、情志观、比兴观、语境观等诗学理论问题进入辨析，其中不乏精深的独到的见解。正如作者所说，“《正义》并没有去独立的阐释这些文学特征，并在经学的阐释中，而是把文学阐释作为更好地体现《诗》教的经学阐释的途径，发现和总结出诸多文学特点”。正是把握了问题意识，《毛诗正义》的研究以及文艺思想得以彰显。另外，还有乔东义的《孔颖达美学思想研究》③，该文以诠释学美学的视角对孔颖达《五经正义》展开评述，认为《毛诗》《乐记》《周易》的孔疏，蕴含着丰富的美学直接材料；其余各经孔疏，所保留周人以礼乐为中心的“礼文化”思想材料，为研究早期儒家美学及其

① 杨金花：《〈毛诗正义〉研究——以诗学为中心》，河北大学 2007 年博士论文。
② 韩宏韬：《〈毛诗正义〉研究》，山东大学 2007 年博士论文。
③ 乔东义：《孔颖达美学思想研究》，复旦大学 2008 年博士论文。

承传的宝贵资源。基于此论，作者以美学本体论、性情论、象论、诗论、乐论、审美诠释为经，建构孔氏的美学体系框架；又从《五经正义》文本出发，注重文本细读，抓住道气、有无、兴象、情志、诗缘政、礼乐相济、体用以及“疏不破注”等美学范畴进行梳理、辨析，目的是在繁富的《五经》文本中抽绎、剔抉出孔氏美学诠释学思想的价值及意义。在研究方法上，它不就孔疏的某个文本来立论，而是采用通观、互证的方式，这正与孔颖达的阐释学思想具有一致性，立求把哲学、美学、艺术学以及经学和文化学融合起来，为我们更深入地了解孔氏美学思想提供有力的佐证和丰富的材料。

四

《诗经》随着丝路文化的对外传播，已经在海外开花结果。《诗经》文化的远播，对《毛诗正义》的研究亦受到台港澳学者及海外汉学界的关注，30年来取得相当一部分可圈可点的优秀成果。台湾大学张宝三的博士论文《〈五经正义〉研究》①就是这方面的代表作。张文主要以传统经学为纲，本着文化的角度对《五经正义》进行知识性和技术性的梳理、校勘和阐释，在文献、考据、章句、训诂方面可谓居功甚伟。论文主要分为《五经正义》的修撰和版本、修撰之依据、体式与内涵特性、论考、注文衬正、训诂、修辞观、思想观念、得失与价值等部分，内容博赡、论证翔实，以缜密的结构和恢宏五十万言建立了孔疏的经学大厦。此著虽不以颖达文艺观念研究为主要路径，但在论其孔氏经学修辞观、思想观念时对我们理解其文学观念启发很大。特别是文中对“变文”“互文”“文势”“比兴”“文体”等概念梳理，正是孔颖达诠解经文、疏通疑义的方法之要核，也是孔颖达建立阐释思想的基本原则。另外，张文还把《五经正义》的思想观念作为研究重点，

① 张宝三：《〈五经正义〉研究》，台湾大学1992年博士论文。

在唐代多元文化格局下，《五经正义》又是多人合撰而成，在思想观念上难免不一。作者分别对正义儒、道、佛、纬、性情、鬼神等思想对其影响进行辨析，或抗拒，或吸收，或纠正，受疏体的影响，思想尤为复杂。而正是对这些思想观念的梳解，对我们认识孔氏的文艺观念起着梯航导路的意义。台湾嘉义大学吴盈静的《〈毛诗〉郑笺、孔疏"兴"义之比较》①主要是从文献角度出发，把郑笺与孔疏之"兴"进行比较，以突出孔颖达在不同时代的文化语境下对《诗》的阐释合理性。与台湾对《毛诗正义》研究相比，香港与澳门也"不甘寂寞"，对《毛诗正义》予以关注和研究。其中香港中文大学李贵生的硕士论文《〈毛诗正义〉文艺思想研究》②是这方面最早的、系统的研究成果，此文从文艺思想的角度较为系统地阐述《毛诗正义》，以"史"与"文艺"相结合的方法来考量《毛诗正义》，分别就研究《毛诗正义》文艺思想的意义、诗言志论、文势论、诗歌体用论五个部分进行展开论述，在浩繁的文献材料中，对《毛诗正义》中的诗学范畴、命题剔罗爬抉，把诗歌本质、起源、六义、兴象、文势等概念廓清、梳理、阐释，并灵活地运用西方文学观念进行比较、互参，为我们认识《毛诗正义》文艺思想及理论价值开启一扇大门。同期稍晚，澳门大学邓国光的《唐代诗论抉原：孔颖达诗学》发表，邓国光先生以"经学"和"诗学"为学术津梁，在此文中以有限的笔墨爬梳孔氏的文论主张，以言志抒愤、谏诤救世、六义兴象勾勒出孔颖达诗学框架，并总结了孔氏诗学理论的核心——诗心、诗用、诗法，经纬交织，理论见出，让我们一斑全豹似的理解孔氏诗学之要害，正如其在文中所言："'言志抒愤'的诗心论、'谏诤救世'的诗用论、'六义兴象'的诗学论等三个方面勾勒出孔颖达的重要内容，以及对唐代诗学精神的影响，可以肯定的说，孔颖达诗学内容十分丰富的，而且极具系统。在诗学构建

① 吴盈静：《〈毛诗〉郑笺、孔疏"兴"义之比较》，《嘉义大学学报》2000 年第 2 期。

② 李贵生：《〈毛诗正义〉文艺思想研究》，香港中文大学 1995 年硕士论文。

成就上，孔氏绝不下于任何一位文论家。”①

日本的中国学研究相对于美、英、俄、法、德、意、韩等其他国家，一直处于领先地位，特别是在对中国传统文化典籍的解释、注疏、精神史研究等方面相对要成熟得多。关于《毛诗正义》的研究大概始于20世纪80年代末期，这期间相继有冈村繁的《〈毛诗正义〉译注》②野间文史的《〈五经正义〉之研究》③、田中和夫的《〈毛诗正义〉研》④等著作问世，正是这几种著作的问世，激起日本《诗经》学研究的大潮，凸显了《毛诗正义》作为《诗经》学史研究的全球性意义，其可使学者更好地寻究《诗经》解释的历史性和思想性价值。“也就是说，《五经正义》，这里仅就《毛诗正义》而言，不单单是毛诗的注疏、解释，更作为中国人精神史的资料有着更高的价值。”⑤冈村繁的《〈毛诗正义〉译注》主要着眼于中国传统经学的“注疏”学，在跨文化视野下对经典解释的“解释”，此译注篇幅较小，只对《毛诗正义序》《诗谱序》《周南召南谱》《关雎》等几篇进行疏解，但能小心求证，精析钩沉，对我们更深一层地了解《毛诗正义》文艺思想有着较大的启发。野间文史的《〈五经正义〉之研究》则从经学史角度来考证其版本、成书体例、校订，从而总结出《五经正义》的多元文化思想和价值，借此对中国唐代精神史进行考察。虽说此著无关文艺思想，但其阐释方法是值得我们学习的。田中和夫的《〈毛诗正义〉研》是对汉至唐的《诗经》的解释、接受、鉴赏作历时性的考察，并对接受、阐释过程中产生的问题进行探讨。此著最大的特色是并不留恋于经学史性的研究，而是把《毛诗正义》置于问题的中心，将《诗经》诗篇的解释沿着《毛传》《郑笺》《孔疏》的阐释进行辨析和比较，

---

① 邓国光：《唐代诗论抉原：孔颖达诗学》，《文原——中国古代文学与文论研究》，澳门大学出版中心1997年版，第251页。

② ［日］冈村繁：《〈毛诗正义〉译注》，福冈中国书店出版社1986年版。

③ ［日］野间文史：《〈五经正义〉研究》，东京研文出版社1998年版。

④ ［日］田中和夫：《〈毛诗正义〉研究》，东京白帝社2003年版。

⑤ ［日］田中和夫：《〈诗经〉在现代日本研究的现状与课题》，《诗经研究丛刊》（第十六辑），学苑出版社2009年版，第167页。

同时彰显时代的文化特征，以此突出《诗经》阐释史上的文化特征和精神特质、立场，寻求一条中国《诗经》阐释学的规律。可以说，此著在汉唐《诗经》解释史研究上有着独特的意义。除日本外，韩国也有学者对《诗经》阐释史以及《毛诗正义》的关注，安性栽的《论〈孔疏〉之“兴”》①就是这方面的代表，作者把孔疏之“兴”与毛传、郑笺之“兴”比较之后，认为孔疏之“兴”主要着重与作品之主旨之关系。并且说明从孔疏之后，《诗经》研究发生转折，即经学向文学的转变。

《诗经》在欧美的传播及发展大概有四百年历史了，《诗经》学也成为西方汉学的重要分支。欧美的《诗经》学研究由早期的译介、鉴赏慢慢过渡到现代的《诗经》思想、艺术理论、语言学等纵深层面的学术研究。近 20 年来，美国汉学家开始把目光放在了《诗经》的编订、注疏、阐释等问题上。其中范佐仁的《诗歌与人格：传统中国经解与阐释学》②是代表作，范佐仁采用精致的、文本细读的方法来探讨中国传统的阐释学传统，他把主要任务放在了《诗经》上，历时性地考察了春秋时代到南宋的诗经学。从中抽绎出中国古代的不同经典阐释方式，并对“权威文本”——《毛诗正义》进行深入地阅读，主要讨论了南北朝诗经注释方法对《毛诗正义》的影响、《诗大序正义》的注解特色、诗言志、诗乐关系以及孔颖达对《诗》阐释文本的创新等，总结出中国阐释学的特点：以人为重心，而非以文字意义为重心的读经方式，在《诗经》阐释史以及中国的阐释理论中，解读一首诗就是解读诗人的内在要格，藉以改变读者人格。由于作者对文献的掌握上远不如中国学者，所以对《毛诗正义》等儒家经典的文化内涵的理解和阐释相对零散，“误读”较多，但在研究方法上的反省大抵深刻犀利，对我们饶富启发性。除了上述所提，美国学者苏源熙在《中国美学问题》③中谈到《毛诗序》

① ［韩］安性栽：《论〈孔疏〉之“兴”》，《湛江海洋大学学报》2005 年第 2 期。

② ［美］范佐仁：《诗歌与人格：传统中国经解与阐释学》，斯坦福大学出版社 1991 年版。

③ ［美］苏源熙：《中国美学问题》，江苏人民出版社 2009 年版。

《诗经》的规范解读等章节，对《毛诗正义》中关于言志、兴象问题进行转述或解读，并对孔颖达解经方式进行阐释，认为中国的《诗经》解读可以归纳为“讽寓”，此著非关《毛诗正义》的专书研究，但通过比较方法、文化相对主义来看待中国美学问题，大抵在理论洞见和学术方法上是值得我们参考的。

原文发表于《古代文学理论研究》丛刊第 37 辑

参考文献

（下列书目按照研究资料、文献典籍、参考书目、
国外著作等编排，排名不分先后）

[1]（唐）孔颖达：《毛诗正义》，十三经注疏标点本，李学勤主编，北京大学出版社1999年版。

[2]（唐）孔颖达：《尚书正义》，十三经注疏标点本，李学勤主编，北京大学出版社1999年版。

[3]（唐）孔颖达：《礼记正义》，十三经注疏标点本，李学勤主编，北京大学出版社1999年版。

[4]（唐）孔颖达：《周易正义》，十三经注疏标点本，李学勤主编，北京大学出版社1999年版。

[5]（唐）孔颖达：《春秋左传正义》，十三经注疏标点本，李学勤主编，北京大学出版社1999年版。

[6]（汉）许慎：《说文解字》，中华书局2013年版。

[7]（魏）王弼：《老子道德经注》，楼宇烈校释，中华书局2011年版。

[8]（唐）杜佑：《通典》，台北新兴书局1965年版。

[9]（唐）张九龄等：《唐六典》，台北"商务印书馆"1983年版。

[10]（唐）吴兢：《贞观政要》，据裴汝诚等《贞观政要译注》本，上海古籍出版社2006年版。

[11]（唐）魏徵等：《隋书》，中华书局1977年版。

[12]（后晋）刘昫等：《旧唐书》，中华书局1975年版。

[13]（宋）宋祁等：《新唐书》，中华书局1975年版。

[14](清)董诰、阮元主编:《全唐文》,上海古籍出版社 1990 年版。
[15](宋)王溥:《唐会要》,中华书局 1980 年版。
[16](宋)王谠:《唐语林》,据周勋初《唐语林校证》本,中华书局 1987 版。
[17](宋)司马光:《资治通鉴》,中华书局 1979 年版。
[18](清)王昶:《金石萃编》,台湾新文丰出版公司 1977 年版。
[19](宋)王钦若等:《册府元龟》,中华书局 1989 年版。
[20](清)赵翼:《陔余丛考》,商务印书馆 1957 年版。
[21](宋)郑樵:《通志》,商务印书馆 1933 年版。
[22](元)许谦:《读四书丛说》,中华书局 1985 年版。
[23](清)李光地:《榕村语录》,中华书局 1995 年版。
[24](清)王夫之:《庄子解》,中华书局 1985 年版。
[25](清)纪昀、永瑢等:《四库全书总目》,中华书局 1965 年版。
[26](清)陈澧:《东塾读书记》,商务印书馆 1955 年版。
[27](清)章学诚:《文史通义》,商务印书馆 1934 年版。
[28]吴云、冀宇主编:《唐太宗集》,陕西人民出版社 1986 版。
[29]马宗霍:《中国经学史》,商务印书馆 1937 年版。
[30]阎文儒:《唐代贡举制度》,陕西人民出版社 1989 年版。
[31]陈寅恪:《唐代政治史述论稿》,上海古籍出版社 1982 年版。
[32]岑仲勉:《隋唐史》,商务印书馆 1957 年版。
[33]梁启超:《中国近三百年学术史》,中华书局 1936 年版。
[34]周予同:《群经概论》,商务印书馆 1947 年版。
[35]马端临:《文献通考》,台北"商务印书馆"1952 年版,第 392 页。
[36]吕思勉:《隋唐史》,香港太平书局 1980 年版。
[37]范文澜:《中国通史简编》修订本,人民出版社 1965 年版。
[38]王鸣盛:《十七史商榷》,中国书店 1987 年版。
[39]程方平:《隋唐五代的儒学》,云南教育出版社 1991 年版。
[40](宋)朱熹:《诗集传》,上海古籍出版社 1958 年版。
[41](宋)朱熹:《朱子语类》,中华书局 1986 年版。

[42]（清）姚际恒：《诗经通论》，顾颉刚标点，中华书局 1958 年版。
[43]（清）方玉润：《诗经原始》，李先耕点校，中华书局 1986 年版。
[44]（清）皮锡瑞：《经学历史》，周予同注释，中华书局 1959 年版。
[45]［日］冈村繁：《〈毛诗正义〉译注》，福冈中国书店出版社 1986 年版。
[46]［日］野间文史：《〈五经正义〉研究》，东京研文出版社 1998 年出版。
[47]［日］田中和夫：《〈毛诗正义〉研究》，东京白帝社 2003 年版。
[48]张宝三：《〈五经正义〉研究》，华东师范大学出版社 2010 年版。
[49]汪祚民：《〈诗经〉文学阐释史——先秦到隋唐》，人民出版社 2004 年版。
[50]谢建忠：《〈毛诗〉及其经学阐释对唐诗的影响研究》，巴蜀书社 2007 年版。
[51]乔东义：《〈五经正义〉美学思想研究》，人民出版社 2016 年版。
[52]韩宏韬：《〈毛诗正义〉研究》，中国社会科学出版社 2009 年版。
[53]杨金花：《〈毛诗正义〉研究——以诗学为中心》，中华书局 2009 年版。
[54]李金坤：《风骚诗脉与唐诗精神》，中国社会科学出版社 2015 年版。
[55]汤用彤：《汉魏两晋南北朝佛教史》，中华书局 1983 年版。
[56]冯友兰：《中国哲学史》，人民出版社 2005 年版。
[57]朱自清：《诗言志辨》，华东师范大学出版社 1996 年版。
[58]闻一多：《神话与诗》，《闻一多全集》三联书店用开明书店本 1948 年版本。
[59]朱东润：《诗三百篇探故》，上海古籍出版社 1981 年版。
[60]朱东润：《读诗四论》，商务印书馆 1940 年版。
[61]张西堂：《诗经六论》，商务印书馆 1957 年版。
[62]夏传才：《诗经研究史概要》，中州书画社 1982 年版。
[63]洪湛侯：《诗经学史》，中华书局 2002 年版。
[64]戴维：《诗经研究史》，湖南教育出版社 2001 年版。
[65]雒启坤：《诗经散论》，商务印书馆 2002 年版。
[66]高亨：《诗经今注》，上海古籍出版社 1984 年版。

[67]陈子展:《诗三篇题解》,复旦大学出版社 2001 年版。
[68]刘毓庆:《历代诗经著述考》(先秦—元),中华书局 2002 年版。
[69]吴万钟:《从诗到经》,中华书局 2001 年版。
[70]黄振民:《诗经研究》,台湾正中书局 1982 年版。
[71]罗倬汉:《诗乐论》,台湾正中书局 1948 年版。
[72]熊公哲等:《诗经研究论集》,台湾黎明文化事业股份有限公司 1982 年版。
[73]余冠英:《诗经选》,人民文学出版社 1957 年版。
[74](梁)刘勰:《文心雕龙》,周振甫注释,人民文学出版社 1981 年版。
[75](梁)钟嵘:《诗品》,周振甫译注,中华书局 1992 年版。
[76](唐)皎然:《诗式》,李壮鹰校注,人民文学出版社 2003 年版。
[77](唐)遍照金刚:《文镜秘府论》,王利器校注,中国社会科学出版社 1983 年版。
[78](清)何文焕辑:《历代诗话》,中华书局 2001 年版。
[79](清)丁福保辑:《历代诗话续编》,中华书局 1983 年版。
[80](清)翁方纲:《格调论》,光绪刻本《复初斋文集》卷八,台湾文海出版社影印手稿本 1974 年版。
[81](清)王夫之:《姜斋诗话》,戴鸿森注释,人民文学出版社 1981 年版。
[82]郭绍虞主编:《中国历代文论选》,上海古籍出版社 2001 年版。
[83]张少康、卢永璘编选:《先秦两汉文论选》,人民文学出版社 1996 年版。
[84]胡经之主编:《中国古典文艺学丛编》,北京大学出版社 2001 年版。
[85]肖占鹏主编:《隋唐五代文艺理论汇编评注》,南开大学出版社 2002 年版。
[86]张伯伟主编:《全唐五代诗格汇考》,凤凰出版社 2005 年版。
[87]台湾"国立编译馆"主编:《中国文学批评资料汇编》,台湾成文出版社有限公司 1980 年版。
[88]陈钟凡:《中国文学批评史》,中华书局 1927 年版。

[89]王运熙、顾易生主编：《中国文学批评通史》，上海古籍出版社 1996 年版。
[90]成复旺等：《中国文学理论史》，北京出版社 1987 年版。
[91]罗根泽：《中国文学批评史》，上海书店出版社 2001 年版。
[92]张少康、刘三富：《中国文学批评理论发展史》，北京大学出版社 1995 年版。
[93]罗宗强：《隋唐五代文学思想史》，上海古籍出版社 1986 年版。
[94]罗宗强：《隋唐五代文学思想史》，中华书局 2003 年版。
[95]萧华荣：《中国诗学思想史》，华东师范大学出版社 1996 年版。
[96]陈良运：《中国诗学批评史》，江西人民出版社 1995 年版。
[97]黄霖等：《中国古代文学理论体系——原人论》，复旦大学出版社 2000 年版。
[98]汪涌豪：《中国古代文学理论体系——范畴论》，复旦大学出版社 1999 年版。
[99]刘明今：《中国古代文学理论体系——方法论》，复旦大学出版社 2000 年版。
[100]陈伯海、蒋哲伦主编：《中国诗学史》(隋唐五代卷)，鹭江出版社 2002 年版。
[101]郭绍虞：《汉语语法修辞新探》，商务印书馆 1979 年版。
[102]郭绍虞：《照隅室古典文学论集》，上海古籍出版社 2009 年版。
[103]钱锺书：《管锥编》，中华书局 1979 年版。
[104]王力：《中国语言学史》，山西人民出版社 1981 年版。
[105]朱光潜：《诗论》，生活·读书·新知三联书店 1984 年版。
[106]宗白华：《美学散步》，上海人民出版社 1981 年版。
[107]黄侃：《文心雕龙札记》，吴方点校，中国人民大学出版社 2004 年版。
[108]徐复观：《中国人性论史·先秦篇》，上海三联书店 2001 年版。
[109]徐复观：《中国文学精神》，上海书店出版社 2004 年版。

[110]王文生：《论情境》，上海文艺出版社 2001 年版。
[111]姜广辉主编：《中国经学思想史》，中国社会科学出版社 2003 年版。
[112]赵沛林：《兴的源起——历史积淀与诗歌艺术》，中国社会科学出版社 1987 年版。
[113]叶舒宪：《诗经的文化阐释》，湖北人民出版社 1994 年版。
[114]彭锋：《诗可以兴》，安徽教育出版社 2003 年版。
[115]李健：《比兴思维研究》，安徽教育出版社 2003 年版。
[116]李泽厚、刘纲纪主编：《中国美学史》，中国社会科学出版社 1984 年版。
[117]叶朗：《中国美学史大纲》，上海人民出版社 1985 年版。
[118]葛兆光：《中国思想史》，复旦大学出版社 2001 年版。
[119]陈良运：《中国诗学体系论》，中国社会科学出版社 1992 年版。
[120]蒋述卓、刘绍瑾等：《二十纪中国古代文论学术研究史》，北京大学出版社 2005 年版。
[121]刘绍瑾：《复古与复元古》，中国社会科学出版社 2001 年版。
[122]李凯：《儒家元典与中国诗学》，中国社会科学出版社 2002 年版。
[123]李清良：《中国阐释学》，湖南师范大学出版社 2001 年版。
[124]李清良：《中国文论思辨思维》，岳麓书社 2001 年版。
[125]邹其昌：《朱熹诗经诠释学美学研究》，商务印书馆 2004 年版。
[126]方克强：《文学人类学批评》，上海社会科学院出版社 1992 年版。
[127]叶舒宪：《原型与跨文化阐释》，暨南大学出版社 2002 年版。
[128]刘士林：《中国诗性文化》，江苏人民出版社 1999 年版。
[129]傅璇琮：《唐代科举与文学》，陕西人民出版社 1986 年版。
[130]吴孟复：《训诂通论》，安徽教育出版社 1983 年版。
[131]赵振铎：《训诂学史略》，中州古籍出版社 1988 年版。
[132]涂光社：《势与中国艺术》，中国人民大学出版社 1990 年版。
[133]朱良志：《曲院风荷：中国艺术论十讲》，安徽教育出版社 2003 年版。

[134]朱狄：《原始文化研究》，生活·读书·新知三联书店1988年版。
[135]赵沛霖：《兴的源起——历史积淀与诗歌艺术》，中国社会科学出版社1987年版。
[136]陈世骧：《陈世襄文存》，辽宁教育出版社。
[137]张伯伟：《钟嵘诗品研究》，南京大学出版社1999年版。
[138]陈鼓应：《老子注译及评介》，中华书局1984年版。
[139]邓国光：《经学义理》，上海古籍出版社2011年版。
[140]罗宗强主编：《20世纪学术文存·古代文学理论研究》，湖北教育出版社2002年版。
[141]祁海文：《儒家乐教论》，河南人民出版社2004年版。
[142]蔡仲德：《中国音乐美学史》，人民音乐出版社2004年版。
[143]刘若愚：《中国文学理论》，台北联经出版社1991年版。
[144][美]韦勒克、沃伦：《文学理论》，读书·生活·新知三联书店1984年版。
[145][美]阿恩海姆：《艺术的心理世界》，周宪译，中国人民大学出版社2001年版。
[146][美]宇文所安：《中国文论：英译与评论》，王柏华、陶庆梅译，上海社会科学院出版社2003年版。
[147][美]范佐仁：《诗歌与人格：传统中国经解与阐释学》，斯坦福大学出版社1991年版。
[148][美]苏源熙：《中国美学问题》，卞东波译，江苏人民出版社2009年出版。
[149][美]赫施：《解释的有效性》，中译本，读书·生活·新知三联书店1991年版。
[150][德]恩格斯：《路德维希·费尔巴哈和德国古典哲学的终结》，人民出版社1972年版。
[151][德]费尔巴哈：《宗教的本质》，商务印书馆1984年版。
[152][英]罗素：《西方哲学史》，商务印书馆1961年版。

[153][英]弗雷泽:《金枝》,中译本,中国民间文艺出版社 1987 年版。
[154][法]列维·布留尔:《原始思维》中译本,商务印书馆 1981 年版。
[156][法]余莲:《势:中国的效力观》,北京大学出版社 2009 年版。
[157][法]杜夫海纳:《审美经验现象学》,文化艺术出版社 1992 年版。
[158][德]阿多诺:《美学理论》,四川人民出版社 1998 年版。
[159][德]伽达默尔:《真理与方法》中译本,上海译文出版社 1994 年版。
[160][德]姚斯 H. R. 、[美]霍拉勃 R. C. :《接学美学与接受理论》中译本,辽宁人民出版社 1987 年版。
[161][意]维柯:《新科学》,朱光潜译,人民出版社 1986 年版。
[162][意]艾柯等:《诠释与过渡诠释》,王宇根译,读书·生活·新知三联书店 1997 年版。
[163][奥]爱德华·汉斯立克:《论音乐的美——音乐美学的修改刍议》,杨业治译,人民音乐出版社 1980 年版。